# İPEK ONGUN

# Yaş On Yedi

# İPEK ONGUN

# Yaş On Yedi

ARTEMİS

YAYIN NO: 651

**YAŞ ON YEDİ**
İpek Ongun

Editör: Alev Zeynep Şimşek, Alp Özalp
Kapak İllüstrasyonları: Betül Sayın
Grafik: Asmin Ayşe Gündoğdu

72. Basım: Şubat 2025
46. Basım: Temmuz 2012

Önceki Baskılar
Epsilon Yayınevi: 25-45. Baskılar
Altın Kitaplar: 1-24. Baskılar

ISBN: 978 - 605 - 4560 - 94 - 3
Sertifika No: 43949



**ARTEMİS YAYINLARI**
Ticarethane Sokak No: 15 Cağaloğlu / İstanbul
Tel: (212) 513 34 20-21 Faks: (212) 512 33 76
e-posta: editor@artemisyayinlari.com – www.artemisyayinlari.com

**Baskı ve Cilt: Melisa Matbaacılık**
Çiftehavuzlar Yolu Acar Sitesi No: 4 Bayrampaşa / İstanbul
Tel: (212) 674 97 23 Faks: (212) 674 97 29 Sertifika No: 45099

**Artemis Yayınları, Alfa Yayın Grubu'nun tescilli markasıdır.**

*Kızlarım*
*Nilgün ve Defne'ye...*

# Önsöz

Bazı bölümleri *On Yedi* dergisinde yayımlanan bu gençlik romanını, edebiyat profesörlerinden Mîna Urgan şöyle değerlendiriyor: "İpek Ongun'un *Yaş On Yedi* adlı romanı, güzel bir Türkçeyle güzel yazılmış bir kitap. Değil yalnızca gençler, benim gibi yaşlılar tarafından bile hazla okunabilir. Bu romanda anlatılanlar, beylik anlamda serüvenle ilgisi olmayan, günümüzde kızlı erkekli bir lisenin son sınıf öğrencilerinin yaşamında görülen olaylar... Tüm bunlar çok doğru psikolojik yaklaşımlar ve inandırıcı bir gerçekçilikle okuyucuya sunuluyor, can sıkıntısı vermeden tatlı tatlı anlatılıyor. Yazarın en ilginç yanlarından biri şu: Yaşlılar garip bir unutkanlığa kapılıp, gençlik yıllarını çok rahat ve mutlu olarak anımsarlar her nedense. Oysa buradaki gençler yaşamlarının oldukça güç bir döneminde bulunduklarının tam anlamıyla bilincindedirler ve karşılaştıkları güçlükleri yenmek için başarılı bir çaba gösterirler.

"*Yaş On Yedi* pembe ve bomboş romantik hayalleri değil, orta sınıftan gelen gençliğin gerçek durumunu ele alıyor. Bu kitabın gençlerimizin hem aile, hem de okul yaşamındaki sorunlarını gerçekçilikle, ama umutsuzluğa kapılmadan, sağlıklı bir yaklaşımla veren; aslında ağırbaşlı olmakla birlikte gülmece öğelerini de önemseyen, gerek edebi, gerek eğitici değeri yüksek; tüm gençlerin ilgisini uyandırabilecek bir roman olduğuna inanıyorum."

# PARÇALANAN DÜNYA

Kulakları sağır eden bir sesle uçak piste iniyor. Bir ambulans siren çalarak uçağa yaklaşıyor. Sonra bir sessizlik. Görevlilerin koşuşturması... Uçağın arka bölümünden yavaş yavaş bir tabut indiriliyor. Yine görevliler koşuşturuyor, sonra tabut ambulansa yerleştiriliyor. Omuzları çökmüş, kır saçlı, ufak tefek bir adam da ambulansa biniyor.

Havaalanının geniş pencereleri ardından bu sahneyi seyreden yaşlı çift birbirlerine daha da sokuluyorlar.

Bahar, kardeşi Hakan'ın titrediğini fark ediyor. Küçük soğuk ellerini avucunda sıkarak ona cesaret vermeye çalışırken, gözü anneannesiyle dedesine takılıyor. Hiç sesi çıkmayan yaşlı kadının yanaklarından aşağı sicim gibi yaşlar iniyor geldiklerinden beri. Dede ise karısına sarılmış, ona destek olmaya çalışıyor, ama titreyen çenesi çaresizliğini acımasızca vurguluyor.

Ambulans yaklaşıyor, yaklaşıyor ve bekleşen küçük grubun önünde duruyor, omuzları çökük adam iner inmez yoluna devam ediyor. Bahar kardeşinin elinden kurtulup koşmakta olduğunun neden sonra farkına varıyor. Çocuk, "Baba, baba," diyerek adama sarılıyor. Babaları önce Hakan'ı, sonra Bahar'ı kucaklıyor, öpüyor. Daha sonra yaşlı karı kocaya yaklaşıyor. "Hepimize Allah sabırlar versin," diyor. Bahar, anneannesinin iniltiye benzer bir ses çıkardığını sanki çok uzaklardan duyuyor. Babası tekrar Bahar'ın yanına geliyor. Kızına sarılıp, "Annen için elden gelen her şey yapıldı, yavrum. Ameliyat başarılı geçti, hatta bir ara kurtuldu sandık ama ameliyat sonrası ani bir beyin kanaması onu alıp götürdü," diyor.

Sessizlik... Babası yorgun, çok yorgun görünüyor. Yine uzaklardan babasının sesini duyuyor. "Metin olmalıyız, birbirimize destek olmalıyız, yavrum," gibi bir şeyler söylüyor.

Demek günlerdir yolunu bekledikleri anneleri ölmüş! Ne garip, annesinin ölümüne üzülemiyor, çünkü gerçekten öldüğüne inanamıyor. Kendini zorluyor... Gerçeği artık kavramış olması gerek, ama olmuyor. Oysa babasının o yıkık, bitkin hâline, çökmüş gözlerine, hele hele düşük omuzlarına baktıkça gözleri doluyor, çılgınca ağlamak istiyor. Anneannesiyle dedesinin hâline içi burkuluyor da, kendi kendine annem öldü, annem öldü, dediği hâlde hiçbir şey hissetmiyor.

Sonra cami, cenaze, dualar, mezarlık... Bir kargaşa, bir telaş ve eve dönüş. Akrabalar, dostlar evi doldurup boşaltıyorlar. Bu kadar insan ne zaman duydu, ne çabuk geldi diye şaşıyor Bahar. Bir ara okul arkadaşlarının, daha doğrusu tüm sınıfın geldiğini fark ediyor. Küçük odasına sıkışıyorlar. Hepsi sessiz, çekingen, sanki utanıyorlar. Hele oğlanlar ne kadar rahatsız.

Arkadaşlarını görünce, Bahar'ın yeniden gözleri doluyor.

Halası da kalkmış, Manisa'dan gelmiş. Şişman, tiz sesli bir kadın. Koltuğa oturmuş, avaz avaz ağlıyor. Bahar ona sinirlendiğini hissediyor. Bir ara, hıçkırırken kocaman memeleri nasıl da hopluyor, diye geçiyor aklından. Bu kez de içinden delice gülmek geliyor.

Yaşamlarını altüst eden bu olaydan, Bahar'ın gözleri önünde siyah beyaz fotoğraflar dizisini andıran izlenimler bunlardı işte... Her biri net, kesin, ayrı birer fotoğraftı sanki.

O akşamüstü de penceresinin içine oturmuş, dalgın dalgın dışarıya bakarken, içeri giren Sevgi onu yine bu tür düşünceler içinde yakaladı.

"Bak sana yeni bir dergi getirdim, içinde nefis şeyler var." Sevgi, biricik Sevgi, onu oyalamak için her gün geliyordu. Bahar'a okuldan bir süre için izin alınmıştı.

"Teşekkürler. Gece okurum."

"Haydi kalk da, dışarı çıkıp bir dolaşalım."

"Hiç canım istemiyor, Sevgi."

"Ama bir haftadır odandan çıkmıyorsun. Bütün gün ne yapıyorsun kendi kendine?"

"Düşünüyorum."

Sevgi, "Yaa," diyerek yavaşça arkadaşının yanına oturdu.

Genç kız her zaman hareketi düşünceye yeğlerdi. Ufacık kalkık burnu, beline kadar uzanan düz kumral saçları, gözlerinin üstüne düşen kakküllerin arasından cin cin bakan iri, koyu renk gözleriyle cana yakın bir kızdı.

"Ne düşünüyorsun?"

Bahar çenesini dizlerine dayadı. "Ailemizin nasıl bir an içinde paramparça olduğunu düşünüyorum. Bir an içinde..."

Sevgi'den hiç ses çıkmıyordu. Bahar onun varlığından haberdar değilmişçesine sözlerine devam etti. "Hakan'ı, bizden ayırıp Ankara'ya göndermeleri hata. Gerçi anneannemle dedemi sever, onlar da onu... ama bu dönemde Hakan, babam ve ben birlikte olmalıydık. Acımızı birlikte sindirmeliydik. Gelecekte ne yapacağımızı, annemsiz..." Sözün burasında sesi çatladı, boğazını temizleyip başını dikleştirerek çabuk çabuk konuşmasını sürdürdü. "Annemsiz hayatımıza nasıl devam edeceğimizi birlikte çözmemiz gerek. Yani demek istiyorum ki, asıl aile biziz. Babam, Hakan ve ben. Hayatı altüst olan da yine biziz... hayatımızın parçalarını bir araya getirmeye çabalarken her birimizi ayrı ayrı yerlere koymak niye?"

Sevgi sıkıntılı sıkıntılı kıpırdandı oturduğu yerde. Arkadaşına yardım edebilmek istiyor, ama elinden de pek bir şey gelmiyordu. Onu avutmak istedi.

"Ama bak, sen babanla birliktesin hiç olmazsa..." Bu sözler Bahar'ın büsbütün heyecanlanmasına neden oldu.

"Ben? Ben mi babamla birlikteyim? Güleyim bari. O günden bu yana bir kez, bir tek kez bile baş başa kalamadık. Halam o kocaman gövdesiyle her an aramızda. Aklı sıra babamı oyalıyor, kendine göre birtakım önlemler alıyor. 'Onu konuşmayın, üzülür, bunu söylemeyin, üzülür.' Geçen gün, annemin büyük bir fotoğrafı vardır, onu salona koyayım dedim, o şişko hemen koştu kaptı. Babamın acısını depreştiririrmiş. Ne yani? Öldü diye annemi unutacak mıyız? Onun için Sevgiciğim, bu kadın burada oldukça ben de babamdan ayrı sayılırım. Ne zaman ki, o Manisa'sına döner, işte biz de o zaman babamla gerçekten bir arada oluruz. Bundan da pek umudum yok, çünkü bize hiçbir şey sorulmadan karar alınmış. Evde bize bakacak bir kadın gerekliymiş, halam da bu işi gönüllü olarak üstlenmiş."

İki arkadaş bir süre sıkıntılı bir sessizlik yaşadı. "Peki babanla konuşmayı bir denesen?"

"Güç, çünkü babam da benim gibi odasına kapandı, çıkmıyor. Kimseyle de görüşmüyor. Bu yıl emekli olması işi büsbütün berbat etti. İşi olsaydı oyalanırdı. Annem bile, 'Acaba emekli olunca evde sıkılacak mı, bunalacak mı?' diye düşünüp duruyordu. Üstelik şimdi annem de yok. Örneğin ben yarın okula başlayacağım. İlk günler zor olacak, biliyorum, ama okulda ister istemez oyalanacağım. Zavallı babam ise evde kalacak."

Sevgi kafasını zorluyor, arkadaşını avutacak bilgece sözler bulmaya çabalıyordu, ama aksi gibi aklına da hiçbir şey gelmiyordu.

"Seni de üzüyorum be Sego."

"Aldırma. Biz seninle birlikte neler geçirdik, bunu da birlikte atlatırız, gör bak," dedi Sevgi, Bahar'ı güldürmeye çalışarak.

Bahar'la Sevgi'nin anaokulu yıllarına uzanan sağlam bir dostlukları vardı. Aynı okulda olmalarına rağmen, fırsat bulur bulmaz okul dışında da buluşur, uzun uzun konuşur, gülüşür, her şeylerini paylaşırlardı.

Anaokulunda bir bez bebek için yaptıkları kavga sonucu tanışmışlar, daha sonraki yıllarda bir gün küsüp bir gün barışarak bu arkadaşlığı pekiştirmişlerdi. Sevgi, Bahar'a salıncakta kolan vurmasını, Bahar da Sevgi'ye seksek oyununun kurallarını öğretmişti. Yuvadan sonra ilkokulla birlikte bale okuluna yazdırılmışlar, bir kış boyunca kıkırdaşa kıkırdaşa okula gidip gelmeleri sırasında, başbalerin olamayacak olduktan sonra derslere devam etmenin anlamsız olacağına birlikte karar vermişler, bu kararı ailelerine yine birlikte bildirmişlerdi.

Sevgi bir şey yapmış olmak için kalktı, Bahar'ın kedisi Balbadem'i kucağına alıp okşamaya başladı. Kucağı dolduran cinsten, pofur pofur sarı tüylü, iri bir kediydi Balbadem. "Keyifsiz bir hâli var Badem'in."

"Evet," dedi Bahar yavaşça, "o her şeyi anlar. Annemin ölümünden beri yanımdan ayrılmıyor. Sana daha da garip bir şey söyleyeyim mi, miyavlaya miyavlaya Hakan'ın odasına gidiyor, sanki onu arıyor, sonra çıkıp yatağının üstüne yatıyor. Oysa kuyruğunu çekip sıkıştırdığı için Hakan'ı pek sevmez aslında."

Arkadaşı sevgiyle karışık bir hüzünle Bahar'ı süzdü. Kumral, ela gözlü, narin yapılı bir kızdı Bahar. Narin görünüşünün altında güçlü bir kişiliğe sahipti. Bazı arkadaşları onu "havalı kız, hoş kız" diye tanımlarken, etkileyici ve güçlü kişiliğinin ona verdiği başkalığı anlatmak istiyorlardı belki de. Diğerleri ise Bahar'ın çarpıcı bir yanı olmadığını söylerlerdi. Gerçekten de ilk anda dikkat çeken bir kız değildi, ama hep bir şeyler düşünür gibi bakan anlamlı iri gözleri, güzel elleri, uzun bacakları ve ince silüetiyle baktıkça insanı çeken sade ve kişilikli bir güzelliği vardı. Şimdiyse o anlamlı gözler acı doluydu, gözlerinin altında mor halkalar oluşmuştu, rengi bembeyazdı. Her zaman özenle tarayıp açık bıraktığı dalgalı saçları bir lastikle ensesinde öylece toplanmıştı. Sevgi'yi en çok üzen de, güçlü arkadaşını böylesine ezik görmekti. Hani ağlasa, bağırsa, bir şeyler kırsa daha memnun olacaktı.

Sevgi saatine baktı. "Eve dönmem gerek, ama aklım sende kalacak. "

"Beni merak etme, iyiyim."

"Hiç de iyi görünmüyorsun," diye patladı Sevgi sonunda. "Evden çıkmazsan, yemek yemezsen, saçını başını taramazsan, nasıl toparlanacaksın, söyler misin?"

Bahar gülümsemeye çalıştı. "İnan ki iyiyim, bu da geçecek. Canım istemiyor, sadece bu kadar."

Sevgi ayağa kalkınca, Badem yere atlayıp Bahar'ın kucağına sıçradı. İyice yerleştikten sonra ön patileriyle Bahar'ın eteğini mırıldana mırıldana yoğurmaya koyuldu.

"Sana demedim mi beni merak etme diye. Senin gideceğini anlayınca yine kucağıma geldi. Şuna bak, sanki hamur yoğuruyor." İki arkadaş ilk kez güldüler. Sevgi eğilip arkadaşını öptü. "Yine geleceğim."

Odadan çıkmadan önce Sevgi bir kez daha dönüp arkadaşına baktı. Akşam karanlığının yavaş yavaş çökmekte olduğu bu küçük loş odada yalnız bir kız, kucağındaki kocaman sarı kediye doğru eğilmiş, çenesinin altını yavaş yavaş kaşıyor, kedi de zevkten kapanmış gözlerle başını sahibesine doğru uzatmış, ona sokuldukça sokuluyordu.

Sevgi, "İyi ki varsın Badem," diye mırıldanarak kapıyı yavaşça çekti.

# OKULDA İLK GÜN

Bayrak töreninden sonra sınıflara dağılırken, Bahar aniden bir bulantının midesinden boğazına doğru yükseldiğini hissetti, tuvaletlere yöneldi. Başı da dönmeye başlamıştı.

Ne oluyor bana? Kendime hakim olmalıyım. Şimdi bayılmanın sırası mı? O kadar da kendimi tuttum, diye düşünüyordu ki, dizlerinin kesildiğini hissetti.

Biri koluna girdi; Sevgi'ydi bu.

"Yalpalıyorsun, Bahar. Gel, yere oturuver istersen."

"Yok, yok, hemen tuvalete gitmeliyim, yüzümü yıkamalıyım," dedi Bahar zorlukla. "Derse de geç kalacağız."

Karşıdan müdür yardımcısı Nurcihan Hanım geliyordu. "Çocuklar, ders başladı, siz hâlâ ne arıyorsunuz koridorlarda!" diye kızgın kızgın bağırmaya başlamıştı ki, gözü Bahar'a ilişti. "Bahar! Zavallı yavrum! Neyin var? Sevgi, çabuk söyle, ne oldu?"

"Bilmiyorum hocam. Önümde yürüyordu, birden tuvaletlere yöneldi. Niye oraya gidiyor derken, sallanmaya başladığını gördüm, hemen koşup yanına geldim. İyi değil galiba," dedi Sevgi bir solukta.

Nurcihan Hanım uzun küpelerini şıkırdatarak başını iki yana salladı ve aralarında büyük bir sır varmışçasına Sevgi'ye şöyle bir bakıp, "Vah zavallı yavrucak. Dur kızım, seni hemen revire götürelim," dedi, Bahar'ın öteki kolunu yakaladı.

Revir, diye düşündü Bahar. Revir binanın ta öbür ucundaydı. Dünyada oraya ulaşamazdı. "Fenayım, hocam. Çok midem bulanıyor," diyebildi güçlükle. Hepsi gitse de onu rahat bıraksa ne iyi olacaktı.

Bu sözleri duyan Nurcihan Hanım, "Öyleyse çabuk tuvaletlere. Haydi Baharcığım, gayret, zaten iki adım kaldı," dedi.

Yalnız kalmak istiyordu Bahar. Hele kusacaksa mutlaka yalnız olmalıydı, ama onlarla mücadele edecek hâli yoktu.

Yüzüne çarptıkları soğuk su iyi gelmeye başlamıştı. Üstü başı ıslaktı, ama umurunda değildi. Yeter ki şu bulantı geçsin.

Durmadan konuşan Nurcihan Hanım, "Çıkart kızım, ferahlarsın," diye ısrar ediyordu.

"Hocam, sizin yanınızda..."

"Aaa," diyerek bir kahkaha attı Nurcihan Hanım. Ucu kırmızı taşlı küpeleri yine şıkırdadı. "Sen bunu mu düşünüyorsun, ilahi çocuk. Bak ben her zaman söylerim Sevgi, şu Bahar çok kibar çocuktur. Kızım, böyle durumda bunun sözü olur mu? Neyse, neyse, ben çıkayım da sen rahatına bak," diyen Nurcihan Hanım, sonunda onları yalnız bırakıp dışarı çıkabildi. Nurcihan Hanım çeşit çeşit sallantılı küpeleri ve kendine özgü deyişleriyle okulun renkli kişilerindendi. Örneğin, o yılın ilk coğrafya dersine girer girmez, onu bekleyen öğrencileri şöyle bir süzüp başını iki yana sallayarak, "Çalışkanlar sevindi, tembeller üzüldü," demişti. Gürültü edenlere çok kızar, "Hem sıfır kuruşa okuyun, hem de gürültü yapın," diyerek devlet okulunda olduklarını onlara sık sık hatırlatırdı.

Sevgi alçak sesle, "Eğer iyiysen, ben de seni dışarıda bekleyeyim," deyince Bahar başını salladı. Sevgi gider gitmez tuvaletlerden birine girdi. Safra boğazını yakıyor, ama başka bir şey gelmiyordu. Gelemezdi de, çünkü sabah bir şey yememişti. Yine de yavaş yavaş açılmaya başladığını hissetti. Bir süre daha bekledi. Bulantının geri gelmeyeceğinden emin olduktan sonra dışarı çıktı. Lavaboda bir kez daha yüzüne bol bol soğuk su çarptı. Mendiliyle yüzünü kuruladıktan sonra koridora çıktı. Sevgi duvara dayanmış, onu bekliyordu.

"Nasılsın?"

"İyiyim."

"Nurcihan Hanım bizi odasında bekliyor."

"Aman Tanrım."

"Evet, bugün senin koruyucu meleğin o. Sen de uslu bir kız olur, bu ilgiyi kabullenirsen, bütün yıl rahat ederiz." O yıl coğrafya dersine Nurcihan Hanım geliyordu. Nurcihan Hoca için ilk izlenim önemliydi. İlk derslerde ona çalışkan ya da iyi huylu öğrenci izlenimi verildi mi, bu artık bütün yıl o öğrencinin rahat edeceği anlamına gelirdi. Tersi olursa, öğrenci ağzıyla kuş tutsa onun gözüne giremezdi.

Nurcihan Hanım onları camla çevrili odasına alır almaz Bahar'a kolonya verdi ve bileklerini ovmasını, bol bol da burnuna çekmesini öğütledi. "Burada biraz dinlen, sonra sınıfına gidersin. Hocanıza benimle birlikte olduğunuzu söylersiniz. Senin durumun kolay değil tabii. Sen şimdi büyük baskı altındasın, stres altındasın..."

Çalan telefon Nurcihan Hanım'ın psikolojik açıklamalarını yarıda kesti. Kızlar bir süre bekledikten sonra ayağa kalktıklarında, o hâlâ telefonda muhasebeci Mustafa Bey'le tartışmasını sürdürüyordu. Kızların ayağa kalktıklarını görünce eliyle almacı kapadı. "Gidiyor musunuz? Haydi bakalım, geçmiş olsun. Seninle yeterince ilgilenmedim, ama bu muhasebedekiler bensiz hiçbir şeyi doğru dürüst yapamıyorlar. Ben de her yere yetişemem ki..." İki arkadaş dışarı çıktıklarında Nurcihan Hanım hâlâ, "Ama canım kardeşim, bak şimdi..." diye konuşmaktaydı.

İngilizce sınıfından gürültüler geliyordu. Bahar'la Sevgi mazeret bildirmek için İngilizce öğretmeni Nermin Hanım'a yönelmişlerdi ki, Nermin Hanım sabırsız bir tavırla, "Tamam, tamam, geçin yerinize," dedi ve gürültüyü bastırmak için cetvelle masaya vurarak, "Susun diyorum, susun!" diye bağırdı. Sınıf sessizleşmişti.

"Eğer hep böyle bir ağızdan bağrışırsanız, bir şey anlamazsınız tabii. Önce sakinleşin ve anlatacaklarımı dikkatle dinleyin. Ben sözümü tamamladıktan sonra sorunuz varsa sorarsınız, anlaştık mı?" Ve Nermin Hanım, İngilizce fiil çeşitlerini açıklamaya koyuldu. Kadıncağız ağır ağır anlatıyor, sözcükleri tane tane söylüyordu ki, sınıf birden, 'Anlamıyoruz hocam, anlamıyoruz,', 'Hocam, çok hızlı gidiyorsunuz,' gibi sözlerle yine gürültüye boğuldu. Nermin Hanım hayretle onlara bakakaldı. Sevgi, Bahar'ın da şaşırdığını görünce eğilip kulağına, "Sen yokken sınıfça aldığımız bir karar uygulanıyor. Geçen senekiler Nermin Hanım'ın çok ders verip sık sınav yaptığını söyleyince, biz de anlamıyor pozuna girip onu yavaşlatmaya karar verdik," diyerek kıs kıs güldü.

Nermin Hanım sarışın, ufak tefek, tatlı gülüşlü, yumuşak tavırlı bir öğretmendi.

"Çocuklar, sizin bu hâlinize güleyim mi, ağlayayım mı bilemiyorum. Ne var bu kadar basit bir şeyi anlamayacak?"

"Hocam, vallahi anlamıyoruz."

"Hocam, belki de dil konusunda yeteneğimiz yok."

"Hocam, biraz yavaş gitseniz, belki daha iyi anlarız."

Öğretmen, "Ama çocuğum, bundan da yavaş gitmek, olduğumuz yerde saymak olur," deyince sınıftan bir kahkaha koptu.

"Yoksa siz benimle eğleniyor musunuz?" Nermin Hanım'ın yüzü bulutlanmıştı.

"Hayır, hocam."

"Ne münasebet hocam," diye sınıftan itiraz sesleri yükseldi. Nermin Hoca'yı severlerdi. Dersi yavaşlatmak başka şeydi, Nermin Hoca'yı kırmak başka şey. Tam bu sırada zil çaldı.

Teneffüste arkadaşları bir haftalık aradan sonra okula dönen Bahar'ın etrafını alıverdiler. Eşref, Volkan, Keriman, Mine, Derya... Annesinin ölümü nedeniyle eve geldikleri günden bu yana ilk kez bir araya geliyorlardı. Çok kısa bir an hepsi öylece durdular, ne diyeceklerini kestiremez bir hâlleri vardı. Bahar onları anlıyordu anlamasına da, öylesine hâlsiz ve yorgundu ki, arkadaşlarını rahatlatacak bir şey bulup söyleyecek gücü bulamıyordu kendinde.

Sonunda Eşref'in gevezeliği imdada yetişti, "Ee Bahar, Nermin Hocaya uyguladığımız taktiği nasıl buldun?"

Eşref'in sözleri hepsini rahatlatmıştı, bir ağızdan konuşmaya başladılar.

"Böyle hızlı hızlı götürür, sonra da dayarmış sınavları," dedi Volkan.

Eşref de, "Biz de yavaşlatma taktiği uygulayalım dedik. Şimdi anlamıyor ayaklarındayız," diyerek Volkan'ın açıklamasını tamamladı.

Eşref'le Volkan ayrılmaz iki dosttular. Dış görünüşlerinin dışında her konuda birbirlerine çok benzer, her muzırlığı kafa kafaya hazırlar, birbirlerini tamamlarlardı. Bu kusursuz uyumu dış görünüşleri bozuyordu ne yazık ki. Eşref iri yarı, uzun boyluydu. İri yapısıyla en kalabalık yerde bile dikkat çekerdi. Kalın kara kaşları, pırıl pırıl simsiyah gözleri ve kavgaya yatkınlığıyla ona okulun kabadayısı da denebilirdi. Aslında onun böyle bir iddiası yoktu da, görünüşü bu izlenimi verir, bu nedenle de küçük sınıftakiler ondan bayağı çekinir, korkarlardı. Hoş, Eşref de bu şöhretinden pek şikâyetçi sayılmazdı. Okul koridorlarında kasıla kasıla dolaşır, arada bir gürültü gelen küçük sınıflardan birine dalar, "Ne oluyor bakalım burada!" diyerek kalın kaşlarını çatıp gözlerine sert bir ifade vermeye çalışır, kendi kendine müthiş eğlenirdi.

Volkan ise ince yapılı, orta boyluydu ama Eşref'in yanında iyice çelimsiz görünürdü. O sessiz muzırlardandı; olmadık şakalar yapar, arkadaşları kendilerini tutamayıp kahkahalar atarken, Volkan ifadesiz bir yüzle dersi dinlemeye devam ederdi. Hele bir olayı vardı ki, arkadaşları durur durur anlatırlardı.

Müveddet Hocanın resim dersinde Eşref, Mücahit ve Volkan aynı sırada oturuyorlarmış. Volkan hiç durmadan fısır fısır bir şeyler söylüyor. Mücahit'le Eşref de kendilerini tutamayıp gülüyorlarmış.

Durumu gören Müveddet Hanım, "Utanın, utanın. Derste bu ne laubalilik. Şu Volkan'a bakın da örnek alın, nasıl ağırbaşlı, nasıl efendice ders dinliyor," diye Eşref'le Mücahit'i paylayınca, işin aslını tahmin edenler arasında da gülüşmeler başlamış. Derse devam edilmiş, ama o gün Volkan'ın keyfi yerinde ya, ötekiler sus deseler de susmuyor, yine güldürüyormuş onları. Sinirler boşanmış bir kere. Müveddet Hanım bu kez cetvelini vurarak, "Susun diyorum, susun!" diye bağırmış. Sonra da, "Volkan, yavrum, bu arsızları susturmanın tek yolu, senin ortaya geçmen. Sen ortada oturursan, fısıldaşıp gülüşmeyi keserler de, biz de rahatça ders yaparız," demiş. Bunun üzerine sınıf kahkahadan kırılmış tabii. İşte böyle bir ikiliydi Eşref'le Volkan.

Biri yavaşça Bahar'ın koluna girdi. "Seni gerçekten çok özledik," dedi alçak sesle. Derya'ydı bu. Bahar yeniden içinde birtakım duyguların kabardığını hissetti, gözyaşlarını geri itmek istercesine gözlerini kırpıştırdı ve titrememesine çalıştığı sesiyle, "Sağ ol Derya, ben de sizleri çok özledim," dedi. İki arkadaş bir an göz göze kaldılar. Bahar, ne kadar da güzel, diye düşündü. Derya'ya rahatça sınıfın en güzel kızı denebilirdi. Uzun boylu, sarışın ve iri yeşil gözlüydü. Üstüne üstlük zeki ve yetenekliydi. Fen derslerinde hep yüksek notlar alır, basketbolda hep okul takımında oynar, edebiyat çalışmalarında yıldız gibi parlardı. Erkeklerin arasındaki süksesiyse, onun bu pırıltılı kişiliğini diğerlerinin gözünde büsbütün parlak bir görünüme dönüştürürdü. Altın Kız, diye içinden geçirdi Bahar. Derya'yla yarışılmaz, o sadece hayran hayran seyredilir. Bunca yetenek bir arada... Biraz haksızlık değil mi?

Sevgi kolunu tutmuş, sarsıyordu onu. Bahar daldığı düşüncelerden güçlükle kendini sıyırdı. Şu günlerde her şey güç geliyordu ona. Vücudu ağrıyordu, kolları, bacakları, sırtı sanki dayak yemiş gibiydi. Kısacası yorgundu, çok yorgun...

Sevgi, "Sana asıl Nurcihan Hanım'la Eşref'in arasında okul kıyafetleriyle ilgili olarak geçen olayı anlattık mı?" diye sorunca Bahar, "Hayır, ne oldu?" dedi merakla. Eşref'le ilgili her olay daima ilginçti. Sevgi, Eşref'e şöyle bir baktı. Eşref hafiften kasılarak, "Sen anlat," dedi ve kendisiyle ilgili olayın anlatılışını keyifle dinlemeye hazırlandı.

"Seçmeli derste yine kızların giysileriyle ilgili açıklamalar yapılıyormuş. Eşref de sınıftaymış. Nurcihan Hanım özellikle etek giyme üzerinde durmuş, okula pantolonla gelmelerinin kesinlikle yasak olduğunu, bir daha sefere herkesi etekle görmek istediğini söylemiş. Herhalde bir iki kişi o gün okula pantolonlu gelmiş olacak ki, bu konuda bunca ısrar etmiş. Ertesi gün aynı derste herkes etekli... hatta ve hatta Eşref bile! Eteğinin altından da kıllı kıllı bacakları görünüyor. Tabii kıyamet kopmuş. Nurcihan Hanım, Eşref'e, 'Seni disipline vereyim de aklın başına gelsin,' demiş. Eşref yalvarıp yakarmış. 'Hocam, sadece şaka yapayım demiştim,' diyerek günlerce peşinde dolaşmış da, güç bela disiplinden kurtulmuş."

"Güzel anlattın da," dedi hemen Eşref. "Şu yalvarıp yakarma faslını biraz abartmadın mı?" Öykünün bu bölümü hoşuna gitmemişti Eşref'in!

Yorganını çenesine kadar çekti Bahar. Badem ayak ucuna kıvrılmış, çoktan horlamaya başlamıştı bile. Yarım ay, pencereye değen dalların yaprakları arasından solgun yüzüyle Bahar'a bakıyordu sanki. Bir gece önceki heyecanını düşündü Bahar, oysa bu gece o heyecan kalmamıştı. Küçük de olsa bir engeli aşabilmiş, okulun ilk gününü tüm güçlüğüne karşın iyi kötü göğüsleyebilmişti...

# YAĞMURLU BİR GÜN

Zilin keskin sesi okulun her yanında duyulur duyulmaz, Bahar da diğer öğrencilerle birlikte kendini ön kapıda buluverdi. Sevgi, "Bahar, Keriman'la ben Beşiktaş'taki kırtasiye dükkânına gideceğiz, hani şu dosyalar için. Sen de gelir misin?" diye sordu. Çantasının kapanmak bilmeyen fermuarını çekebilmek için yere diz çökmüştü. Keriman da Sevgi'nin başına dikilmiş, ona yardımcı olmaya çalışıyordu. Ama bunun Sevgi'yi büsbütün sinirlendirdiği kızın yüzünden belliydi.

Sevgi'nin tam zıttıydı çıtı pıtı Keriman, Sevgi ne denli çabuksa, Keriman o denli yavaş, Sevgi ne denli pratik ve mantıklıysa, Keriman o denli romantik ve havalarda uçan bir kızdı. Sürekli aşk romanları okur, günün birinde şömineli bir dağ evinin olacağını, kırmızı beyaz benekli çay fincanlarıyla o şöminenin karşısında hayatının erkeğiyle çay içeceklerini ve ayaklarının dibinde iki nefis kurt köpeğinin uzanacağını büyük bir içtenlikle anlatırdı. Daha küçük sınıflardayken, hayatının erkeğini de ayrıntılı biçimde tanımlayabiliyordu. Uzun boylu, simsiyah saçlı, siyah kıvırcık kirpikli, yeşil gözlü, keskin bakışlı olacaktı bu erkek. Gerçi son yıllarda bu tanımlama azıcık bulanmaya başlamıştı, ama şömineli dağ evi, benekli bardaklar ve kurt köpekleri aynen süregelmekteydi. Tüm bunlar Sevgi için tek kelimeyle deli saçmasıydı.

"Kot pantolonunu düşünürsen, çantanı daha kolay kapatabilirsin, Sevgiciğim," diyordu hiçbir şeyin farkında olmayan Keriman. Sevgi bu öneriyi Keriman'ın yüzüne ters ters bakarak yanıtladı. Keriman ise Sevgi'nin öfkeli bakışlarına aldırmadan konuşmasını sürdürdü. "Dar bir kotun fermuarını kapatabilmek için ne yapıyorsun, bir düşün. Önce iki kenarı bir araya getiriyorsun, fermuarı azıcık yürütüyorsun, sonra yine bir araya getiriyor, yine fermuarı yürütüyorsun işte şimdi de öyle yap demek istiyorum..."

Sevgi asık suratla hırslı hırslı Keriman'ın dediklerini yaptı ve biraz yorucu da olsa çanta kapandı. "Öff, çok şükür bu iş de bitti. Kitaplar bu kadar çok olunca sığmıyor tabii. Eee, ne dersin Bahar, bizimle geliyor musun?.."

"Gelmek isterdim ama eve gecikirim, halam da söylenmeye hazır. Onunla takışmak istemiyorum..."

Bir anlık bir sessizlik oldu, sonra Sevgi, "Tabii, tabii, yarın görüşürüz o zaman," diyerek uzanıp arkadaşını öptü.

İki arkadaş kitap dolu çantalarını omuzlarına atıp Beşiktaş'a doğru yol alırken, Bahar okulun karşısındaki otobüs durağına geçti ve bir süre arkalarından baktı. Sevgi, can dostu Sevgi ne kadar anlayışlıydı tüm o delişmenliğine karşın. Annesinin ölümünden bu yana bütün arkadaşları ona nasıl destek olmuşlardı. Onların arkasından bakarken, içini kaplayan sıcaklığın yanı sıra gözlerinin dolduğunu hissetti.

Haydi haydi, aptallaşmanın sırası mı, hem de sokak ortasında, diye kendi kendine söylendi. İki yanına baktı, kimseler yoktu, ceketinin koluyla çabucak gözyaşlarını sildi. Hep de mendil almayı unuturdu. Hah, işte burnu da akıyordu. Çok güzel, doğrusu çok güzel, diye için için homurdandı. Eve gidince ilk işim her cebime ikişer mendil koymak olsun.

Hava giderek kararıyor, rüzgâr serin serin esiyordu. Ceketinin yakasını kaldırıp bir türlü gelmek bilmeyen otobüsü beklemeye koyuldu. İri bir yağmur damlası burnuna düştü. Eyvah, diye düşündü Bahar. Bugün de yağmur yağacak ve ben yine sırılsıklam olacağım.

İstanbul'un o bitmez tükenmez gri günleri başlamıştı. Sağda solda uçuşan kırmızılı sarılı sonbahar yaprakları da olmasa, gri bir tünelde yaşıyorum sanki, diye düşündü. Gök gri, bulutlar gri, sokaklar griydi.

Durağın iyice gerisine çekilince, birden karşı kaldırıma, okulun kapısının az aşağısına takıldı gözü. Serdar orada durmuş, motosikletiyle uğraşıyordu. Bahar'ın yüreği hop etti, aynı anda kulakları da uğuldamaya başlamıştı. İster uzaktan, ister yakından, Serdar'ı her görüşünde böyle oluyordu. Oysa aynı okulda olmalarına karşın sadece bir merhabaları vardı. İkisi de son sınıf öğrencisiydi, ama ayrı şubelerdeydiler.

Serdar eğilip kalkıyordu, sonunda motosiklet çalıştı. Delikanlı birkaç kez pedalın üstünde zıpladı ve motor hızla ileri atıldı. Bahar'ın önünden geçerken, Serdar bir an yüzünü ondan tarafa çevirdi ve Bahar'la göz göze geldiler. Öylesine ani geçmişti ki, Bahar ne selam verebilmiş, ne de gülümseyebilmişti. Kazık gibi olduğum yerde durdum, insan bir gülümser. Hoş, gülümsesem ne olacak? Saçlarım bir rezalet, burnum da eminim pancar gibi kızarmıştır, diye hüzünle düşünürken, yine bir motor sesi duydu. Aman Tanrım, bu kez Serdar tam karşısında duruyordu.

Hiçbir şekilde güzel denemezdi Serdar'a, ama çok yakışıklıydı. Tek tek bakınca, burnu hafif eğri, ağzı büyükçe, saçları kıvırcık ve asiydi. En ilgi çekici yanı gözleriydi. Zeki insanlara özgü bir pırıltı vardı ela gözlerinde. Bakışları hep uyanık, hep canlıydı. Kusurlu da olsa, tüm bu özellikler bir araya gelince, yakışıklı ve çekici bir erkek çıkıyordu ortaya.

"Nereye gidiyorsun, Bahar?"

"Tarabya'ya."

"İyi, ben de Yeniköy'e gidiyordum. İstersen seni götüreyim. Yağmur boşanacak gibi, otobüsün gelmesine de çok var."

Uzun bacaklarıyla motosikletin dengesini sağlıyor, bir yandan da elleriyle motorun durmaması için çaba harcıyordu. Bahar afallamıştı. Kulaklarındaki uğultu motorun gürültüsüne karışıyordu.

Serdar, "Yoksa motosiklete binmeye korkuyor musun?" derken hafifçe gülümsedi. Serdar kız peşinde koşup çapkınlıklarıyla övünenlerden değildi. Bahar'a yardım önermesi, bir okul arkadaşı olarak onu durakta yalnız bırakmamak için olsa gerekti. Bahar bir saniyede zihninden geçen bu düşüncelerin arasından, "Yoo, hayır. Yalnız ilk kez bineceğim de..." dediğini duydu.

"Sen merak etme. Haydi bin arkama, yağmur bastırmadan seni evine bırakayım. Hava kararmaya başladı, kimseler de kalmamış."

Sonbaharın hüznü Boğaz yollarına iyice çökmüştü. Ama Bahar az önceki hüznün uçup gittiğini, onun yerine, yağmur bulutlarının arasından başını uzatan güneş örneği bir neşenin içini doldurduğunu hayretle fark etti. Bebek'i geçmiş, Rumelihisarı'na doğru yol alıyorlardı. Denizin koyu gri dalgaları şahlanarak kaldırım taşlarına çarpıyor, köpükleriyle yolu orta yerine kadar ıslattıktan sonra geri çekiliyordu. Damlalar daha da irileşmeye başladı ve yağmur birden olanca şiddetiyle bastırdı.

Bahar yavaşladıklarını hissetti. Serdar motosikleti kuytu bir köşeye çekti. "İyi ki, yanımda muşamba ceketim var. Çabuk şunu giy üstüne," diyerek Bahar'ın oturduğu seleyi kaldırıp yumak hâlinde bir naylon ceket çıkardı, silkeledi. Bahar'ın giymesine yardım ettikten sonra kapüşonunu da başına geçirdi. "Şu ipleri de çenenin altından bağlarsan, Tarabya'ya kadar idare eder," dedi.

"Ama sen..."

Serdar, "Ben iyiyim," diyerek Bahar'ın sözünü kesti ve yine yola koyuldular. Bahar yüzüne çarpan yağmur damlalarından korunmak için başını yana çevirmişti, ıslak etekleri bacaklarına yapışıyordu. Yanlarından geçen arabaların içindekiler merakla eğilip onlara bakıyorlardı. Üstüne üstlük kocaman bir belediye otobüsü onları hızla sollarken öylesine su sıçrattı ki, bu kez Bahar'ın çantası da sırılsıklam oldu. Serdar'ın bir şeyler söylediğini duydu. Herhalde küfrediyordur, diye düşündü için için kıkırdayarak.

Sonunda Tarabya görünmüştü. Başka zaman olsa Bahar böylesine ıslandığı için sinirinden tepinirdi, ama şimdi ne yağmura aldırdığı vardı, ne de düşüncesiz otobüs şoförüne. Serdar başını arkaya çevirerek, "Evin nerede?" diye bağırdı.

"Dondurmacı Veli'nin orada."

Motosiklet son virajı da alıp durağa doğru hızlandı ve Dondurmacı Veli'nin önünde durdu. Bahar hemen yere atlayıp ceketi çıkarmaya yeltendi.

"Kalsın, kalsın," dedi Serdar.

Bahar, "Ama sen daha geri döneceksin, benim evim ise şurada," dediyse de delikanlı, "Yarın okulda alırım, haydi hoşça kal," diyerek motoru geri döndürdü. Durakta durmuş ona bakan genç kızın önünden geçerken yine gülümsedi ve el salladıktan sonra su birikintilerini sollayarak gözden kayboldu.

Bahar bir süre olduğu yerde kalakaldı. Yüzünü ıslatan yağmur damlalarını seviyor, yağmuru seviyordu. Şarkı söylemek, zıplamak geliyordu içinden. Keyifle evin yolunu tuttu.

Kırmızı boyalı, küçük, tahta bir evde oturuyorlardı son birkaç yıldır. Babası marangozluğa meraklıydı. Bu evin aşağı yukarı her şeyini, minik bahçe kapısından, bahçedeki tahta masa ve sandalyelerine varana dek her şeyini boş zamanlarında, hafta sonlarında kendi eliyle yapmıştı. Çatısı A biçimindeydi ve kapısının üstünde bir fener sallanıyordu. Bahçe parmaklıklarının yanı sıra uzanan ortancaları da babası dikmişti yıllar önce. Şimdi ortancaların boyu parmaklıkları geçmişti. Yaşam koşulları güçleşince, kirada oturdukları kışlık evlerinden vazgeçip yaz kış bu küçük, ama zevk ve özenle yapılıp döşenmiş evde yaşamaya başlamışlardı.

Bahçe kapısını açarken, 'Aman Allahım, bu ne hâl!' diye bağıracak şimdi halam, diye düşündü Bahar. Gerçekten de eve girer girmez, ayak seslerine koşan halası bir çığlık attı. "Aman Allahım, bu ne hâl!" Bahar böylesine şişman bir kadından böylesine tiz bir ses nasıl çıkabiliyor, diye kim bilir kaçıncı kez düşündü.

"Hemen ayakkabılarını çıkar, yerleri daha yeni sildim. Doğru odana, üstünü değiş, hastalanırsan sonra karışmam. Hem nasıl oldu da bu kadar ıslandın, sanki suyun içine düşmüşsün."

"Okul kapısında beklerken ıslandım," dedi Bahar hırsla. Yalan söylediği, daha doğrusu yalan söylemek zorunda bırakıldığı için öfkeliydi. Yalandan nefret ederdi. Ama doğruyu söylese, evde küçük çapta bir aile faciası yaratırdı bu kadın. Serdar kim? Niye seni motosikletine aldı? Bu yaptığın hiç doğru değil, elâlem ne der sonra? Oysa bir okul arkadaşı onu evine bırakmıştı, işte hepsi bu kadar. Bu kadarcık bir şeyi bile rahatça söyleyememek, yalanlara sapmak zorunda bırakılmak... işte bu çok öfkelendiriyordu Bahar'ı. Doğru ol, dürüst ol derler, sonra da insanı en masum bir gerçeği bile söylemekten çekinir hâle getirirler, diye mırıldandı kendi kendine. Annesi başkaydı, annesi bunların dışındaydı... onunla her şey konuşulurdu. Tartışırlardı ama annesinden korkmazdı.

Islak ayakkabılarını çıkarıp kapının yanına bıraktı, koşarak odasına girip kapısını sımsıkı kapadı. Annesi öldüğünden bu yana odasına sığınır olmuştu. Kedisi Badem, Snoopy'li yastıklara gömülmüş uyuyordu, çantasını yere bırakıp kedisine koştu.

"Badiş, Badiş, neler oldu neler. Sana anlatacak öyle çok şey var ki, ama önce soyunmam gerek," diyerek kedisini kucaklayıp öptü. Kedi bu ıslak öpücükle sıçrayarak uyandı. Yeşil gözleriyle Bahar'a, "Ne oluyor?" dercesine, sinirli sinirli baktı, sonra ağzını kocaman açarak esnedi, iyice bir gerindi ve Bahar'ın ıslattığı tüylerini bir telaş yalamaya başladı.

"Aman aman, korkma, sana mikroplarımı saçmam," dedi Bahar gülerek. Soyunmaya başlamıştı bile.

Odasındaki her şeyi annesi dikmişti. Lacivert üstüne beyaz yonca desenli basma perdelerle kapitone yatak örtüsü aynı kumaştandı. Yatağın üstünde kalp biçimi, kare ve yuvarlak yastıklar vardı. Kenarlarındaki fisto fırfırlar odaya neşeli bir hava veriyordu. Bu yastıklara ek olarak, geçen doğum gününde Bahar'ın çok sevdiği Snoopy'li yastıklardan armağan etmişti babası. Bahar da hepsini yatağının üstüne yığmıştı. İşte Badem'in kendine seçtiği yer burasıydı. Çalışma masası ve kitaplığı tek parçaydı. Duvarda kocaman bir antika ayna, yerde yine aynı basmadan kocaman bir puf (arkadaşları geldiklerinde bu pufa oturmaya bayılırlardı) ve yatağının üstündeki emektar bebeği Bella, küçük odanın başlıca eşyalarıydı.

Çantasından ıslak kitap ve defterlerini çıkardı. "Eğer defterler de ıslandıysa yandık," diye mırıldanıp hızla defterleri karıştırdı. Neyse, sadece kapları ıslanmıştı. Hepsini teker teker yere dizdikten sonra üzerine kuru bir pantolon ve kazak geçirdi. Usulca mutfağa geçti, kaynayan çaydanlıktan kendine büyük bir bardak çay koyup yine ayaklarının ucuna basarak odasına geri döndü. Kimseyle konuşmak istemiyor, düşünceleriyle baş başa kalmayı yeğliyordu.

Saç kurutma makinesini çıkarıp fişe taktı. Gerçi pek alışılmış bir yöntem değil, ama saçımı kuruttuğuna göre kitaplarımı neden kurutmasın, diye düşünerek kitaplarını kurutmaya koyuldu.

Zavallı Badem bu ani gürültüyle önce yerinden sıçradı, sonra sağa sola bakınıp kendini doğruca Bahar'ın yatağının altına attı. Kurutma makinesinin sesine bir türlü alışamamıştı kedicik. Bahar gülmekten kırılacaktı neredeyse. "Ah Badem, sen de olmasan..." dedi. Kitaplarını teker teker kuruttuktan sonra aynanın karşısına geçti, şimdi sıra saçlarındaydı.

Aynada gördüğü yüz bir an duraklamasına neden oldu. Yanakları pembe pembeydi, gözlerindeyse yıldızlar pırıldıyordu sanki. Bahar o an, annesinin ölümünden bu yana ilk kez içinde bir mutluluk kıvılcımının çaktığını hissetti.

# SAĞLIKLI YAŞAM KOŞUSU

Sevgi hem belli bir tempoda koşuyor, hem de, "Nefesini iyi ayarla, temponu bozma. Bir-ki, bir-ki," diye, soluk soluğa yanında koşan Bahar'a komut veriyordu.

"Ha gayret, okulu üç kez daha turladık mı, bugün için hiç de fena bir çalışma yapmış sayılmayız."

"O zamana kadar düşüp ölmezsem tabii," diye homurdandı Bahar. "Nerden sana uydum da bu koşu işine kalkıştım!"

"Pöff!"

İki arkadaş okul binasını geçip banklara yöneldiler. Banklarda Mine, Eşref, Volkan oturmuş çene çalıyorlardı. Mine bu arada kucağına açtığı defterine öğleden sonraki İngilizce dersinin ödevini yazmaya çalışıyordu. Bahar'la Sevgi görününce, konuşmayı kesip ilgiyle onları seyretmeye koyuldular. Tam önlerinden geçiyorlardı ki, "Haydi aslanlar! Sizinle gurur duyuyoruz, kızlar!" diye laf attılar. Sevgi hemen dönüp onlara dil çıkardı. Bahar ise mor olmuş yüzüyle koşusunu bir an önce tamamlamaktan başka bir şeyi gözü görmediğinden aldırmadı bile. Mine onları bir süre daha dikkatle seyrettikten sonra, "İşte şimdi buldum!" diye bağırdı. "To hate fiiliyle bir cümle yapmam gerekiyordu. I hate to run. Üstelik gerçekçi bir cümle oldu," dedikten sonra da kendinden memnun bir ifadeyle cümlesini deftere geçirdi.

Üçüncü turu tamamlamışlardı ama Sevgi hızını alamamış, biraz daha koşmak istiyordu. Bahar isyan etti. "Sonsuza dek yaşayacağımı bilsem, bir adım daha atmam. Seni Minelerin yanında bekliyorum, tamam mı?" diyerek banklara yöneldi ve Mine'nin dizlerinin dibine çökercesine oturdu.

Mine gözlüklerini şöyle bir oynatıp onu hayretle süzdü. "Bahar, sizi hiç mi hiç anlamıyorum. Şurada rahat rahat oturmak varken..."

Eşref de, "Değil mi ya? Değil mi ya?" diyerek onayladı. Bahar soluk soluğaydı, onlarla uğraşacak hâli yoktu. Eşofmanının üstünden bacaklarını ovuşturmaya koyuldu.

Mine sözünü sürdürdü. "Yine de bana faydanız oldu, to hate fiiliyle güzel bir cümle yaptım, I hate to run... nasıl buldun?"

Bahar artık konuşacak kadar kendini toparlamıştı. "Şurada olumlu bir şeyler yapmaya çalışıyoruz, arkadaşlarımızdan gördüğümüz desteğe bak. Hem siz yine sigara içmişsiniz, açık havada bile leş gibi kokuyorsunuz."

"Tabii. Küçücük bir yere sıkışıp içersen, işte böyle üstüne başına siner," dedi Eşref.

"Yani şunu içmeniz şart mı?"

"Hadi hadi, vaaz vermeye başlama yine. Şu sağlık sorununa sardıralı, bazı kişiler iyice çekilmez oldular."

"Onunla hiç ilgisi yok. Koşmaya başlamadan önce de size aynı şeyleri söyler dururdum. Yine de söylüyorum, şu sigaradan ne anlarsınız bilmem."

"İnsanın zihnini açıyor, kızım. Hele de ders çalışırken."

"Hadi oradan, az önce de ders mi çalışıyordunuz? Bana sorarsanız, darılmayın ama sizinki bal gibi özentilik, kendinize hava veriyorsunuz."

"Ay Bahar, ne kadar ilkel bir yorum bu," diyerek Mine içini çekti. Kendine "entelektüel" havalar veren Mine, hep siyah dik yakalı kazaklar giyer, pek de gerekli olmadığı hâlde gözlük kullanır, kolunda da mutlaka birkaç felsefe kitabı taşırdı.

"Sigaranın zararları her gün her yerde tartışılıyor. Bunu bile bile kendinizi zehirlemeye devam edecekseniz, o sizin bileceğiniz iş. Yalnız şu kadarını söyleyeyim ki, bizim başımıza da dert açıyorsunuz. İdare kimin içip kimin içmediğini bal gibi biliyor. Geçen gün Nurcihan Hanım beni çağırdı. Benim sigara içmediğimi bildiğini, bu nedenle bana bir görev vermek istediğini söyledi."

"Yaa!" Koro hâlinde çıkmıştı bu "yaa" sesi.

"Neymiş o görev?"

"Bizim sınıfta sigara içenlerin bir listesini yapıp idareye verecekmişim."

"Eee, verdin mi bari?" diye sordu Volkan alaylı alaylı.

"Sen beni ne sanıyorsun, Volkan!"

"Kızma, kızma, sadece şakaydı. Haydi anlat, sonra ne yaptın?"

"Ne yapacağım, Nurcihan Hanım'a sigara içenleri kendilerinin bulması gerektiğini, benim kalkıp arkadaşlarımın adlarını asla vermeyeceğimi, aslında bu konuyla ilgilenmediğim için de kesin bir bilgim olmadığını açık açık söyledim."

Eşref, "Aslanım benim," diyerek, güm diye Bahar'ın sırtına vurdu.

"Evet, ama bu böyle gidemez. İdare yine biz içmeyenleri sıkıştıracak. Onun için bari okulda içmeyin şu pisliği. Hem kötü kötü kokuyorsunuz, hem de sizin yüzünüzden bizim başımız derde giriyor."

Mine yine gözlüğünü bir takıp bir çıkardı.

"Sakin ol, Bahar, sakin ol," diyerek, Bahar'ı büsbütün sinirlendiren bir ses tonuyla sözlerini sürdürdü. "Ben anlamıştım zaten... Senin sigara içmemen tamamen korkudan. Egemen güçlerden korkuyorsun sen. Aile kurumundan, okul kurumundan öyle korkuyorsun ki, bu senin tüm doğal davranışlarını kısıtlıyor."

Bahar artık dayanamayıp öfkeyle ayağa fırladı. "Yok canım! Ya sen niye içiyorsun, onu da ben sana söyleyeyim mi? Kendine hava vermek için, kendini kanıtlamak için!"

Tartışmayı yüzüne yayılmış keyifli bir ifadeyle, pingpong maçı izlercesine bir Mine'ye, bir Bahar'a bakarak izleyen Volkan'ın keyfini, "Hanımlar, hanımlar, bu tartışma size yakışmıyor," diyerek bozdu Eşref. Oysa Volkan öyle eğleniyordu ki...

O sırada Sevgi'nin sesini duydular, onlara sesleniyordu. Yanakları al al, saçları rüzgârda dalga dalgaydı. "Bir bilseniz, ah bir bilseniz," dedikten sonra yere oturdu, "of, nefes nefese kalmışım, of..."

"Ne zorun var böyle deliler gibi koşuyorsun? Otur, paşa paşa dinlen, güneşlen," diye öğüt verdi Volkan.

Sevgi soluğunu bulduktan sonra, "Bomba gibi bir haberim var," dedi Volkan'a aldırmadan.

Bahar, "Aman Sevgi, sen de lafı uzattıkça uzattın, ne diyeceksen de, biz de rahat edelim," diye homurdandı.

"Pekâlâ, pekâlâ. Tam beşinci turumu tamamlıyordum ki..."

"Övünmeyelim..."

"Sus Eşref, kesme sözünü de, ne diyecekmiş dinleyelim bakalım." Bahar'ın Mine'ye sinirlenmiş olduğunu bilemezdi tabii Sevgi.

"Aaa Bahar, sen beni böyle tersleyeceksen, anlatmam olur biter."

Meraklı Eşref, "Aman bacım, çok rica ediyorum, sen onlara bakma ve bana anlat," dedi. Volkan da hararetle Eşref'i destekleyince Sevgi, Bahar'a şöyle bir bakıp kaldığı yerden devam etti.

"Gözüm fizikçinin sınıfına ilişti. Sınıf bomboştu, ama fizikçi oturmuş, bir şeyler yazıyordu. Üstelik bizim gelecek haftaki sınav sorularını hazırlıyordu."

"Ne biliyorsun sınav sorularını hazırladığını?"

"Selçuk Hoca kitaba bakıyor, düşünüyor, tahtada işlemler yapıyor, sonra da tahtaya bakarak küçük kâğıtlara bir şeyler yazıyordu. Bu sınav sorularından başka ne olabilir ki?.."

"Doğru, doğru. Hem hatırlarsınız, bundan önceki soruları çaldığımızda ne demişti sınıfta? 'Ben bu sınıftan şüphelendim. Soruları bir daha öğretmenler odasında hazırlamayacağım. Giren çıkan belli değil.' Demek şimdi sınıfa kapanmış, soru hazırlıyor. Ne yapıp yapıp o soruları elde etmeliyiz, değil mi, mirim?"

Sevgi, Eşref'in sözü biter bitmez çabuk çabuk konuştu. "Durun, bir şey daha var. Tahtaya yazdıklarını iyice göreyim diye yüzümü cama yapıştırmış olmalıyım ki, beni hemen görüverdi."

"Aman Sevgi, yakıştı mı şimdi bu senin zekâna!"

"Her şeyi berbat ettin!"

"Yok canım, bir şey anlamadı. Ben hemen koşu pozuna girdim, o da aferin dercesine bana el salladı. Hem ortada bir suç yok ki, o sınıf biliyorsunuz yol üstü, gelen geçen herkesin gözü kayabilir. Selçuk Hoca da oraya oturmuş, görmemeye imkân yok..."

Eşref'le Volkan hemen kafa kafaya verip planlar yapmaya başladılar.

"Gidelim, kapıyı görecek bir yerde bekleyelim. Belki soruları bırakıp çıkar bir an için. Biz de dalar, en azından bir göz atarız."

"Ya üstünüze gelirse?" diye sordu Sevgi.

"O zaman sınıfta kitabımızı unuttuğumuzu, onu almak için girdiğimizi söyleriz. Ondan kolay ne var, kızım," dedi Volkan.

"Bana kızım deme."

"Peki, peki, Sevgi oğlumuz... Sonra da oturur, o soruları çalışırız ve sınavda şahane notlar alırız. Ne dersiniz, var mısınız?"

Kızlardan ses çıkmadı. "Tamam, anlaşıldı. Zaten bu bizim işimiz. Yürü Volkan, bu fırsat kaçmaz. Adam evinde hazırlayacağı soruları burada hazırlıyor," dedi Eşref.

Bahar, "Ya soruları alır giderse?.." diye sordu.

"Eh, o zaman biz de kader utansın deriz. Haydi Volkan, yürü, yürü!" Ve Eşref'le Volkan hızla fizik sınıfına yollandılar.

Volkan, "Pencerenin önünden şöyle yavaş yavaş geçelim, geziniyor gibi. Sonra da çaktırmadan içeri bir göz atarız. Bakalım Selçuk Hoca hâlâ orada mı?" dedi.

İkisi de güç almak istercesine ellerini ceplerine soktular ve ağır adımlarla pencerenin önünden geçerken, Selçuk Hocayla göz göze geldiler. Selçuk Hoca elini şakağına dayamış, pencereden dışarı bakıyordu.

"Tüh, bizi gördü."

"Gördüyse gördü, buradan geçmek yasak mı, bozuntuya verme."

"Selam hocam," diye bağrıştılar. Selçuk Hoca da onlara el salladı. Neşeli ve genç bir öğretmendi Selçuk Hoca, gelgelelim derste de acımasız mı acımasızdı.

"Hâlâ çalışıyor. Buralardan ayrılmayalım, ne olur, ne olmaz."

"İçeri girip koridorda beklesek daha iyi olur odadan çıkarsa hemen dalarız."

Binaya girdiler ve fizik sınıfının bulunduğu koridorda, duvarlardaki tüm yazıları okuya okuya beklemeye koyuldular.

"Yani şu bizim yaptığımız da tam toto oyunu," diye mırıldandı Volkan.

"Başka şansın var mı? Ya oturup saatlerce çalışacaksın ya da böyle ufak tefek şans oyunlarına kaderini bağlayacaksın. Selçuk Hocanın soruları alıp evine gitmesi olasılığı çok daha yüksek, ama geçen sefer öğretmenler odasında yaptığı gibi soruları tabak gibi bırakıp dışarı çıkarsaaaa, işte o zaman totoyu tutturduk demektir," dedi Eşref keyifle.

Daha Eşref sözünü yeni bitirmişti ki, fizik odasının kapısı açılıverdi. Selçuk Hoca kapıda durmuş, iki yana bakınıyordu. Eşref'le Volkan'ı görünce, "Çocuklar, telefon çalışıyor mu?" diye seslendi. Eşref'le Volkan aynı anda, "Evet, hocam," diye bağrıştılar.

Selçuk Hoca, "Aman ne iyi, çok önemli bir işim vardı da," diyerek koşar adımlarla koridorun öbür ucundaki telefon kulübesine yollandı.

"İşte, oğlum Volkan, totoyu tutturduğumuzun resmidir. Hemen içeri dalalım ve sorulara bir göz atalım."

Volkan, "Bilmem ki, bana her şey birden pek kolay göründü," dedi kafasını kaşıyarak.

"Bana bak, böyle bir fırsat bin yılda bir doğar. Şimdi vesveseye kapılmanın sırası değil, fazla vaktimiz yok, yürü."

Eşref'le Volkan, Selçuk Hocanın açık bıraktığı kapıdan içeri süzüldüler. Masanın üstü kâğıtlarla doluydu. Kimi küçük, kimi daha büyük kâğıtlarda çeşitli işlemler yapılmıştı.

Volkan, "Bunların hangilerinin sınav soruları olduğunu nasıl anlayacağız?" derken Eşref bir defter sayfası buldu. Bu kâğıtta düzgün biçimde yazılmış sorular vardı.

"İşte aslı burada, öbür kâğıtlarda çalışmalar yapmış."

"Bunları kopya etmek çok uzun sürer, neredeyse gelir."

"Dur, dur, çöp sepetine bakalım. Görmüyor musun, orada da kâğıtlar var... hem de galiba müsveddeleri atmış. Şunu alıp aslıyla karşılaştıralım, eğer müsvedde aslını tutarsa yaşadık. Müsveddeyi alır, toz oluruz."

Eşref çöp sepetinden aldığı bir deste kâğıdı, masanın üstünde duran kâğıtlarla karşılaştırmaya koyuldu. Volkan ise heyecandan tırnaklarını yiyor, kâh gidip kapıdan bakıyor gelen var mı diye, kâh Eşref'in başına dikilip, "Haydi, amma da uzattın, gidelim artık," diye söyleniyordu.

"Sus Volkan, aklımı karıştırıyorsun. Evet, evet, bu da tamam, iki sorucuk kaldı."

"Onları da bırakalım artık, senin gözünü hırs bürümüş."

"Hepimiz yüz üstünden yüz alacağız. Evet, evet, bunlar da tamam. Haydi Volkan, hemen yok olalım buradan."

"Dur, dur. Şu çöp sepetini biraz karıştıralım ki, müsveddelerin kaybolduğunu anlamasın."

"Sepet dolmuş taşıyor, onlara mı bakacak."

İki delikanlı nefes nefese kendilerini dışarı attılar. İkisinin de yüzü kıpkırmızı, koşar adımlarla oradan uzaklaştılar. Banklara vardıklarında kahkahalar atıyor, havalara sıçrıyorlardı.

Mine, "Anlaşılan bir işler becerdiler," dedi burun kıvırarak.

"Toto, toto!" diye bağırarak elindeki kâğıdı salladı Eşref. "İşte sorular, yavrularım, artık fıstık gibi bir notu cebinizde bilin."

Mine, "Dur bakalım. Sakin ol biraz ve bu işi nasıl yaptığını anlat da, biz de bilelim," dedi.

Eşref yaptıklarını en ince ayrıntılarına kadar böbürlene böbürlene anlattı, bu arada olayı iyice abartmayı da ihmal etmedi. Hepsi nefesleri kesilmiş dinliyorlardı. Öykü bitince kızlar derin bir soluk aldılar. Bahar, "Bana milyon versen, bunu yapamam işte," dedi.

Eşref kabararak, "Biraz cesaret, biraz beceri, hepsi bu," deyince Mine, "Pek de öyle şişinme bakalım, Eşref. Bu iş bana çok kolay göründü. Sakın tuzak olmasın," dedi. Mine'nin bu sözleri üzerine Volkan'ın yüzünde endişeli bir ifade belirmişti.

Öte yandan böyle önemli bir olayı sıfıra indirebilecek bir varsayımın öne sürülmesi Eşref'i öfkelendirmişti. "Senin sorunun ne, biliyor musun?" dedi. "Fazla kitap okumaktan doğru dürüst düşünemez olmuşsun. Öküz altında buzağı aramak bu. Adam nereden bilsin bizlerden birinin oradan geçerken sınav sorularını hazırladığını tahmin edebileceğini ve bu tahmin üzerine bizim de kalkıp içeri girebileceğimizi? Tuzak olsa, yine öğretmenler odasında hazırlardı, oraya girip çıkmak daha kolay..."

"Neyse neyse, görelim bakalım şu soruları." Hep birlikte kâğıdın başına toplandılar.

"Adamakıllı da zormuş."

"Tabii, ne sandınız, Selçuk Hoca bu."

"Şimdi isteyen soruları kopya etsin ve evinde çalışsın. Ben soruları öbür arkadaşlara da vereceğim," dedi Eşref.

"Şuna bakın, keyfinden nasıl da dörtköşe olmuş..."

Eşref ellerini ovuşturarak keyifle Sevgi'yi yanıtladı. "Nasıl olmam, hiç çalışmadan fıstık gibi yüz alacağım, yüz!"

Bahar, "Yani kitaptaki öbür bölümleri çalışmayacak mısın?" diye sordu.

"Çalışacak olduktan sonra bu riski almaya değer miydi? Tabii ki çalışmayacağım, hem de tek satır bile. Sadece ve sadece bu soruları öğrenip sınava gireceğim. Hem siz benimle uğraşacağınıza soruları çeksenize."

Mine, "İlke olarak kopyaya inanmam," dedi yüksekten yüksekten.

"Canın isterse," dedi Eşref, sonra Bahar'a döndü. "Ya sen? Senin de böyle ilginç ilkelerin var mı?"

Bahar çok kötü durumda kalmıştı. Bir yandan soruları almak için can atıyordu; iyi bir fizik notu karnesi için harikalar yaratacaktı. Öte yandan da ta içinden Mine'nin haklılığına inanıyordu. Sorulara sadece şöyle bir baksa... yazmasa da, hatırlayabildiği kadarını aklında tutsa... ama bu da pek korkakça bir davranış olacaktı. İnsan bir işi ya yapar, ya yapmazdı. Davranışları, düşünceleri açık ve kesin olmalıydı.

"Ee, ne düşünüyorsun?"

Bahar'ın eli kâğıda gider gibi olduysa da, bir anda kendini toparladı.

"Yok, yok, ben de almayacağım," dedi. Oh, hiç olmazsa kararsızlıktan kurtulmuştu ya, artık ne olursa olsundu...

Ama elden kaçırdığı yüzlük sınav kâğıdının üzüntüsüyle doldu içi bu kez de.

"Pekâlâ, kızlar, siz bilirsiniz. Yürü Volkan, bizimkileri bulalım," dedi Eşref ve yine ikisi birlikte, "Toto, toto!" diye bağırarak hoplaya zıplaya uzaklaştılar.

Bahar üzüntüyle arkalarından baktı. Şimdi oturup saatlerce çalışması gerekiyordu. Üstelik ne kadar çalışırsa çalışsın, yüz alamayacağını da biliyordu. Alacağı, en kabadayısı bir yetmiş olurdu, o da şansı yaver gider de sorular kolay gelirse... Oysa onlar gülüp eğlenecek, üstüne de bir güzel yüz alacaklardı. Adalet miydi bu?.. İçini çekti.

Mine, Bahar'ın aklından geçenleri okumuşcasına, "Sana ünlü bir İngiliz ozanından söz etmek istiyorum. William Shakespeare," dedi.

"Evet, ne olmuş?" dedi Bahar dalgın dalgın. Şu ara İngiliz ozanlarıyla uğraşacak hâli yoktu, hele hele Mine'yle hiç.

"O der ki, 'Dürüst ol kendine karşı.' Biz de şimdi bunu yaptık. İlkelerimiz doğrultusunda hareket ettik, yani her şeyden önce kendimize karşı dürüst davrandık, böylece kendimize olan saygımızı yitirmedik."

"Kendimize olan saygımızı yitirmedik, ama lokum gibi bir yüzü yitirdik," dedi Bahar acı acı. "Hangisi daha önemli?"

Bahar bir an durakladı. Hani Mine pek de haksız sayılmazdı. Böyle düşünmekle avunabilirdi en azından.

Soyunmaya gitmiş olan Sevgi koşarak döndü. "Ne haber, ne oldu? Çabuk anlatın," diye de bir yandan bağırıyordu. Olanı biteni ona Bahar anlattı.

"Yaa," dedi Sevgi düş kırıklığı içinde, "Desene, yaya kalan yine bizler olduk."

Üç kızın arasında bir anlık bir sessizlik oldu. Sonra Sevgi, "Adam sen de," dedi. "Ölecek değiliz ya... Hem size bir şey söyleyeyim mi, çok çok iyi yapmışsınız. Yakalanma korkusu insanı öldürmeye yeter. Çalışırız çalışabildiğimiz kadar, alacağımız not da iyi ya da kötü kendi malımız olur, bu iş de burada biter... Evet, şimdi toparlanın bakalım. Benim yetiştirdiğim Orta I bızdıklarının Orta II'lerle voleybol maçı var az sonra. Benim orada olmam gerek, tabii siz de moral hocaları olarak geleceksiniz." Sonra da ikisini kolundan tutup kaldırmaya çalıştı.

Mine, "Ben voleybol maçını hiç sevmem," deyince, Sevgi'yle Bahar onun üzerine çullandılar. "Yetti senin ukalalıkların. Bu sefer bizim dediğimiz olacak ve sen gelip bu maçı sey-re-de-cek-sin!"

Saha kenarında yerlerini aldıklarında oyun başlamıştı bile. Güçlü Orta II'lere karşı kahramanca direnen Orta I'lere moral vermek için yaptıkları tezahürata kendilerini öylesine kaptırmışlardı ki, fizik sınavı da, yüz üstüne yüzlük kâğıtlar da unutulup gitmişti.

# KÖTÜ BİR GÜN

Fizik sınavı gelip çatmıştı. Herkes son anda bile kapıda hâlâ bir şeyler okuyor, ezberliyordu. Eşref ise elleri ceplerinde, ıslık çalarak ortalarda dolanıyor, sınav sorularını verdiği arkadaşlarıyla gürültülü biçimde şakalaşıyordu. Yüz alacaktı, yüz! Volkan ters ters baktı ona. Bu kadar da böbürlenmenin hiç gereği yoktu. Bir şey değil, kendini ele verecekti bu gevezelikleriyle.

Sonunda Selçuk Hoca göründü. "Nasıl bakalım benim bomba sınıfım?" diyerek endişe ve heyecan dolu yüzlere muzip bir gülüşle baktı.

Mine, Sevgi'ye, "Biz burada heyecandan dokuz doğururken, bir başkasının neşeli neşeli ortalarda dolanması fena hâlde sinirime dokunuyor," diye fısıldadı gözlerini kısarak.

"Ama yine de çok tatlı adam," dedi Sevgi yüzünde hayranlık ifadesiyle. Sevgi, Selçuk Hocayı çok yakışıklı bulurdu.

Bahar uykusuzluktan yanan gözlerle, içeri girmeden notlarına son kez bir göz attı. Gece yarısına kadar çalışmıştı. Bir ara babası yavaşça odasının kapısını tıkırdatmış ve başını içeri uzatıp, "Hâlâ yatmadın mı, kızım?" diye sormuştu. Sesi kaygılıydı. Bahar yüreği dolu dolu, "Bir bölüm daha kaldı," diyebilmişti güçlükle. Küçücük bir ilgi belirtisi bile onda ağlama isteği uyandırıyordu. Sonra babası geldiği gibi sessizce gitmişti.

Derya'nın koşarak içeri girişi onu bulunduğu ana döndürdü.

"Özür dilerim, hocam."

"Peki, Derya, geç yerine."

"Teşekkür ederim, hocam."

Derya sanki sınıfta değil de, bir salonda yeni tanıştığı bir erkeğe teşekkür eder gibiydi. Öylesine kendinden emin, öylesine rahat... Elleriyle gür saçlarını çabucak topladı, lacivert blazer ceketini sırasının arkasına astı, beyaz bluzunun yakasını da şöyle bir kaldırıverdi; işte bu seri hareketlerle kısacık bir süre içinde bir öğrenciden çok, yanlışlıkla sınıfa girmiş bir mankene benzeyivermişti.

Giysilerimiz aynı, alt tarafı okul üniforması. Ama o ne kadar havalı, hepimizden ne kadar farklı, diye düşündü Bahar. Sonra gözü Keriman'a takıldı. Keriman heyecandan tırnaklarını yemekle meşguldü. Zavallının fen dersleriyle oldum olası arası yoktu. Her sınav onun için ölüm demekti. "Ölüp ölüp diriliyorum," derdi her sınavdan önce. Kıvırcık saçları tepesine toplanmıştı, annesinin ördüğü lacivert hırkasının altından beyaz gömleğinin sadece bir yaka ucu görünüyordu, öbürü hırkanın altında kalmıştı. Ayağında altı kalın lastikli pabuçlar ve beyaz kısa çoraplar vardı. Kısaca Bahar ve Mine gibiydi giyimi.

İşte bu da tipik öğrenci, diye düşündü Bahar. Tıpkı bizler gibi. Kendi ayağında da üşümesin ve çok dayansın diye alınmış, altı kalın lastikli, hantal okul ayakkabıları vardı. Oysa Derya incecik, zarif bir mokasen ve o renge uygun külotlu naylon çorap giyiyor; naylon çoraplar da uzun ve düzgün bacaklarını, diğerlerinin kısa çoraplı ve oldukça kalın bacakları yanında büsbütün sütun gibi gösteriyordu.

Bahar, Derya'yı kıskanıyor muydu, yoksa sadece ona imreniyor muydu, bir türlü kestiremiyordu bunu. İçini çekerek sıranın üstündeki kalemlerini sıraya dizdi, şimdi bunları düşünmenin zamanıydı sanki, fizik sınavındaydı, fizik!..

Selçuk Hoca soru kâğıtlarını dağıtmaya başlamıştı, Bahar tüm dikkatini önündeki kâğıtta toplamaya çalıştı. Şöyle bir göz atmayla sınavın güç olacağı belli olmuştu, her zamanki gibi...

Eşref soru kâğıdını öğretmenin elinden çalımla alıp sırasının üstüne koydu. İyice ezberlediği yanıtları bir an önce yazmak için sabırsızlanıyordu ki, başından aşağı kaynar sular indi denir ya, işte öyle bir acıyla kafatasının yandığını hissetti birden. Sorulara dikkatle bir daha, bir daha baktı. Aman Allahım, aman Allahım, diye içinden sessiz çığlıklar koparıyordu. Bu soruların onun çalıştıklarıyla hiç mi hiç ilgisi yoktu. Bambaşka bölümlerden hazırlanmıştı. Telaşla tüm soruları gözden geçirdi, belki aralarında bir bildiği vardır diye, ama boşuna... Ter basmıştı Eşref'i, ne yapıyor diye yan yan Volkan'a baktı. Onun yüzündeki ifadeye de mutlu denemezdi doğrusu. Ahmet, Mücahit, Adnan, hepsi şaşkındı. Selçuk Hocaya belli etmemeye çalışarak, soran bakışlarla Eşref'e bakıyorlardı, "Ne oldu?" dercesine.

Selçuk Hoca yüzünde yine o muzip gülümseme, sıraların arasında dolaşıyor, ara sıra öğrencilerin kâğıtlarına bakıyordu. Çetin bir sınavdı, sorular zordu, o da bunu biliyordu. Bir süre Bahar'ı, bir süre Derya'yı seyretti. Keriman'ın kâğıdına uzun uzun baktı. Keriman takılmıştı. Selçuk Hoca onun çok çalıştığını biliyordu, eğildi, parmağıyla bir yeri işaret edip Keriman'a bir soru sordu. Keriman'ın birden yüzü aydınlandı. Bu soru sayesinde problemin çözümü aklına gelmişti, harıl harıl yazmaya koyuldu.

Bazılarına çok kısa gelen, bazıları için de bitmek bilmeyen kırk dakika sonunda zil çaldı. Selçuk Hocadan başka herkesin yüzü asıktı, kâğıtları verirken yakınıyorlardı.

"Ama çok zordu, hocam."

"Kırık alacağız yine, ortalamamız düşecek..."

"Kurtarma sınavı yapacak mısınız?.."

Eşref'le Volkan kâğıtları kürsünün üzerine bırakıp kaçarcasına çıkmışlardı sınıftan. Mücahit onları dışarıda yakaladı. "Hani soruları biliyordun, Eşref? Bizi de duman ettin."

"Ne bileyim, masasından aldımdı, mutlaka kuşkulandı ve değiştirdi..."

Volkan, "Ben hiçbir şey yazamadım," diye homurdandı.

Eşref, "Ben de. Sadece o soruları çalışmıştım, boş kâğıt verdim," dedi.

"Ben sana demiştim çok kolay görünüyor diye, bize tuzak kurdu garanti..."

"Her iş olup bittikten sonra, 'Ben sana demiştim' demek kolay..."

"Kızlar bizden akıllı. Oturup öbür bölümleri de çalıştılar...

"Amaan, ne yapalım, oldu bir kere?.. dedi Eşref, ama canının çok sıkkın olduğu her hâlinden belliydi.

Bir sonraki ders İngilizceydi. İngilizce öğretmeni Nermin Hanım'ın her ders küçük bir sınav yapması sınıfın işine gelmiyordu.

"Çocuklar, bu 'anlamıyorum hocam' numarası artık yürümüyor. Nermin Hoca bizi duymazdan gelip tahtaya yazacağını yazıyor ve yakınmalarımıza aldırmıyor bile. Bilmem farkında mısınız?.." dedi Sevgi.

Mine, "Nasıl farkında olmayız? Eski güler yüzlülüğü de kalmadı. Derslere öylece girip çıkıyor," diye karşılık verdi.

Keriman, "Belki de bize kızdı," dedi.

Bahar, "Ama her derste de sınav çekilmiyor, hele de başka sınavların olduğu günler," diye söylendi.

Nermin Hanım içeri girmişti. Sınıf sessizleşti.

"Kâğıt kalem çıkarın lütfen, quiz yapacağım."

"Ama hocam, daha iki gün önce quiz yaptınız."

"Volkan, ne zaman quiz yapıp ne zaman yapmayacağımı sana mı soracağım?"

"Hocam, bugünlük yapmasanız... kaç gündür fizik çalışıyoruz. İngilizceye pek vakit ayıramadık."

"O sizin sorununuz, benim değil."

Mücahit, Volkan'a, "Ne oldu bu kadına, yahu?" diye fısıldadı.

"Kim bilir, belki de bunalımdadır."

"Mücahit! Volkan! Kesin fısıldaşmayı!" Nermin Hocanın sesi ne kadar da tiz çıkmıştı. Arkasını dönüp soruları yazmaya başlamıştı bile. Eşref arkadaşlarına bir göz attı.

"Daha önce konuştuğumuzu uygulayalım mı?" diye fısıldadı. Herkes başını sallayarak onayladı. Boş kâğıt vermeyi kararlaştırmışlardı. Tüm sınıf boş kâğıt verirse, Nermin Hoca da onları bu kadar zora koşmazdı. Eşref, Adnan'a, "Mesajı geçir, boş kâğıt vereceğiz," dedi. Herkes yanındakine boş kâğıt verileceğini fısıldadı.

On beş dakika sonunda Nermin Hoca, "Mine, kızım, kâğıtları topla ve buraya getir lütfen," dedi.

Sınıfı derin bir sessizlik kaplamıştı.

Mine topladığı kâğıtları Nermin Hocanın önüne bıraktı.

Nermin Hoca dalgın dalgın kâğıtlara bakarken birden irkildi, gözü en üstteki kâğıda takılmıştı. Bomboş bir kâğıttı bu. Hemen ötekileri karıştırdı, hepsi boştu. Dalga dalga bir kırmızılık dağıldı yüzüne. Masaya yumruğunu indirip, "Ne demek oluyor bu? Siz benimle alay mı ediyorsunuz? Yetti artık sizlerden. Yüzünüzü bile görmek istemiyorum!" diye haykırdı. Gözleri dolu doluydu. Sert bir hareketle kitaplarını, defterlerini topladı ve kapıyı çarparak sınıftan çıkıp gitti.

Hepsi apışıp kalmıştı. İlk şaşkınlık geçtikten sonra Volkan, "Ne oldu bu Nermin Hocaya böyle?" dedi hayretle.

Bahar, "Kadıncağızın sabrını taşırdık galiba. Ayıp oldu, çocuklar," dedi.

Keriman, "Ağlıyordu, gördünüz mü?" dedi o titrek sesiyle.

"Off, şu kadın milleti. Zora gelince ağlayıveriyorlar, insan da ne yapacağını şaşırıyor. Şimdi onun yerinde bir erkek hoca olsaydı, bizi duman ederdi. O da rahat ederdi, biz de," dedi Eşref.

Bahar ayağa kalktı. "Çocuklar, bence hemen öğretmenler odasına gidip Nermin Hocadan özür dileyelim. Nedense onunla alay ettiğimiz kanısında. Bunun böyle olmadığını, çalışamadığımız için boş kâğıt verdiğimizi açıklayalım."

"Evet," dedi Sevgi. "Kim gelmek istiyor?"

Volkan atıldı. "Çok kalabalık olmayalım. Herkes derste. Gürültü olur, bir de o yüzden papara yemeyelim."

Sonunda Bahar, Mine ve Eşref'in gitmelerine karar verildi.

Öğretmenler odasının kapısını vurup içeri girdiklerinde, birkaç öğretmeni oturmuş, gazete okur buldular. Bahar, "Özür dilerim, efendim, Nermin Hocaya bakmıştık da," dedi. Tarih öğretmeni İmadettin Bey gözlüklerinin üstünden onlara bakıp, "Az önce paltosunu alıp gitti, evladım," dedi.

"Teşekkür ederiz, hocam."

"Bir şey değil, evladım," dedikten sonra İmadettin Bey gözlüklerini indirip gazetesine döndü. Gazetedeki tüm tarihi tefrikaları, özellikle pehlivanların yaşam öykülerini asla kaçırmazdı. Öğrenciler dersi kaynatmak istediler mi, Kel Aliço'dan, Koca Yusuf'tan söz açmaları yeterliydi.

Bahar, Mine'ye, "Şimdilik, kelleyi koltuğa alıp Nurcihan Hanım'a gitmekten başka çıkar yol yok," dedi.

Nurcihan Hanım'la arası iyi olmayan Eşref karşı çıktı. "Deli misin sen? Nurcihan duman eder bizi, duman."

Bahar, "Bu işi böyle bırakamayız, halletmemiz gerek. Nurcihan Hanım'dan iyi bir azar yemeyi göze alıp ona başvurmalıyız," dedi.

Nurcihan Hanım her zamanki gibi telefonda konuşuyordu. "Şeker kardeşim, sen kayıt yenileme kâğıtlarını benim dediğim gibi hazırlarsan hiçbir sorun çıkmaz. Tamam mı?.. Neyse ki, kısa süren bir telefon görüşmesiydi bu, bazen beklemekten ölecek hâle gelirdi öğrenciler.

Nurcihan Hanım telefonu kapatınca geriye doğru şöyle bir yaslandı, uzun küpelerini sallayarak, "Eveet, yaptınız, ettiniz, şimdi de bana geldiniz, değil mi?.." dedi. Demek her şeyden haberi vardı. Üçü de susuyorlardı. Eşref, "Hocam, biz bir şey yapmadık. Nermin Hoca çok sinirliydi bugün," diye söze başlarken Nurcihan Hanım, "Sus, sus bakayım sen. Hele sen hiç konuşma," diyerek Eşref'in lafını ağzına tıkadı.

"Biz burada sizleri eğitmek için gecemizi gündüzümüze katalım, evimizi, çoluk çocuğumuzu bırakıp gelelim, beyler, hanımlar da keyiflerine göre hareket etmek istesinler. Sizi disiplin kuruluna versem yeridir. Aslında düşünmüyor da değilim. Zaten sıfır kuruşa okuyorsunuz, bir de hâlinize bakmadan sorun yaratıyorsunuz. Kadıncağızı ağlatmışsınız. Olacak iş mi bu?" Soluksuz konuşmaktan yüzü morarmıştı Nurcihan Hanım'ın. Durdu, derin bir soluk aldı.

Hepsi önlerine bakıyordu. Nurcihan Hanım onlara biraz daha acı çektirmek için bir süre sessiz bekledi. Sonra, "Bahar," dedi. "Sen onur kolundasın, nasıl böyle bir şeye razı oldun?" Bahar kıpkırmızıydı.

"İçlerinde en aklı başında öğrenci sensin. Anlat bakalım, neler oldu?"

Bahar önce boğazını temizledi, "Hocam, gerçekten çok üzgünüz," diye söze başladı. "Ama sanırım ortada bir yanlış anlama var. Asıl sorun burada. Biz çalışamadığımız için boş kâğıt verdik, yanılmıyorsam Nermin Hoca bunu kendisine karşı yapılmış bir davranış olarak yorumladı. Oysa inanın, böyle bir niyetimiz yoktu. Fizik sınavının yanı sıra, tarihten de kurtarma sözlüsü vardı, bu yüzden İngilizce çalışamadık. Durumu anlatmak istedik, ama Nermin Hanım çok sinirliydi," Bahar bir an durdu ve lacivert hırkasının kolunu çekiştirerek sözüne devam etti. "Nermin Hoca'yı gerçekten çok severiz, onun üzülmesini istemeyiz, hele de böyle bir yanlış anlama sözkonusu olunca. Nitekim onu bulup özür dilemek için öğretmenler odasına gittik, ama bulamadık, bunun üzerine bize yardımcı olursunuz diye size geldik. Hatamızı düzeltmek istiyoruz."

Eşref, şu Bahar da iyi konuşuyor hani, diye geçirdi içinden.

Bahar'ın açıklaması Nurcihan Hanım'ı da etkilemişe benziyordu. "Anlıyorum," dedi düşünceli düşünceli.

Eşref yine çenesini tutamadı. "Niye bu kadar sinirlendi, anlayamadık. Ne var bunda, hocam," deyince Nurcihan Hanım, "Sen sus bakayım," diyerek onu yine susturdu. "Bakın, artık hepiniz kocaman gençlersiniz, size bazı açıklamalarda bulunmak istiyorum," deyip içini çekti. Üçü de meraktan kulak kesilmişti.

"Nermin Hanım istifasını vereceğini söyleyerek okulu terk etti."

"Aman Allahım," dedi Mine. "Bu çok kötü bir şey. Boş kâğıtlar yüzünden istifa edilir mi?"

"Kaç hocaya boş kâğıt verdik, hepsi istifa etmeye kalksaydı, okulda hoca kalmazdı," dedi Eşref.

"İyi marifet yaptınız boş kâğıt vermekle," diye terslendi Nurcihan Hanım. "Asıl sorun bu değil. Son zamanlarda Nermin Hanım'ın sinirleri çok bozuk," dedi ve bir an gerçeği söyleyip söylememek arasında bocaladıktan sonra devam etti. "Aile sorunları var. Kocasıyla geçinemiyorlar, belki de ayrılacaklar. Bir de küçük kızı var. Bu durum onu iyice yıpratıyor."

Üç genç hayret ve sessizlik içinde dinliyordu. Bu tür sorunlardan haberleri vardı gerçi, ama bir öğretmenlerinin böyle kötü bir durumda olması onları şaşırtmış ve sarsmıştı. Böyle şeyler kitaplarda, gazete haberlerinde olurdu da, kendi yakınları arasında olamaz gibi bir duygu içindeydiler. Üstelik Nermin Hocanın kocası da okulda öğretmendi, onu tanıyorlardı. Sevilmeyen, kaba, ters bir adamdı. Güler yüzlü, nazik Nermin Hoca'yı bu çerçeve içinde düşününce büsbütün üzüldüler.

Nurcihan Hanım sözlerini sürdürdü. "Yaa, işte böyle. Hayat dümdüz gitmiyor, evdeki huzursuzluğun üstüne, bir de sınıftaki huzursuzluk eklenince... senin düşüncen doğru, Bahar. Hocamız bunu bir hakaret olarak yorumladı ve çok üzüldü!"

"Ne yapmalıyız, hocam? İnanın, çok üzüldük. Sınıf da bizden haber bekliyor."

Nurcihan Hanım yine bir süre düşündü. "Bakın ne yapacağız. Önce ben onun istifasını kabul etmeyeceğim ve okula geldiği gün size haber yollayacağım. Siz hemen bir buket çiçekle gidip özür dileyerek gönlünü alacaksınız. Onu sevdiğinizi, ona ihtiyaç duyduğunuzu belli etmelisiniz ki, kadıncağız bari işinde mutlu olsun."

"Evet, hocam."

"Peki, hocam."

"Haydi bakalım, şimdi sınıfınıza dönün ve ders sonuna kadar sessiz olun."

# PEMBE SERA

Üşüyen elleri ceplerinde, Yıldız Parkı'nın yaşlı ağaçları arasında hızlı adımlarla yürüyordu Bahar.

Kar hafif hafif atıştırmaya başlamıştı.

Dönüp arkasına baktı, arkadaşları konuşa gülüşe geliyorlardı. Hızlı yürüyüp özellikle arayı açmıştı. Parkın karlı ve sessiz görünümünü kendi başına rahatça seyretmek, içine sindirmek istiyordu. Yükseklerde, dallardan sarkan ince uzun buz sarkıtlarında, alçaklarda, kar kümelerinin tepeciklerinde güneş ışınları oyunlar yapıyor, buz ve kar taneleri pırıl pırıl yanıp sönüyordu. Temiz havayı derin derin içine çekti, gözlerini kapayıp yüzünü gökyüzüne çevirdi. Yanaklarına, alnına düşen kar taneciklerinin serinliği ne tatlıydı...

"Demek sen de karı seviyorsun, Bahar."

Serdar'ın sesini duyan Bahar elinde olmadan irkildi. Böyle yakalandığı için biraz da utanmıştı.

"Senin gezimize katıldığını bilmiyordum..." diyerek şaşkınlık ve sevincini saklamaya çalıştı.

"Mine'nin önerilerini her zaman beğenmesem de, bu seferki hoşuma gitti. Sahi, Pembe Sera'ya gitmek nereden aklınıza geldi?"

"Oturmuş konuşuyorduk. Her cumartesi aynı şeyleri yapıyoruz. Kurs bittikten sonra hava kötüyse sinema, iyiyse Bebek Cafe...

"Mine, 'İlginç bir yere gidelim,' dedi ve kendi önerisini kendi yanıtladı. Grupta da kimse gitmemiş Pembe Sera'ya. Bir Mine biliyor. 'Yıldız Parkı'nda sıkı bir yürüyüş yaparız, meraklısı varsa koşar, sonra da Pembe Sera'da oturur, salep içeriz,' dedi. Eşref'le Volkan, bilirsin onların her şeyi aynıdır. 'Ne yapacağız bilmediğimiz yerde,' diye oyunbozanlık edecek oldular. Oysa bu yenilik diğerlerinin pek hoşuna gitmişti. Mine de Pembe Sera'yı ballandıra ballandıra bir anlattı ki, sonunda buraya gelmek için hepimiz cumartesiyi iple çeker olduk."

Karlı yolda yan yana yürüyorlardı. Bahar'ın anlattıklarını Serdar yüzünde tatlı bir gülümsemeyle dinliyordu. Bakışlarında sıcacık, yumuşacık bir şeyler vardı. Bahar'ın yanakları soğuktan al aldı, kapüşonunun altından kaçan bir saç tutamının üzerinde kar taneleri birikmişti.

Serdar, "Bir dakika," dedi. Duraklayan Bahar'ın kapüşondan çıkan saçını parmaklarının arasına alıp hafifçe silkeledi. Bir an göz göze geldiler. Bahar o yağmurlu günde olduğu gibi, içini yine bir sevinç dalgasının sardığını hissetti.

"Benim burada çok sevdiğim küçük bir yol var, görmek ister misin?" diye sordu Serdar birden.

"Tabii isterim."

Birlikte bir süre daha yürüdüler, sonra Serdar anayolun sağındaki dar bir yola saptı. Bahar merakla onu izliyordu. Bir süre daha gittikten sonra Serdar, "İşte burası," dedi ve bu kez sola sapan daha da dar bir yolu gösterdi. Bahar ona yetişip yanında durduğunda, "Aman Tanrım, ne güzel," demekten kendini alamadı.

Ağaçların oluşturduğu bir tünelin içinden geçip gidiyordu bu daracık yol. Ağaçların kuru dallarında inceli uzunlu buz şekilcikleri sallanıyordu. Kimi kuru bir dalın en ucunda sallanan minik bir kristal top, kimi ince uzun bir ünlem işareti, kimi örümcek ağı, kimi de daldan dala atılmış, pırıl pırıl parlayan simli iplikler gibiydi. Hele ışık vurdukça buzdan şekillerin yanıp sönmesi, bu arada usul usul yağan kar tanelerinin havada, kuru dalların arasında uçuştuktan sonra nazlı nazlı yere inmeleri, küçük tüneli bir masal âlemine çeviriyordu. Bir an sessizlik içinde bu görünümü seyrettiler.

Bahar, "Ne kadar güzel," diye fısıldadı yine.

"Tünelden geçmek ister misin?" diye sordu Serdar.

"Hem de nasıl!"

Birlikte küçük yola girdiler, bazı yerlerde başlarını eğmek zorunda kalıyorlardı.

"Demek sen buraya daha önce de geldin."

"Hem de sık sık. Ne zaman içim sıkılsa, bir derdim olsa, buraya gelir yürürüm. Yürüdükçe de açılırım. Sana gösterdiğim o küçük yolsa, en sevdiğim köşe..." Serdar bir an sustu. Sonra, "Belki güleceksin, ama burayı hep kendi köşem diye düşünmüşümdür," dedi. Ardından da bu sözleri söylememiş gibi, daha neşeli bir ses tonuyla devam etti. "İşte tünelin sonuna geldik."

"Gerçekten çok güzel bir yer," dedi Bahar. Sonra sesini alçaltıp, "Bana da gösterdiğin için teşekkürler," diye ekledi.

"Haydi anayola çıkalım. Ötekiler çoktan Pembe Sera'ya varmışlardır bile."

Yola doğru yürümeye başladıklarında kar yağışı birden hızlandı, rüzgâr da sert esiyordu. Bahar'ın saçları kapüşonuna rağmen bir anda bembeyaz oluverdi. Serdar kalın ceketini çıkardı. "Gel, gir şunun altına. İkimizin de başını korur, yoksa oraya varana kadar kardan adama döneceksin."

"Hep de bana ceketini veriyorsun. Daha önce yağmurlu bir günde beni evime bıraktığında da yine böyle ceketini vermiştin."

"Ne yaparsın," dedi Serdar. "El mahkûm."

Gülüşerek hızlı hızlı yürümeye koyuldular. Pembe Sera sonunda görünmüştü.

Her yanı camdan, küçük bir evdi sanki sera. Arkadaşları çoktan gelmiş, yuvarlak masalara yerleşmişlerdi. Bahar'la Serdar'ı görünce bağrıştılar. "Biz de sizi kurtlar kaptı sandık. Nerede kaldınız?"

"Biraz dolaşarak geldik," dedi Serdar hemen. Belli ki, küçük tünelini kimseyle paylaşmak istemiyordu.

"Nerelerden dolaşarak geldiniz bakayım?" dedi Derya alaylı alaylı.

Bahar ona sert bir bakış fırlattı. "Anayoldan."

Bahar, Mine'nin yanındaki boş koltuğa otururken, Serdar'la küçük de olsa bir sırrı paylaştıklarını düşünüyordu. Bu düşünce mutluluğunu artırdı.

Seranın ılık havası dışarının soğuğundan sonra ne kadar tatlıydı.

Her taraf pembe beyaz döşenmişti. Yer pembe mermer, tavandan sallanan fanus ve fenerler koyu pembe, vitrinlere yerleştirilmiş antika sürahi ve cam tabaklar açık pembe renkteydi. İri pirinç semaver fokur fokur kaynıyordu. Minderler de pembe kadifedendi, geri kalan tüm eşyalar, koltuklar, masalar bembeyazdı.

"Ne güzel bir yermiş burası Mine," dedi Bahar.

Eşref atıldı. "Umarım pahalı değildir, böyle yerlerde insan hep kazık yer de..."

Mine, Eşref'e şöyle bir bakıp, "Arada sırada uygar ve estetik yönden etkileyici yerlere gitmenin en azından eğitsel açıdan yararı vardır," dedi.

Sevgi, "Kar tanelerinin şu cam tavana düşmesini seyretmek ne güzel, değil mi?" dedi. "Sanki üstümüze yağıyorlar. Bir gün kendi evim olduğunda, mutlaka bir köşesinin tavanını cam yapacağım ki, buraya benzesin. Sıcacık köşemden karın tepeme yağışını seyredeceğim."

"İşte buyrun bakalım!" dedi Volkan, "Kızım, sen önce kendi geçimini sağla da, cam tavanlı evi sonra düşün."

"Sana kaç kez söyledim bana 'kızım' deme diye, sinir oluyorum."

Volkan bir kahkaha attı.

"İnsanın isteklerini dile getirmesi çok mu ayıp? Hem ne diye 'kızım, kızım' diye aşağılıyorsun Sevgi'yi?" Bu çıkışı yapan Derya'ydı. Parlak kırmızı kazağı ve pantolonunun üstüne aldığı kürk taklidi ceketiyle öğrenci grubunun içinde pek çarpıcıydı.

Volkan söylenenleri duymamışcasına sözlerini sürdürdü. "Bir de Acar'ın fikrini sorsam, bu konuda bakalım o ne düşünürdü? Sahi Derya, Acar nerede bugün?"

"Ne bileyim nerede?" diyerek omuz silkti Derya. Sonra uzun sarı saçlarını eliyle düzelterek, "Hem biz yapışık kardeşler miyiz ki, her an birlikte olalım!" dedi.

Herkesten, "Vay vay vay," sesleri yükseldi.

"Sizin sorununuz ne, biliyor musunuz? Tutucusunuz, tutucu!"

"Konuyu saptırma, Derya. Ben geçim derdi varken cam tavanları düşünmenin anlamsız olduğunu öne sürdüm sadece, o kadar."

"Cam tavan istiyorlarsa, kadın da çalışır, erkek de çalışır, istediklerini alırlar."

"Ben karımın çalışmasını istemem." Bu kez kızlar bağrıştılar.

Sevgi, "Bunca okuduktan sonra kadın niye çalışmasınmış, söyle bakalım," diye çıkıştı Volkan'a.

"İş bölümü diye bir şey var. Erkek dışarda çalışır, kadın da içerde..."

"O senin fikrin," dedi kızlar bir ağızdan.

"Ben onu bunu bilmem. Benim karım çalışmamalı, evde oturup ailesine bakmalı."

"Ay şimdi tıpkı annem gibi konuştun. O da bir tartışmayı kaybedeceğini anladığı an, 'Onu bunu bilmem' der, çıkar işin içinden," dedi Derya.

Sevgi, "Neyse, neyse. Volkancığım, sen hiç üzülme, biz nasıl olsa seninle evlenmeyeceğimize göre, sorun yok demektir," diyerek tartışmanın daha da uzamasını engelledi. Sonra ayağa kalkıp gerindi.

"Burada ne güzel koşulur. Baharda eşofmanımı kaptığım gibi sık sık buraya geleceğim."

Eşref, "Çocuklar, bir tur daha salebe ne dersiniz?" diye sordu. İkinci saleplerini içerlerken bu kez tartışmasız bir sohbete girişmişlerdi. Güzel bir gün yavaş yavaş sona eriyordu.

"Hava kararmaya başladı çocuklar."

"Hesabı isteyelim."

"Evet, evet."

"Kaç salep, kaç çaydı?"

"Hiç çay yok."

"Pekâlâ. Bakar mısınız?"

Bahar içinde hâlâ ılık mutluluk duygusu, grubun içinde değilmişcesine, bir an onlara uzaktan baktı. Bu hepsinin okulda son yılıydı. İçi acıyla burkuldu. Acı tatlı pek çok şeyi paylaşmışlar, birlikte büyümüşlerdi. Birden okul yaşamında ilk kez, bu yıl bitmese, diye düşündüğünü fark etti. Arkadaşlarının hepsini ayrı ayrı ne kadar seviyordu. Yıllardır birlikte olduğum dostlarım, arkadaşlarım, dedi içinden. Şu anda da hesap telaşı içinde ne kadar sevimliydiler.

Kendine günlerini restoranlarda geçirmeye alışkın bir soylu edası vermeye çalışan Volkan, iyice eskimiş kot pantolonunun cebinden çıkardığı parayı kasıla kasıla masanın üstündeki tabağın içine bırakırken, hemen yanı başında Eşref, bu soyluluğa hiç de yakışmayacak biçimde bağıra çağıra adam başına kaç lira düşeceğini hesaplıyor, ötekiler de kimi cebinden, kimi cüzdanından, para çıkarmaya çabalıyordu.

Gün hiç bitmese, diye düşündü Bahar. Tüm sorunlarına karşın bir an için de olsa mutluydu, hem de çok mutluydu.

# GÖNÜL DERTLERİ

Derya gür saçlarını geriye atmış, uzun bacaklarını öne doğru uzatmış, bahçedeki banklardan birine kaykılıp oturmuştu. "Öff, öldüm, öldüm."

Ertesi günkü matematik sınavına çalışmakta olan Bahar, bir an başını kaldırıp Derya'ya baktı. "Hayrola?"

"Az daha yakayı ele veriyordum, anneme yani."

"Biriyle mi buluşmuştun?"

Kaykıldığı yerden doğrulup, "Ne demek biriyle mi? Şu anda hayatımda bir tek kişi var, o da Acar," dedi Derya yüzünde abartılı bir öfkeyle.

Sonra da bastı kahkahayı.

"Senin hayatının boş kaldığını hiç görmedik ki... Bu yüzden de insan bazen şaşırıyor, kusura bakma."

"Ne ayıp, ne ayıp. Hayatımın erkeği başka, dost, arkadaş başka. Siz bunu karıştırıyorsunuz."

"Peki Tolga'ya ne oldu?"

"Tolga'ya ne olacak, sıhhat afiyette. Yine basket maçlarının en yakışıklı oyuncularından, yine tümen tümen kız var peşinde. Yine gırgır."

"Geçen ay hayatının erkeği oydu da... ne oldu diye soracaktım."

"Geçen ay basket maçlarına Tolga'nın yanında gitmek bana büyük zevk veriyordu. Ne sükse Tanrım, ne hava! Sonra o imrenerek bakan kızcağızlar. Maçlar, heyecan, maç sonrası Tolga'yla ve diğer basketçi arkadaşlarıyla bir yerlere gidip bir şeyler yemek, herkesin dikkati üzerinde... Ünlü oluyorsun adeta, hep soruyorlar fısır fısır, 'Kim o Tolga' nın yanındaki kız?' diye. Müthiş bir şey aslında, ama bir süre sonra ben sıkıldım. Tolga basketten başka bir şey bilmiyor, başka bir şeye ilgi duymuyor. Biz de oturduk konuştuk ve arkadaş kalmaya karar verdik. Yani kısaca, onu hayatımın erkekliğinden arkadaşlığa terfi ettirdim," deyip yine bir kahkaha attı Derya. Yeşil gözlerinde muzip ışıltılarla, öyle de tatlı anlatıyordu ki, insan onun bu uçarılıklarını hoş görüyordu. "Demek şimdi hayatının adamı Acar."

"Evet! Acar kafalı çocuk, müthiş okuyor, sonra yazıyor da. Bir iki dergide yazıları bile çıktı, bana getirdi. Birlikte yazarlar kahvesinde oturup okuduk, çok beğendim. Onunla çıkmaya başlayalı, Tolga ve grubuyla geçen günlere bayağı acıyorum. Ne boşluk! Ama yine de pişman değilim. Yaşamı her yönüyle yaşamalı insan."

Bahar'ın tam bir sessizlik içinde onu dinlediğini fark eden Derya, bir an rahatsız oldu. Yaptıklarını doğru bulmuyordu galiba. Derya kimselere aldırmayan bir kızdı, bir tek Bahar vardı fikirlerine değer verdiği. Bahar'ın sessiz gücüne saygı duyuyordu. Ayrıca fizik olarak da Bahar'ı beğenirdi. Kendisine "sınıfın en güzel kızı" dediklerinde, bu övgüleri doğal hakkıymış gibi, rahatlıkla kabul ederdi, ama bir iki kez, "Bence sınıfın en güzel kızı Bahar," diyerek herkesi şaşırtmıştı.

Bahar'ın anlamlı gözlerini, kişiliğini yansıtan narin yüzünü, kısaca o değişik havasını gerçekten beğeniyordu. Onda kendinde olmayan bir şey vardı. Güçlülüktü bu galiba. İşte bu nedenle, kimselere aldırmayan uçarı Derya, belli etmemesine karşın, Bahar'ın ne düşündüğüne çok önem verirdi.

"Niye susuyorsun? Bir şey söylesene," diye üsteledi. "Haksız mıyım?"

"Hangi konuda?"

"İnsanın yaşamı her yönüyle yaşaması konusunda. Öyle sustun da..."

"Bence nasıl yaşadığı daha önemli. Tabii ki bu benim fikrim."

"Yani sence ben yanlış mı davranıyorum?"

"Öyle bir şey demedim."

"Yanıt ver, Bahar, yanıt ver."

"Pekâlâ, ama sen sordun diye söylüyorum."

"Tamam, tamam."

"Bence sen kendini fazla dağıtıyorsun."

Derya'nın yüzü kıpkırmızı oldu. Aşağı yukarı bu yanıtı bekliyordu ama yine de açık açık duymak hiç hoşuna gitmemişti.

"Hiç de değil," dedi öfkeli öfkeli. "Ben ne yapıyorum ki, herkes durmadan beni eleştiriyor. Alt tarafı birkaç arkadaşım var, işte o kadar. Herkesin arkadaşı var ama bana gelince kıyametler kopuyor." Muzip muzip ışıldayan gözler şimdi çakmak çakmaktı. Bahar doğrusu Derya'nın bunca üzüleceğini düşünememişti, öylesine kimseye aldırmaz bir tavrı vardı ki... Durumu düzeltmeye çabaladı.

"Canım, ben sana kötü bir şey yapıyorsun demedim. Yalnız bundan sonra daha dikkatli ol, herkes senin sadece arkadaşlık ettiğini anlamaz, yanlış yorumlayabilir, bir de bu kadar çok arkadaşın olursa, bir gün işler arap saçına dönüverir diye uyarmak istedim sadece, hepsi bu," dedi Bahar yumuşak ve okşayıcı bir sesle.

Derya sakinleşmişti. Bahar bu aradan yararlanıp, "Hem sen bana başka bir şey anlatıyordun, lafı karıştırdık. Neydi o?" diyerek Derya'nın dikkatini az önce söylediklerinden uzaklaştırmaya çalıştı.

"Aa, evet. Neler oldu neler. Dün öğleden sonra biliyorsun ders yoktu. Acar'la Sinematek'teki bir Macar filmini görmeye gittik. Annem nereden havayı koklamışsa, bu sabah tutturdu. 'Sizin dersiniz yoktu, peki öyleyse sen neredeydin?' 'Ders yoktu, ama ben antrenmandaydım,' diye onu inandırana kadar akla karayı seçtim."

"Eh, yine de ucuz atlatmış sayılırsın."

"Ne ucuzu? İyiden iyiye kuşkulanmış olacak ki, 'Bir daha gecikirsen, okula telefon edip soracağım,' dedi. Ben de, 'Sevgili anneciğim, idaredekiler nereden bilsin kim antrenmanda, kim değil,' dedim. Cevap veremediği zamanlarda yaptığı gibi hemen, 'Onu bunu bilmem,' diye kestirip attı."

Bahar yüzünde hafif bir gülümseme, Derya'yı dinliyordu. İlginç kızdı şu Derya.

"Hem içim de sıkılıyor zaten. Acar'la yine tartıştık."

"Niye?"

"İyi çocuk, akıllı, kültürlü çocuk da, azıcık geri kafalı. Sinemadan çıkarken Murat'a rastladık. Murat eski arkadaşım, öylesine bir selamla geçiştiremezdim tabii. Bir süre konuştuk. Murat çok şakacıdır, yine şakalar yaptı, bana takıldı. Aman efendim, Acar'ın suratını görecektin." Derya sözün burasında kendini tutamadı, kıkırdadı. "Yüzünden düşen bin parça, ağzından kelime çıkmaz. O kadar rahatsız oldum ki, Murat'ın sözlerini bitirmesini zor bekledim. Ayrıldıktan sonra Acar efendide bir karış surat, ne konuşuyor, ne bir şey. Anladım tabii Murat'a bozulduğunu. Ne oluyorsun, o sadece eski bir arkadaşım,' dedim. 'Tabii, tabii,' dedi alaylı alaylı. 'Bana inanmıyor musun?' dedim. 'İnanmıyorum,' demez mi!"

Derya'nın anlattıklarını ses çıkarmadan dinleyen Bahar içinden, işte ben de az önce sana bunu demek istemiştim, diye geçirdi. Derya anlatmaya devam ediyordu.

"Nasıl kızdım bilemezsin. Tartışmaya başladık. Şuna bak, sanki benim tapumu almış. Ben onun kız arkadaşlarına bir şey diyor muyum? O iş başkaymış, bu iş başka. Hele böyle düşünceler beni çıldırtıyor. Ben bu toplumun uygar bir üyesiyim. Benim de erkek arkadaşlarımın olması doğal değil mi? Neyse, bizim eve yaklaşırken, 'Beni arayacak mısın?' dedim. 'Bilmiyorum,' dedi. Ben de, 'Nasıl istersen,' dedim. Öylece ayrıldık. Evde de başka bir çıngar çıktı. Yani bu sabah annemle olan tartışma. İnsanlar ne kadar kısıtlayıcı ve sıkıcı. İstediğin hiçbir şeyi yapamıyorsun. Annen baban karışmasa, erkek arkadaşın karışıyor."

Derya içini dökmüş, susuyordu. Bahar da sesini çıkarmıyordu, çünkü o anda ne dese Derya'yı kızdıracağını biliyordu. Bir süre sessizlik içinde oturduktan sonra Derya, "Amaaan, ne yapayım," dedi ve "Mat sınavı yarındı, değil mi?" diye sordu.

"Evet."

"Bu gece bir göz atayım öyleyse."

"Senin bir göz atman, dokuz alman demektir."

Derya, Bahar'ın sözlerini duymamıştı bile. "Haydi hoşça kal, yarın görüşürüz," deyip hızla uzaklaştı.

Bahar bir süre arkadaşının arkasından dalgın ve düşünceli baktı, bu güzel ve uçarı arkadaşı ona ağustos böceklerini anımsatıyordu. Sevgi'nin sesiyle kendine geldi.

"Bahar, Bahar," diye sesleniyordu Sevgi. "O giden, Derya mıydı?"

"Evet, çok da dertliydi."

"Ne o? Yoksa flörtlerinin sayısını mı şaşırmış?"

İki kız gülüştü. Sonra Bahar, "Alay etme, bugün gerçekten canı sıkkındı. Hem annesiyle, hem Acar'la kavga etmiş. Annesi ondan kuşkulanıyormuş," dedi.

"Günaydın."

"Dalga geçmeyi bırak, Sevgi, biliyor musun, benim asıl anlayamadığım ne?"

"Ne?"

"Derya nasıl oluyor da, hem bu kadar uçarı davranıyor, dersleri asıyor, hem de iyi not alabiliyor? Şöyle bir çalışmayla nasıl bu kadar başarı sağlayabiliyor? Bize baksana, biz nasıl çalışıyoruz, o nasıl çalışıyor!"

"Sadece notları mı?" diye ekledi Sevgi. "Baskette yıldız oyuncu, sesi dersen bir harika. Tabii erkeklerin arasındaki süksesinden söz etmeye gerek bile yok."

Bahar'la Sevgi, Derya'nın bu nitelikleri karşısında ezilmişçesine sustular.

"Bazıları şanslı oluyor," dedi Bahar alçak sesle.

"Kader utansın, Baharcığım, kader utansın. Haydi kantine gidip bir çay içelim, ben üşüdüm."

İki arkadaş kitaplarını toplayıp kantinin yolunu tuttular. Kantinci Hüseyin Ağabey güngörmüş, efendi bir adamdı. Kızları görünce, "Merhaba hanım kızlar, bir süredir gözükmüyorsunuz," diye onları selamladı.

Sevgi, "Perhizdeyiz Hüseyin Ağabey," dedi.

"Bak işte bu bizim işler için çok kötü. Hepiniz böyle perhiz yapacak olursanız, biz de topu atarız. Ne vereyim?"

"Sadece iki çay, şekersiz."

"Oğlum Süleyman, ablalara iki çay ver."

Süleyman yeni çıraktı. Kepçe kulaklı, al yanaklı, saf bir Anadolu çocuğuydu. Kız öğrencilere bir türlü alışamamış olduğu, her gördüğü kıza bel bel bakışından anlaşılıyordu.

Kızlar çaylarını alırken Hüseyin Ağabey, "Sizin arkadaş pek dertli görünüyor, bir ilgilenseniz iyi olur," deyince Bahar şaşırdı.

"Kim?"

Hüseyin Ağabey çenesiyle ilerideki kuytu köşeyi işaret etti. Bahar'la Sevgi merakla işaret edilen yere baktılar. Keriman bir köşeye büzülmüş, oturuyordu. Çaylarını alıp yanına gittiler. Keriman ağlamaktan şişmiş gözlerle onlara baktı, elinde yumak hâline gelmiş ıslak bir mendille oynuyordu.

"Ne oldu?"

"Nen var?"

"Hiiiç."

"Hiç olur mu, bak ağlamışsın. Söyle, ne oldu?"

Keriman birden hıçkırmaya başladı. Bahar ona sarıldı. "Haydi, haydi, topla kendini."

Sevgi, "Biz senin arkadaşın değil miyiz, anlat ferahlarsın. Hem ben sana da bir çay getireyim. Sıcak çay her derde devadır," deyip çayocağına koştu. Hüseyin Ağabey hiçbir şeyin farkında değilmişçesine arkasını dönmüş, raflardaki çikolataları yerleştiriyordu. Süleyman ağzı açık, kızlara dalmış gitmişti.

Sevgi, "Bana bir çay ver ve öyle bön bön bakmaktan vazgeç," diye acemi çırağı payladı. Süleyman'ın zaten kırmızı olan yanakları büsbütün kızardı. Çay bardağını Sevgi'ye bu kez dik dik bakarak uzattı. Onuruyla oynanmıştı ne de olsa...

Sevgi arkadaşlarının yanına döndüğünde, Keriman biraz sakinleşmişti. Sadece sık sık içini çekiyordu.

"Teşekkür ederim," diyerek çayı aldı. "Dün gece annem beni feci şekilde azarladı," dedi içini çekerek. Bahar'la Sevgi ses çıkarmadan onun sözlerini bitirmesini beklediler. "Bana neler söyledi, bir bilseniz!" Keriman tekrar ağlamaya başlamıştı.

"Beni okuldan dönerken Ahmet'le görmüşler ve hemen anneme yetiştirmişler. Onları bütün mahalleye rezil etmişim, babama söyleyecekmiş. Artık kimsenin yüzüne bakamayacakmış, benim gibi bir kızı olduğu için. Beni onca fedakârlıkla okutuyorlarmış, bense sokaklarda oğlanlarla geziyormuşum. Onu düş kırıklığına uğratmışım ve bir daha asla Ahmet'i görmeyecekmişim." Bu son sözler üzerine Keriman yine hıçkırmaya başladı.

Bahar, Sevgi'ye dönüp alçak sesle, "Bugün kendimi gazetelerdeki dert anaları gibi hissediyorum. Az önce Derya, şimdi de Keriman," dedi.

"Kötü bir şey yapmadığımı, sadece okuldan çıkınca Ahmet'le birlikte eve kadar yürüyüp konuştuğumuzu söyleyince, annem büsbütün çıldırdı. 'Demek bunu daha önceleri de yaptın,' diye bağırmaya başladı. Okula gelip müdürle konuşacağını, Ahmet'in de okuluna gidip onu da şikâyet edeceğini söyledi. Nasıl yalvardım, 'Anne yapma, beni rezil etme,' diye, bilemezsiniz. O da, 'Bir şartla vazgeçerim, bir daha o Ahmet denen serseriyi görmeyeceksin,' dedi. Ben şimdi ne yapacağım?" Keriman yine hıçkırıklara boğulmuştu.

Bahar'la Sevgi çaresiz bakışlarla birbirlerine baktılar. Sevgi'nin içi sıkılmaya başlamıştı.

"Amaan, bu kadar derde değer mi? Sen de görmeyiver Ahmet'i, olsun bitsin."

Keriman biri ona iğne batırmışçasına yerinden sıçradı. "Ama ben onu çok seviyorum, onsuz yaşayamam, onsuz ölürüm."

"Aman Keriman, filmlerdeki gibi konuşma Allah'ını seversen," deyiverdi Sevgi, Bahar'ın onu dürtüklemesine aldırmayıp.

"Beni anlamıyorsunuz, beni hiç kimse anlayamaz."

Sevgi bu kez sabırlı olmaya gayret ederek, "Ama sen de biraz abartmıyor musun? Daha dün tanıdığın bir çocuğa nasıl böyle körkütük âşık olabilirsin?" dedi.

"Kim demiş daha dün tanıdığımı. Onunla bu yıl konuşuyoruz, ama geçen yıllarda gider gelirken birbirimizi görürdük her sabah ve her akşamüstü. Ama öylece, uzaktan."

Sevgi gözlerini devirerek başını öte yana çevirdi. Bahar, Sevgi'yi görmezden gelip Keriman'ı avutmaya çalıştı.

"Böyle kendini üzmekle bir yere varamazsın, önce bir sakinleş. Elbet bir çaresi bulunur," dedi. "Ne çaresi?" deseler, kendi de yanıt veremezdi ama avutmak olsun diye, alışılagelmiş birtakım sözcükleri o da sıralayıvermişti işte.

"Çare yok," diyen Keriman yeniden ağlamaya başlıyordu ki, kantine giren kalabalık bir grubu görünce hemen kendini toparladı. "Ben gidip yüzümü yıkayayım, az sonra ders zili de çalacak zaten," deyip içini çekti.

Bahar, "Biz de seninle gelelim. Hadi artık üzülme, her şey yoluna girer elbet," dedi.

Sevgi güldü, "Tabii, takma kafana." Ve Keriman'ı yalnız bırakmamak için Bahar'la Sevgi de kalkıp onunla birlikte tuvaletlerin yolunu tuttular.

Akşamüstü otobüs durağına yürürlerken Sevgi, Bahar'a, "Bugünü de yaşadıktan sonra aşağılık kompleksine mi yakalanayım, büyüklük kompleksine mi kapılayım, bilemiyorum," dedi damdan düşercesine.

"O niyeymiş?"

"Baksana, herkesin hayatında birileri vardı. Derya malum, Keriman da sırılsıklam âşık."

Sevgi birden Bahar'ın kendisini dinlemediğini fark etti. Onun baktığı yere bakınca, bir grup arkadaşıyla konuşup gülmekte olan Serdar'ı gördü. Alaylı bir sesle, "Eh, üçledik desene. Sen de Serdar'a yangınsın, haksız mıyım yani?" dedi.

Bahar boynuna kadar kızardı. "O da nereden çıktı, Sevgi? Ben kimseye yangın filan değilim. Serdar sevdiğim, beğendiğim bir arkadaş benim için, işte o kadar."

"Niye kızardın öyleyse?"

"Senin bu tatsız konuşmaların yüzünden tepem attı da ondan. Hırsımdan."

Serdar etrafına bakarak konuşuyordu ki, gözü durakta otobüs bekleyen Bahar'a ilişti. Gülerek el salladı. Bahar'ın gülümsemesi ise çekingenceydi.

"Bak görüyor musun, senin bu aptalca konuşmaların beni nasıl etkiledi, rahat rahat bir selam bile veremedim," diye söylendi öfkeyle.

"Peki peki, kızma. Ama bugün o kadar çok love story dinledik ki, etkilenmemek elde değil."

"Tamam, artık bu konuyu bırakalım. Gelelim yarınki matematik sınavına. Sen çalıştın mı?"

"Evet," dedi Sevgi. "Ama bu akşam yine üstünden geçmem gerek."

"Vay canavar, ben daha bitirmedim. Eve gider gitmez kapanır çalışırım artık, ne yapalım."

"Dün sen de bitirebilirdin, öyle pek fazla ödev yoktu."

"Evet, ama yine halama bozuldum. Moralim bozulunca da, bir konuyu otuz kez okusam, doğru dürüst aklımı veremediğim için bir şey anlayamıyorum."

"Sahi, halanla aran nasıl son günlerde?"

"Nasıl olsun," dedi Bahar, derin derin içini çekerek. "Bizimle oturmaktan son derece memnun. Kendini kardeşine ve yeğenlerine adamış fedakâr kız kardeş rolünü oynuyor. O koca gövdesi ve sevimsiz konuşmalarıyla tüm evi kaplıyor sanki, nefes alacak yer bırakmıyor gibime geliyor. Kısacası, varlığı beni boğuyor."

"Bahar, ona sinirleniyorsun ya, acaba bu nedenle mi ne yapsa sana ters geliyor?" Sevgi, Bahar'a yardımcı olmaya, onu yatıştırmaya çalışıyordu ama pek de başarılı oluyor denemezdi.

"Kim bilir," dedi Bahar düşünceli düşünceli. "Belki de öyledir. Ama bu neyi değiştirir ki... Ben eski sakin sessiz, huzurlu evimizi özlüyorum. O zaman evimizin sesleri anlamlıydı; ya annemin şarkı söyleyen sesi, ya mutfakta bir şey yaparken çıkan bardak tabak sesi. İşinden dönen babamın keyifli seslenişi, 'Alooo, bu evde kimse yok mu?' Sonra annemin babamı karşılamaya koşan ayak sesleri. Hakan'ın o kocaman kalın sesiyle avaz avaz konuşması. Gece gelen konuklar, yattığımız yerden duyulan kadeh sesleri, geri plandaki müzik, kahkahalar, hele anneminki... Annemin kahkahaları herkesinkini bastırırdı... İşte benim eski evim ve ben o evi özlüyorum. Anlıyor musun, özlüyorum!"

Sevgi hiç sesini çıkarmadan arkadaşını dinliyor, gözlerini ayakkabılarının burnundan ayıramıyordu.

"Şimdiyse evimiz nasıl, biliyor musun? Sessiz, soğuk, karanlık bir ev. Babamın yüzü beş karış asık. Hakan yok, biliyorsun. Onu ne akla hizmet bizden ayırdılar, hâlâ anlayamıyorum. Bari o olsaydı... Ve bütün bu buz gibi havanın içinde car car konuşan, sürekli beni terbiye etmeye kalkan bir hala... hem de kendi Manisa'sının bin yıl önceki kızlarını örnek göstererek. İşte bir de buna çok bozuluyorum. Falan kız nasıl hamaratmış, eve gelir gelmez kollarını sıvar, bulaşıkları yıkar, akşam yemeğinin salatasını yaparmış. Yok boş vakitlerinde ne güzel nakışlar işlermiş ya da filanca kız nasıl terbiyeliymiş, hep çok nazikmiş. Sorulmadıkça konuşulmazmış oralarda, ama daima hizmete hazır olurlarmış."

"Boşver canım," dedi Sevgi. "Aldırma sen."

"Bir aldırmıyorum, iki aldırmıyorum. İnan bana, kendi kendime telkin yapıyorum. Diyorum ki, bu yaşlı bir kadın ve başka bir dünyanın insanı, küçük bir kentten gelmiş diyorum. İnan bana, Sevgi, bunlara varıncaya kadar düşünüyorum. Onun sözlerine aldırma, idare et, babanın hatırı için idare et diyorum, ama kadın gerilmiş sinirlerimin üzerinde o tiz sesi ve münasebetsiz laflarıyla oynuyor da oynuyor. Nasıl dişlerimi sıkıyorum, nasıl kendimi odama atıyorum, bilemezsin. Allaha şükür ki, evde bir tek değişmeyen Balbadem var. O da olmasa, ben bu yabancı evde ne arıyorum diyeceğim. Eve gitmek eskiden bir zevkti benim için. Annem mutlaka ya bir kek, ya bir pasta bulundururdu. Ben soyunduktan sonra mutfakta birlikte hem atıştırırdık hem de ona o gün olan biteni, ama saçma ama değil anlatırdım. Birlikte gülerdik, bazen arkadaşların adını şaşırırdı. 'Beni dikkatli dinlemiyorsun,' diye ona çıkışınca hemen savunmaya geçer, 'Yok canım... işte ben de onu demek istemiştim,' derdi. Şimdi ayaklarım geri geri gidiyor. Babamı da anlamıyorum, surat asacağına neden benimle ilgilenmiyor biraz, neden benimle konuşmuyor?"

"Biliyorsun, baban çok sarsıldı, Bahar."

"Biliyorum, biliyorum. Onu da anlamaya çalışıyorum, ama annem öldüyse bizler yaşıyoruz. Ona kaç kez yaklaştım... ne söylediysem, ya evet dedi, ya hayır, işte o kadar. Şimdilerde ben de artık pek konuşmuyorum. Gecelerimiz işte öylesine derin bir sessizlik içinde, herkesin kaçarcasına odasına sığınmasıyla bitiyor."

Bekledikleri otobüs görünmüştü, iki arkadaş öne doğru çıktılar.

"Hay Allah, filmi kaçıracağız!" diye bağırdı Sevgi birden.

"Ne var, ne filmi?"

"Aman Bahar, ne filmi diyorsun bir de. Baksana, Ahmet gelmiş, Keriman'ı bekliyor. Öbür köşede de Acar, Derya'yı. Şu otobüs biraz sonra gelseydi, ne olurdu sanki..."

"Haydi haydi, atla bakalım, Sevgi, herkesin derdi başka. Onları Ahmet'le Acar bekliyor, bizi de yarınki..." Sözün burasında Sevgi de Bahar'a katıldı, ikisi bir ağızdan "Matematik sınavı!" diye bağrışarak cümleyi tamamladılar ve hayretle onlara bakan otobüs şoförüne gülerek biletlerini kutudan içeri attılar.

# PARASAL SORUNLAR

Bebek Cafe'de toplanmışlardı.

Günlerden çarşambaydı ve o gün öğleden sonra ders yoktu. Ilık bir kış günüydü, bu nedenle dışarıda oturmayı yeğlemişlerdi. Bebek koyunda martılar denizin üstünde dönüyor, ara sıra balık avlamak için denize ani dalışlar yapıyorlardı. Sandalların, teknelerin üstleri kalın branda bezleriyle örtülüydü.

"Gel de yazı sevme. Şu Bebek Koyu örneğin, yazın nasıl cıvıl cıvıldır. Oysa şimdi ne kadar sessiz ve hüzünlü," dedi Sevgi.

"Ama yine de güzel. Hüznün de ayrı bir güzelliği var," dedi Keriman ince ve titrek bir sesle.

"Aman sen de... Nerede mızmız bir şey var, hemen bayılır. Hüznün neresi güzel. Hüzün, hüzündür."

Keriman suratını astı. Bahar, "Aldırma ona, Keriman. Yapacak bir şey bulamadı mı, çatacak yer arar," dedi.

"Derya nerede?" diye sordu Mine.

"Acar'la," dedi Bahar.

"Haydi hayırlısı."

"Neden öyle dedin?"

"Her dakika kavga ediyorlar da ondan. Hem kavga ediyor, hem de onun için okulu kırıyor, bu gidişle dersleri toparlayamayacak."

"Derya bu. Dersleri asar, yine de iyi notlar alır."

"Ama nereye kadar."

Sevgi söze karıştı. "Şaşılacak şey gerçekten. Nasıl beceriyor diye, daha geçenlerde Bahar'la konuşuyorduk."

"Pek şaşılacak yanı yok. O derste dinliyor," dedi Mine.

"Yok canım."

"Evet, evet. Sen hiç Derya'nın derste dalga geçtiğini gördün mü? Dikkat kesiliyor ve hocanın her dediğini dinliyor. Kısacası, her şeyi derste öğrenip zaman kazanıyor. Konuyu derste kavradığı için de, eve gidince şöyle bir okudu mu tamam. Yani sizler gibi derste Amiral Battı oynamıyor."

Bağırışlar yükseldi. "Şuna bak, kim demiş Amiral Battı oynadığımızı?"

Sevgi, "Ya sen?" dedi. "Sen de derste, dersten başka her şeyi yaparsın. Sıranın altında hep bir kitap vardır, onu okursun."

"Evet, ama benimki başka."

"Neden başka oluyormuş?"

"Ben dalga geçmiyorum, ben Descartes, Sartre, Kafka okuyorum. İnsanın kafasını geliştiren, düşüncelerini zenginleştiren kitaplar bunlar."

"Aman Tanrım, nereden seninle arkadaş olduk!" dedi Sevgi yerinde huzursuz huzursuz kıpırdanarak. Sonra birden aklına bir şey gelmiş gibi keyifli keyifli Mine'ye döndü. "Pekâlâ, onlar değerli kitaplar, vesaire vesaire... ya sıranın altında örgü örmene ne buyrulur? Seni ben kendi gözlerimle gördüm." Sevgi zafer kazanmışçasına sandalyesinde dimdikti.

Mine aynı sakin ses tonuyla, keyifle sırıtan Sevgi'ye cevap verdi.

"Örgü stres, yani gerginlik için birebirdir. Psikologlar bile sinir hastalarına örgüyü salık verirler. İşte ben de gerginlik içinde ya da huzursuz olduğumda örgü örerim."

Sevgi ellerini havaya kaldırarak, "Seninle başa çıkılmaz, Mine," derken, Eşref masalarının yanında beliriverdi.

"Ne o, Sevgi? Bir derdin mi var?"

"Mine gerginlik içinde olanların örgü örmelerini salık veriyor da..."

Eşref böyle ilginç konuyu kaçırır mı, hemen atıldı. "Öyleyse İmadettin Bey'e bir çift şişle, bir yumak yün armağan edelim. Derse kaldırdığı öğrenciler soruyu bilemediler mi, adamcağız hırsından o beyaz bıyıklarını yiyecek gibi oluyor. Eliyle göğsünü yumruklayıp, 'Öldüreceksiniz siz beni, evladım, öldüreceksiniz,' diyor."

Yaşlı başlı tarih hocasını oturmuş örgü örerken düşünen gençler, hep birlikte kahkahayı bastılar.

"Fransızcacıyla arasını iyice açtık yine."

"Anlat, anlat."

"Fransızcacı bir seferinde, Türkçe okuyamadığından olacak, yanlışlıkla yoklama defterine tarih hocasının yerine imza atmış. Vay efendim, İmadettin Bey bunu duyunca kıyametler koptu, kıyametler. Durup durup, 'Nasıl olur, efendim? Kör mü bu adam? Burası benim yerim, benim yerime nasıl o imza atar?' diye uzun süre söylenmiş durmuştu. Bu olaydan sonraki günlerde biz adamdan yakındıkça, İmadettin Bey de bizi gönülden destekliyor, 'Haklısınız, evladım, haklısınız. Böyle hocalık olmaz. Hem o adam bir kere de benim yerime imzasını atmıştı,' diyerek bizlerle birlik oluyordu. Dün de adam yine yanlışlıkla tarihçinin yerini imzalamasın mı? Bu fırsatı kaçırır mıyız, yoklama defterini kaptığımız gibi, doğru İmadettin Bey'in yanına koştuk. 'Hocam, bakın şunun yaptığına, yine sizin yerinize imza atmış,' Hırsından köpürdü, köpürdü... ne Fransız küstahlığı kaldı, ne zibidiliği. 'Gidip idareye şikâyet edeceğim, efendim!' diye bar bar bağırdı." Eşref oturmamış, bütün bunları ayakta anlatıyordu.

"Sizlere o kadar şey anlattım, kimse buyur otur demeyecek mi? Hem daha önemlisi, sevgili bacılarımızdan hangisi bana bir çay ısmarlayacak?"

Mine, "Ne o, kendi çayını ısmarlayamayacak durumda mısın?" diye sordu.

Eşref, "Harçlığım bitti. Vaziyet fena. Bak işte Volkan da geldi," dedikten sonra Volkan'a seslendi. "Volkan, buradayız. Gel bak, bacılarımız bize çay ısmarlayacaklar."

"Volkan da mı parasız?" dedi Sevgi.

Olduğu yerde zıplayıp duran Volkan, "Hem de nasıl! Okul çayına daha çok var," dedi.

"Okul çayıyla ne ilgisi var?" diye sordu Bahar.

"Geçen yıldan bu yana okul çaylarında fotoğrafçılığı ben üstlendim."

Keriman, "Okul çaylarında gerçekten iyi para kazanabiliyor musun, Volkan?" diye sordu.

"Ne diyorsun, hem de nasıl. Fotoğrafçılık olmasa, şu son yıl ne yapardım bilmem."

"Yaa," dedi Keriman şaşkın şaşkın. "Ben fotoğrafçılık zevk için yapılır diye düşünmüştüm hep. Kazanç sağlanabileceğini hiç düşünmemiştim."

Volkan bir an ciddileşti. "Darda kalırsan düşünürsün, daha doğrusu düşünmek zorunda kalırsın. Biz dört kardeşiz, babam hepimize yetişemiyor, hele son yıllarda durum daha da güçleşti. Ben de düşündüm taşındım, bunu buldum. Okul çayları, piknikler, diploma törenlerinden sağladığım gelirle, hiç olmazsa harçlığımı babamdan istememiş oluyorum, beğendiğim bir kazağı, daha da önemlisi kitaplarımı kendim satın alabiliyorum."

Keriman, "Ne kadar güzel," dedi yine o ince ve titrek sesiyle.

Sevgi kendini tutamadı. "Hadi ağlasana, ne duruyorsun," diye çattı Keriman'a.

Kızcağız, "Sevgi, niye benimle uğraşıyorsun?" dedikten sonra ağlayarak kalktı ve kimse bir şey diyemeden koşa koşa kahvenin bahçesinden çıkıp gitti. O kadar şaşırmışlardı ki, bir süre öylece kaldılar. Sevgi, Keriman'a hep çatardı, Keriman da buna alışmıştı, Sevgi'ye pek aldırmazdı. Bugün ne olmuştu?

Bahar, "Ama Sevgi, sen de çok çatıyorsun kıza. Ne istersin bilmem," dedi. Çoğu kez Sevgi'ye hak vermekle birlikte, Keriman'a da acıyordu.

Sevgi arkadaşlarının onu suçlayan bakışları karşısında savunmaya geçti. "O da öyle hayaletler gibi konuşmasın! Ahmet'le olan davasından beri kendini hayalet gibi görüyor galiba. Yeni yeni pozlar, yeni yeni ses tonları... Mecnun'undan ayrılmış Leyla mübarek. Titrek sesi, dalıp giden nemli gözleriyle üzüntüsünü dünyaya ilan etmek ister bir hâli var. Yetti be, yetti! Ya adam olsun ya da yanıma yaklaşmasın. Sinir oluyorum. Yok Boğaz'ın hüznü güzelmiş, yok Volkan'ın çalışması ne güzelmiş." Sevgi soluk soluğa kalıp susunca, Eşref uzun bir ıslık çaldı.

"Vay be Sevgi. Allah senin hışmından insanı korusun. Tamam, kızma."

Bu kez Mine sakin bir tavırla, "Her insanın yaşam sahnesinde bir rolü vardır," dedi. "Onu oynar. Gerçi Keriman daha gerçek rolüne çıkmadı, ama şu anda aşkta acı çeken genç kızı oynuyor, hoşgörüver, olsun bitsin."

Sevgi, Mine'ye bağırmamak için kendini zor tutuyordu. Eşref'le Volkan'ın konuşmaya başlamalarından yararlanıp Bahar'ın kulağına eğildi. "Ya deliler arasında kaldık ya da ben deliriyorum," diye fısıldadı. Bahar da gülerek arkadaşının kolunu okşadı. Sevgi ikinci kez Bahar'ın kulağına eğildi. "Aslını istersen, iki varsayım da geçerli." Ve iki arkadaş kendilerini tutamayıp gülmeye başladılar.

Eşref, "Ne oluyor, ne oluyor, biz de gülelim," dediyse de, "Aramızda, aramızda," diyerek geçiştiriverdi Bahar. Sonra aklına bir şey gelmişçesine, "Çocuklar," dedi. "Ben de para kazanmak istiyorum, ama nasıl yapacağımı bilemiyorum."

Hepsi şaşırmıştı. Bir an sessizlik oldu. Sonra Sevgi yavaşça, "Neden, Bahar?" dedi. Bahar nedenini söylemekle söylememek arasında bocalar gibiydi. Ama arkadaşlarının kendisine çevrilmiş ilgi dolu bakışları karşısında, şu anda bana onlardan daha yakın, beni onlardan daha iyi anlayacak kim var ki, diye düşündü ve sorununu dostlarıyla paylaşmaya karar verdi.

"Babam emekli oldu bu yıl," diye anlatmaya başladı. "Volkan'ın da demin dediği gibi, koşullar giderek ağırlaşıyor. Ayrıca evin bütçesini şimdilerde halam düzenliyor. Benim ise halamla aram pek iyi değil, anlaşamıyoruz. Benim dediğimi o ters anlıyor, onun dedikleri bana batıyor. Harçlığım bittiğinde ya da harçlık dışında bir şey istediğimde, mutlaka tutumluluk üzerine bir konuşma yapıyor ya da en azından bir laf ediyor. Bu da bana ağır geliyor. Hani harçlığım bitmese, ondan hiç para istemeyeceğim, ama ne yazık ki bitiyor. Gerçi annem de dikkatli olmak zorundaydı, babam öyle zengin bir adam değildi, ama annemin söyledikleri bana batmazdı..." Bahar susmuştu, hepsi susuyordu. Arkadaşlarının gururunun kırıldığını anlıyor, acısını paylaşıyorlardı.

"Ama nereden başlayayım, nasıl bulayım, bilmiyorum. Öğrenci olduğum için tabii ki tam gün çalışamam. Kime başvurmam gerektiğini bile bilmiyorum."

Eşref yerinde şöyle bir kıpırdandıktan sonra, "Ben iki yazdır Antalya'da bir kahvede çalışıyorum," dedi. "Orada oturan bir arkadaşım var, babasının da bir kahvesi var. Yazları turist bol olduğundan, dil bilen bir garsona gereksinim duymuş, arkadaş da beni salık vermiş. Aylık fazla değil, ama bahşiş filan idare ediyor işte."

Eşref'in iki yazdır Antalya'ya gittiğini biliyordu hepsi, ama tatile gitti sanmışlardı. Kimsenin aklına sormak gelmemiş, Eşref de, belki de yeri gelmediğinden, bu işten söz etmemişti. Anlatmaya devam etti. "İş saatleri dışında denize giriyor, geziyorum. Kısaca, bana hem tatil oluyor, hem masraflarımı çıkarmış oluyorum. Annem önceleri bu işe azıcık bozulur gibi oldu... ne de olsa kahvede çalışıyoruz, ama babam bana arka çıktı. 'İşin iyisi kötüsü olmaz, madem istiyor, çalışsın,' dedi."

Sevgi, "Derya da geçen yaz çalışmıştı ama tabii her konuda olduğu gibi, o konuda da süper," dedi.

"Ne diyorsun?" dedi Eşref. "Bizim sosyete Derya çalışıyor, haa. Hiç bilmiyordum. Nerede çalışıyor? Ne iş yapıyor?"

"Kemer Tatil Köyü'nde çalışıyor..."

Islıklar yükseldi. "Vay canına, ne kız? Nereden bulmuş bu işi?" Sevgi anlatmasını sürdürdü. "Teyzesi tatil köyünün müdürünün karısıyla çok iyi arkadaşmış. Derya bu işi istediğini söyleyince, o da kocasına söylemiş. Derya'yı çağırıp görüşmüşler ve beğenip kabul etmişler."

Bahar içini çekti. "Benim öyle yerlerde tanıdığım yok, bu bir; ikincisi, olsa da babam izin vermez," deyip umutsuzca sustu.

Ayak sesleri duyuldu, gelen Serdar'dı.

"Merhaba, çocuklar. Ne o, gemileriniz mi battı, bu ne ciddiyet?" diyerek bir sandalyeyi arkasından yakaladı, çevresine şöyle bir baktıktan sonra sandalyesini Bahar'ın yanına koyup oturdu. Bahar, Sevgi'nin gözlerinde çakan muzip pırıltıyı görmezlikten geldi. Serdar'ın yanına oturması onu sevindirmişti.

"Ee, anlatın bakalım, ne var ne yok?"

"Hiiç, öyle konuşuyorduk," dedi Bahar hemen. Eşref'le Volkan'ın yanında olduğu kadar rahat olamıyordu Serdar'ın yanında. Ama Eşref, Bahar'ın sıkıntısının farkında bile değildi. Onun için de bir çırpıda Bahar'ın sorununu anlattı ve hep birlikte çare düşünmekte olduklarını söyledi.

Serdar hafifçe eğilip Bahar'a baktı. "Yaa, demek öyle. Çok güzel bir düşünce bu, Bahar."

Serdar'ın bu sözleri üzerine Bahar'ın yüzü aydınlanıvermişti. "Ama ne yapacağımı bilemiyorum ki," dedi.

"Durun bir düşünelim. Tabii ki, Eşref gibi kahvecilik yapamazsın." Gülüşmeler duyuldu. "Tatil köyü işi de olmuyor. Zaten o tür işler için Derya biçilmiş kaftan. Hem dışa dönük ve konuşkan, hem de çarpıcı."

Birden simsiyah bir hüznün tüm benliğini kapladığını hissetti Bahar. Elbette, Derya akıllı, güzel, neşeli ve yetenekliydi. Ya kendisi? Acaba bunu mu demek istiyordu Serdar?

Hiçbir şeyin farkında olmayan Serdar sözlerini sürdürdü. "Sana senin yeteneklerini ortaya koyacak bir iş gerek. (Bir yeteneğim varsa tabii, diye düşündü Bahar.) Sakinsin, aklı başında bir kızsın ve kafan çalışıyor."

Bu sözlerin Bahar'ı sevindirmesi gerekirdi. Nitekim Serdar'ın övgüleri onu içine düştüğü hüzünden bir parça olsun çıkarmıştı. Ama yine de Derya'nın yetenekleri yanında kendisininkiler doğrusu pek sönük kalıyordu. İçini çekti farkında olmadan. Serdar bu iç çekişi duymuş, başka türlü yorumlamıştı.

"Canım, üzme kendini bu kadar. Bak aklıma ne geliyor. Küçük sınıflardan derslerde zorluk çekenler var. Ne diye okulda, öğle tatilinde ya da okul sonrası onlara ders vermeyesin? Sen bu işi çok iyi yapabilirsin."

Eşref, "Okulun ilan tahtasına bir yazı asalım... filanca ders verilir ya da filanca dersi almak isteyenler Bahar'a başvursun diye," dedi heyecanlı heyecanlı.

"Olur mu öyle şey?"

"Neden olmasın? Ondan sonra da sana yağmur gibi iş teklifi yağacak, sen de paraları desteleyip köşeyi döneceksin," diye Eşref keyifli keyifli anlatırken, Bahar'ın da bu işe aklının yattığı yüzündeki umutlu ifadeden belli oluyordu.

Volkan, "Eh, Bahar. Artık zengin olduğuna göre bize bir çay ısmarlarsın, değil mi?" dedi.

Eşref, "Evet, evet, zengin arkadaşımız Bahar'dan şerefe bir çay," diyerek Volkan' ı destekledi.

Serdar, "Ağır olun bakalım. Daha kızcağızın ilan kâğıdını bile asmadık. Hem çayları sizin ona ısmarlamanız gerekmez mi, ne biçim erkeksiniz siz?" dedi. Volkan da, "Biz erkek kadın eşitliğine inanan erkeklerdeniz," deyince, kızlar çığlık çığlığa bağırdılar.

Sevgi, "Bu sözünü unutma, Volkan. Bak hem de bu kadar tanığın önünde!" diye bağırıyordu.

Serdar, "Bahar'ın onuruna çayları ben ısmarlayacağım," dedikten sonra Eşref'le Volkan'a bakarak, "Ama sadece bugün için," diye eklemeyi unutmadı. Eşref'le Volkan'a paçasını kaptıran, bir daha kolay kolay kurtulamazdı.

"Yaşa!"

"Varol!"

Bahar yine Sevgi'yle göz göze geldi. Mutluluktan uçacaktı neredeyse. Derya değil Kemer Tatil Köyü'nde, isterse Ay'da çalışsın, şu anda umrunda bile değildi.

Bedava çayını içerken, "Serdar, sen hangi üniversiteye girmek istiyorsun?" diye sordu Sevgi.

"Eğer başarılı olabilirsem tıbbı istiyorum."

Eşref bir ıslık çaldı. "Çok yüksek puanlı yer orası."

"Evet," dedi Serdar düşünceli düşünceli.

"Eminim başaracaksın," dedi Bahar. Birden sesinin çok yüksek çıktığını fark edip kızardı ve sustu.

Sevgi, "Demek tıbbı istiyorsun. Çok uzun bir öğrenim gerektiriyor," deyince Serdar, "Uzun olmasına uzun, ama en çok ilgimi çeken konu tıp," diye yanıt verdi.

Eşref sandalyesinde kaykıldı. "Ama bir de doktor oldun mu, iyi para var. İki tık tık bir fısfıs, al parayı otur aşağı."

Serdar gülümsedi. Bahar, "Aman Eşref, sen paradan başka şey düşünmez misin? Sadece para düşünen bir doktor, iyi bir doktor olamaz bence," dedi.

Mine de Bahar'ın görüşündeydi. "İyi bir doktor, her şeyden önce insanlığa hizmet etmeyi amaçlamalı," dedi. Sonra Eşref'e dönüp, "Ya sen, Eşref? Sen ne yapacaksın?" diye sordu.

Eşref, "İşletmecilik filan gibi bir şey olmalı. Ben iş hayatına atılmayı düşünüyorum. Ticaret yapmayı, para kazanmayı seviyorum," dedikten sonra ciddileşerek ekledi. "Tıp gibi uzun süreli bir öğrenime babamın gücü yetmez, onun için bir an önce para kazanıp kendimi kurtarmam gerek."

Bir anlık sessizlik oldu. Serdar bu kez Bahar'a sordu. "Ya sen, Bahar?"

"Ben güzel sanatlar akademisine girebilmeyi hayal ediyorum. Üstelik ne düşler kuruyorum, bir bilseniz. Yüksek tavanlı, kocaman pencereli, aydınlık bir atölyem olacak. Aslında eski bir binada olacak atölyem, onun için de tavanları yüksek, yerleri tahta, kapı tokmakları pirinç olacak. Ben o atölyeyi ellerimle beyaza boyayacağım. Her taraf bembeyaz olacak. Sonra ortaya bitpazarından alınmış, üzeri uçuk pembe güller ve uçuk yeşil yaprak desenleriyle bezeli bir çini soba yerleştireceğim. Küçük bir de radyom olacak, sürekli müzik çalacak ben çalışırken. Ve ben bu güzel atölyede camlarla çalışacak, onlara şekiller verecek, onları renk renk boyayacağım."

Bahar'ın bu içten anlatışı arkadaşlarını etkilemiş, onlar da Bahar'la birlikte Bahar'ın düşünü görür gibi olmuşlardı. "İşte benim düşlerim bunlar. Mine'ninkini sormayacak mısınız?" dedi Bahar muzip bir gülücükle Volkan'a bakarak. Mine'nin ne istediğini Bahar gayet iyi biliyordu da, delikanlıların tepkisini görmek için dikkati Mine'ye çekmişti.

Mine, "Onlar sormadan da söyleyebilirim. Ben Edebiyat Fakültesi'ne girmek istiyorum," dedi.

Volkan, "Peki oradan mezun olunca ne yapmayı düşünüyorsun?" diye merakla sordu.

"Felsefe öğretmeni olacağım, yani üniversitede öğretim görevlisi olmak istiyorum. Felsefe dalında tabii."

Eşref, "İyi ama, aç kalırsın o zaman," dedi.

"Bunca paragözün arasında, bir tane de ruh ve kafaya hizmet edecek biri olmalı," diye karşılık verdi Mine.

Eşref, "Antalya'daki deneyimlerden sonra ben de ciddi biçimde turizmi düşünmeye başladım. İki yazdır bu işin en alt basamağında çalışıyorum. Zevkli, üstelik para da kazandırıyor insana. Eh, bir de bunun eğitimini görürsem, bu konuda ilerleyebilirim sanıyorum," dedi.

"Öff, ne güç kararlar bunlar. Sizler yine iyisiniz, bir fikriniz var hiç olmazsa... ben hâlâ ne istediğimi bilemiyorum. Bugün hoşuma giden konu, yarın beni hiç çekmiyor. Habire fikir değiştiriyorum korkumdan," dedi Sevgi. "Aslında korkumun asıl nedeni, isabetli karar alamamak. Düşünün bir kere, çalışmış çabalamış ve başarmışsın, istediğini sandığın yere girmişsin. Bir yıl geçince ya da daha kötüsü birkaç yıl geçince, bir de bakmışsın ki, kararın yanlış... ya o konuyu sevmiyorsun ya da konuyu seviyorsun, ama o konuda yetenekli değilsin. İşte benim karabasanım bu, bu yüzden de bir türlü karar veremiyorum."

"Diyelim sonunda gerçekten ne istediğini bulup çıkardın. Bakalım oraya girebilecek misin? Bir yerde ne istediğin değil, nereyi tutturduğun önemli oluyor," dedi Volkan.

Eşref de, "Yani sevsen de sevmesen de, tutturduğun fakülteye girmek zorundasın," diye ekledi.

"Bu da pek zevksiz bir öğrenim olur," dedi Sevgi.

"Başka seçenek var mı? Ya da üniversiteden tümüyle vazgeçersin, olur biter." Eşref'in son sözlerini hiçbirinin içine sindiremediği bakışlarından belliydi. Sessiz ve düşünceliydiler.

"Gençlik, yaşamın en güzel dönemidir, diyeni bir bulsam, bütün hıncımı ondan alacağım," dedi Sevgi.

Bahar, "Farkında mısınız, bazı sözler ne kadar yanlış," dedi. "Örneğin halamdan ve başkalarından duyduğum bazı sözler... 'Ah gençlik, ekmek elden, su gölden.' 'Ah gençlik, ne gam var, ne tasa,' ve buna benzer birtakım saçmalıklar. Kim bilir, belki de onların zamanında gençlik öyleymiş... Evde ne olup bittiğini, babalarının ne kazandığını, nasıl kazandığını bilmezlermiş bile, çünkü onlara hiçbir şey söylenmezmiş. 'Sen oku, adam ol,' derlermiş. Çocuk da okuyunca gerçekten işini hazır bulur, adam olur çıkarmış."

Eşref atıldı. "Şimdi asıl sorun, okuduktan sonrası. İş bulabilmekte marifet."

"İşte ben de bunu demek istiyorum ya. Eskilerin zamanında görevini yaptın mı, ödülünü alıyormuşsun; okulunu bitirince işin hazırmış. Şimdi üniversite bitirsen bile, bir yerde güvencen yok sayılır. Sonra yine ekmek elden, su göldeniz gerçi ama büyüklerin sorunu artık bizim de sorunumuz. Ben babamın aylığını da biliyorum, pahalılığa zor yetişebildiğini de. Arkadaşlarımın çoğu da evlerindeki yaşam kavgasının farkında. Yani 'ekmek elden su gölden' doğru da, 'ne gam ne tasa' faslı doğru değil. Öyle bir noktadayız ki, biraz onur sahibi olanlar 'ekmek elden su gölden' olayını bile değiştirme çabasında. Okuldan sonra ufak tefek işlerde çalışanlar, en azından iş arayanlar ne kadar çoğaldı, farkında mısınız?"

Sevgi, "Ne olur, bu konuyu değiştirelim artık, çok moralim bozuluyor. Hem biz sözde azıcık dinlenmeye, çene çalmaya gelmiştik, oysa bunalım köşesine döndü burası," dedi. Fazla sıkıntıya gelemezdi Sevgi.

Bahar saatine baktı. "Eyvah, ne çabuk da beş buçuk olmuş. Eve geciktim, hemen gitmeliyim, çocuklar," diyerek telaşlı telaşlı kitaplarını toplamaya başladı.

Mine de saatine bir göz attı. "On, on beş dakika sonra otobüs var, onu yakalarsın."

"Otobüs filan bekleyecek vaktim yok. Dolmuş, minibüs ne bulursam ona atlayıp gideceğim. Geliyor musun, Sevgi?" dedi Bahar. Bir yandan da çabuk çabuk ceketini giyiyordu.

"Eğer sence bir sakıncası yoksa, biraz daha kalıp üzerimden şu bunalım havasını atmak istiyorum," diyen arkadaşına, Bahar anlayış ve sevgiyle gülümsedi. Sevgi hep böyleydi işte, hiç zora gelemez, bunalıverirdi hemen.

"Pekâlâ, pekâlâ. Haydi yarın görüşürüz, çocuklar!" Bahar koşar adımlarla uzaklaşıyordu ki, "Dur, Bahar. Seni ben bırakırım," diye Serdar bağırdı.

Bahar hızla koşarken arkasına bakıp seslendi. "Teşekkürler, hiç zahmet etme. Ben şimdi bir şey bulurum. Gerçekten." Ama Serdar arkadaşlarıyla çabucak vedalaşıp Bahar'ın arkasından koşmuş, ona yetişmişti bile. İki genç birlikte motosiklete doğru yürürlerken, Mine usulca Sevgi'ye doğru eğildi. "Sen Bahar'la özellikle gitmedin, değil mi?" diye sordu.

Sevgi gözlerini kocaman kocaman açıp, "O da nereden çıktı, Mine?" dedikten sonra bir kahkaha patlattı.

# SESSİZ KALIN DUVARLAR

Bahar anahtarıyla ön kapıyı açtı. İçeriden sesler geliyordu. Kadın sesleri.

Halam yine komşuları toplamış, diye düşündü ve onlara görünmeden sessizce odasına yöneldi. Nereden bulup çıkarmıştı halası bu kadınları? Hiçbiri annesinin arkadaşı değildi. Halasının sesi duyuldu.

"Ne yaparsın, kader," diyordu. "Onca yıl sonra kardeşime bakmak için gelecekmişim bu eve." Öbürleri, "Allah razı olsun," gibisinden sözler ediyorlardı. Konuşmalar Bahar'ın ilgisini çekmişti, olduğu yerde durup kulak kesildi.

Halası devam ediyordu. "Oysa ben de yarım adam sayılırım. Üzerinize afiyet, artık sık sık hastalanır oldum."

"Geçmiş olsun."

"Allah şifalar versin."

Bahar gülmemek için kendini zor tutuyordu. Sanki Karagöz'le Hacivat'tı mübarekler. Karşı karşıya geçmiş, oyun oynuyorlardı... Halasının her sözüne uygun sözcüklerle cevap veriyorlardı.

"Ama neylersin ki, kardeş hatırı... Onları bırakmaya içim razı olmuyor. Kardeşim de çok zamansız yalnız kaldı, tam rahat edecekti."

"Allah rahmet eylesin."

"Geride kalana Allah sabırlar versin."

"Zavallı kardeşim gün mü gördü zaten. Buralarda heba olup gitti. Bizim Manisa'da bağlarımız, bahçelerimiz var. Oranın sayılan ailelerindeniz. Malımız var, mülkümüz var. Orası baba ocağı. Hani ölmüşün arkasından konuşulmaz ama aldığı kiz, yani bizim gelin Manisa'da oturmak istemedi. Buralarda tanıştılar, buralarda evlendiler. İstanbul kızları, malumunuz, oldukça açıkgözdür. Kendi kendilerine tanışmışlar... Kardeşçeğizim de buralarda kaldı. Oysa burada ne bir akraba var, ne de eşimiz dostumuz. Ahh, ah!"

Bahar'ın kulakları vınlıyordu. Bu kadının, bu şişko, bu dedikoducu, bu sevimsiz kadının ne hakkı vardı kendi güzel annesi hakkında böyle konuşmaya ve ne hakkı vardı babasını küçük düşürmeye!

Babaannesi ve halasıyla annesinin aralarının iyi olmadığını, onların seyrek de olsa İstanbul'a gelişlerinde sezmişti. Ama annesi sorduğu soruları hep geçiştirmiş, Bahar da o zamanlar yaşı küçük olduğundan üzerinde durmamış, unutup gitmişti. Ama bu sözler unuttuğunu sandığı birtakım olayların birdenbire zihninde canlanıvermesine neden oldu. Yıllardır zihninin gerisinde uyuyan olaylar, bir tek cümleyle, oyuncak kutudan fırlayan ürkütücü bir yaratık gibi karşısına dikilivermişti.

Her gelişleri evde olaylara neden olurdu zaten. Bir seferinde annesini yatak odasında ağlarken yakalamıştı da, annesi gözüne bir şey kaçtığını söyleyerek onu kandırmaya çalışmıştı. Bahar inanmış gibi yapmış, ama çok üzülmüş, içi yanmıştı, o güçlü, kocaman annesini oturmuş, kendi küçük arkadaşları gibi ağlar görünce...

Bir başka gece... bas bas bağıran bir sesle yatağından sıçrayarak uyanmıştı... Bağıran babaannesiydi. "Derhal otele çıkmak istiyorum. Bu bana hakarettir. Bir daha bu eve adımımı atmayacağım! Serseriler..." Bahar kulaklarına inanamıyordu. "Serseriler..." Babaannesi bu sözü kime söylüyordu acaba? Herhalde annesiyle babasına olamazdı. Koskoca babaannesi, başı örtülü, eli tespihli, "efendim"siz konuşmayan babaannesi miydi bu bağıran? Ama ses onun sesiydi. Bahar bir şeyden kaçmak istercesine yatağının içine büzüldüğünü hissetmişti. Bu arada annesiyle babasının da sesleri geliyordu.

"Lütfen, anne," diyordu annesi yalvarır gibi. Babasının sesi ise dik ve sinirliydi ama bağırmıyordu babaannesi gibi. Kendini güç tuttuğunu gösteren bir ses tonuydu bu. Hakan yaramazlık yapıp onu kızdırdığı zamanlarda da bu ses tonuyla konuşurdu babası.

"Yavaş konuş, anne. Çocuklar uyanacak." Oysa babaannesinin sesi perde perde yükseliyordu. Hakan uyanmış, "Ne oluyor, abla?" diye soruyordu. Çocuklar evlerinde bağırtıya alışık değillerdi. Ailenin mutlu, sakin, güler yüzlü bir düzeni vardı. Annesiyle babasının tartışmaları olmuşsa da, çocuklar buna tanık olmamışlardı. Ve hayatlarında ilk kez bir gece yarısı kavgayla, bağırtıyla uyanıyorlardı. Üstelik babalarının daima saymalarını istediği, her bayram bizzat oturtup mektup yazdırdığı, el öptürdüğü babaanneleri, anne ve babalarına hakaretler yağdırıyordu.

"Serseriler..." Bu söz Bahar'ın kulaklarında sanki o an söylenmişçesine canlıydı. Hakan daha da küçük olduğundan ağlamaya başlamış, Bahar onu koynuna alıp sakinleştirmeye çalışmış ve iki çocuk birbirlerine sarılarak bağırışların kesilmesini beklemişlerdi.

Bahar'ın zihninde bir başka anı hızla ötekini kovaladı. Bayram için hep birlikte Manisa'ya gitmişlerdi. Orada babasının diğer kardeşleri ve onların çocukları da vardı. Bayram sabahı babaanne sedire oturmuş, sıra sıra dizilmiş torunlarına el öptürüyor ve bayram armağanı olarak kenarı mavi oyalı, mavi bir mendilin içinde para veriyordu. Bahar öbür torunlara verilirken gördüğü kenarı oyalı mavi mendillere bayılmıştı. Sıra ona gelsin diye hevesle bekliyordu. Ortalarda Hakan olmadığına göre, Hakan ya daha doğmamıştı ya da el öpmeyecek kadar küçüktü. Sonunda sıra ona gelince, Bahar hevesle ilerledi, babaannesinin elini öptü. Şimdi mavi mendili bekliyordu. Babaannesi damarları iri iri görünen elini ona doğru uzattı. Ama bu elde sadece para vardı. Kenarı oyalı mavi mendil ise görünürlerde yoktu. Bahar şaşkın, bekliyor, herhalde mendili şimdi cebinden çıkarıp verecek, diye düşünüyordu. O sırada arkasında bekleyen başka bir torun onu itekledi. Babaanne de arkadakine doğru eğilerek, "Gel bakalım," deyince, Bahar umudunu yitirmiş olarak yavaşça kenara çekildi. Demek ona mendil yoktu. Gözleri biber atılmışçasına yanıyordu. Öbür torunların yanında asla ağlamamalıydı. Ağlamadı ama bu ayrım onun çocuk kalbinde derin izler bıraktı, babaannesini o gün bugündür bağışlamadı.

Birkaç saniye içinde ne kadar uzaklara gidip gelmişti. Halası konuşmasını sürdürüyordu. "Kardeşim, sağ olsun, pek yumuşaktır. Delikanlılığında böyle değildi, evlendikten sonra değişti, çok değişti."

Bu kadını nasıl susturmalı, diye düşündü Bahar ve hırsla kapıyı çarptı. Halası kapanan kapıyı duymuştu.

"Bahar? Yavrum, sen misin?" Herkesin önünde onunla böyle "yavrum"lu konuşurdu. Ne ikiyüzlülük, diye düşündü Bahar.

"Gelsene, bak teyzeler var burada."

Bahar, "Dersim var, gelemem," dedi ve odasının kapısını çarparak kapadı. Eminim şimdi de aşağıda annemin bizi terbiye edemediğinden söz ediyordur, dedi içinden ve hırsından ağlamaya başladı.

Tanrım, bu karabasan ne zaman sona erecekti? Bu kadın ne zaman gidecek, onları kendi hâllerine bırakacaktı? Babası ne zaman silkinecek, eski hâline dönecekti? Hakan'ı özlüyordu. Aklına kardeşinin son mektubu gelince, hıçkırıkları büsbütün şiddetlendi. Kardeşi her mektubunda eve ne zaman döneceğini soruyordu.

Badem yavaş yavaş Bahar'a sokuldu, sonra kolunu yalamaya başladı. Bahar hıçkırdıkça, o hızlı hızlı kollarını yalıyordu. Bahar dönüp kedisini kucağına aldı, ona sarıldı, yüzünü onun yumuşacık tüylerine gömdü.

Hava kararıyor, akşam oluyordu. Yemeğe inmeyi nedense hiç canı istemiyordu, içinde bir sıkıntı vardı. "Kötü bir şey mi olacak, ne?" diye kendi kendine mırıldandı. Doyasıya ağladıktan sonra yüzünü yıkamış, üstünü değişmiş, teybini açıp ders çalışmaya koyulmuştu. Ama yine de içindeki o sıkıntı geçmiyordu. Halasının onu yemeğe çağıran sesini duyunca, teybi kapatıp aşağı indi.

Babası sofraya oturmuştu bile, yüzü yine asıktı. Masadaki yerini alırken babasına baktı, belki o da bakar da bir iki laf konuşurlar diye ama babası tabağına bakıyordu. Annesinin ölümünden sonra ne kadar uzaklaşmışlardı birbirlerinden. Ne yazık, diye düşündü Bahar. Asıl bu zamanda kenetlenmemiz, birbirimize büsbütün yaklaşmamız gerekmez miydi?

Babasındaki değişiklik Bahar'ı şaşırtıyordu. Kendini bırakmış, hayata küsmüş gibi evden dışarı çıkmaz olmuştu. Bunun yanı sıra, annesinin yokluğundan kaynaklanan, Bahar'ı denetleme merakına düşmüştü. Hiç yapmadığı şeyleri yapıyor, "Neredeydin? Saat kaçta okuldan çıktın?" "O telefonda konuştuğun kimdi?" "Halana yardım ediyor musun? Biraz da ev işleriyle ilgilenmen gerek," gibi soğuk, uzak cümlelerle karşılıyordu kızını. Böyle sorular karşısında Bahar büsbütün içine kapanıyor, dolayısıyla da tüm konuşmaları bu tür cümlelerden oluşuyordu. Bahar, babasıyla aralarındaki sessiz duvarın her geçen gün daha da kalınlaştığını hissediyordu. Oysa babasının onu eskisi gibi bağrına basmasını, güler yüzle, güler yüzle olmasa bile, en azından o kabahatini yakalamaya çalışır tavrını bırakıp, "Nasılsın, kızım? Bugün neler yaptın? İyi misin?" diye neler düşündüğünü, neler hissettiğini sormasını; yüreğini üşüten o korkuyu dağıtacak bir şeyler söylemesini, "Merak etme, her şey yoluna girecek. Ben varım arkanda," demesini bekliyordu.

Her şeyden çok da, babasıyla da annesiyle konuşabildiği gibi konuşmak istiyordu. Onunla paylaşmak istediği, korku duyduğu ve teselli beklediği öyle çok konu vardı ki...

Ne olacaklardı? Hayatları hep böyle sevimsiz ve donuk mu sürüp gidecekti? Üniversite sınavlarında başarılı olabilecek miydi? Acaba doğru seçimi yapmış mıydı? Vitray çalışmaları geçerli bir meslek dalı mıydı? Sonra Serdar... Serdar'ı beğeniyordu galiba. Yüreğinin atışlarından bu sonuca varmıştı. Onunla konuşunca gün parlaklaşıveriyordu sanki. Ama Serdar'ın onu beğenip beğenmediğinden emin değildi. Bunları konuşmak, yüreğindeki o ağırlığı paylaşmak, hafiflemek, rahatlamak istiyordu. Gün geliyor, yüreğinin ağırlığını artık taşıyamayacak gibi oluyordu. "Babacığım," diye ona sarılmak, sigara kokulu giysilerine yüzünü yaslamak, onu doyasıya öpmek geliyordu içinden. Tüm uzaklığına karşın babasını yine de seviyordu, hem de pek çok. Bahar işte bu karmakarışık duygular içinde yemeğe başladı.

Yemek tam bir sessizlik içinde yendi. Yemek sonunda halası bulaşıkları yıkamak için mutfağa geçti. Bahar da tabağını almış içeri götürüyordu ki, babası donuk bir sesle, "Halandan özür dilemeni istiyorum, Bahar," dedi.

Bahar bir an şaşaladı, doğru mu duydum dercesine babasına baktı. Babası gözlerini uzaklara çevirip, "Bugünkü davranışından ötürü özür dilemeni istiyorum," dedi.

"Ne yapmışım, baba?"

"Onu konuklarının yanında utandırmışsın. Seni çağırmış, gitmemişsin, bir hoş geldiniz dememişsin. Üstüne üstlük terbiyesizce, 'Gelemem' diye dışarıdan seslenmiş, kapıyı çarpıp odana çıkmışsın." Babası durup bir soluk aldı ve sesini yükselterek yeniden konuşmaya başladı.

"Ne demek oluyor bütün bu davranışlar? Uzunca bir süredir sesimi çıkarmadan seni izliyorum, bakalım ne zaman toparlanacak diye, oysa sen gitgide serkeşleşiyorsun. Evde kimseyle ne konuştuğun, ne oturduğun var. Daha ağır, uslu olman gerekirken, davranışların iyice bozuldu. Geçen gün Hakan'ın mektubunu sorun yaptın. Bizim için evini barkını bırakıp buralara gelmiş yaşlı halana teşekkürün bu mu olmalı? Onun bize yaptıklarına karşılık ona destek olacak, ev işlerinde yardım edecek ve en azından saygılı olacak yerde, tüm boş vakitlerini ya Sevgilerle ya da kim olduklarını bile bilmediğim birtakım serserilerle gezerek geçiriyorsun."

Bahar, "Onlar serseri değil, onlar kaç yıldır okul arkadaşlarım, kardeşimden yakın arkadaşlarım," diyecek oldu, ama babasının yüzüne bakınca cesareti kırıldı, susmayı yeğledi. Babası onun hakkında kararını vermiş, sorgu sual etmeden yargılamaya başlamıştı bile. Coştukça coşuyordu.

"Evde yapılacak bir iş var mı yok mu? Sorduğun yok. Halanın yaşlı ve hasta bir kadın olduğunu bilmiyor musun? Gelir gelmez doğru odana çıkıp teybini açıyor, keyfine bakıyorsun."

İşte bu acıydı. Kulakları uğulduyor, midesi bulanıyordu Bahar'ın. Demek beni böyle görüyorlar, diye düşündü. Yüreği ağrıyordu sanki. Odasına kapandığında ağladığını bilemezlerdi tabii, yalnızlığının hiç farkında değillerdi. Yarasını yalamak için kuytu köşelere sığınan bir kedi gibi çekiliyordu odasına, keyif çatmaya değil. Ama bu düşünceler bir türlü sözcüklere dönüşüp ağzından çıkamıyordu. Boğazında bir düğüm vardı. Babasının serseri dediği arkadaşları ve Sevgi...

Onların kendisine evdekilerden daha anlayışlı davrandıklarını, avuttuklarını, destek olduklarını bilmiyordu babası. Konuşmuyorlardı ki bilsin... Arkadaşlarıyla oyalanıyor, bir süre acılarını unutuyor ama bu bile çok görülüyordu. Ya bugünkü olay? Kapıyı niye çarpmıştı? Halasının, babasıyla annesini aşağılayıcı konuşmalarına bir son vermek için. Ama söyleyemezdi ki, söylese daha büyük tartışmalar, sorunlar çıkacaktı. Babasının, davranışının nedenini bir kez de ona sormasını ve ondan sonra yargılamasını beklerdi. Oysa babası ona bir şey sormadan yargılamaya geçmişti. İşte Bahar'a asıl acı gelen de buydu.

"Artık sabrım taştı. Derhal özür dileyeceksin, hem de şu anda ve benim önümde."

Halası içeri girdi, bulaşıkları bitirmişti. "Aman Turgut, bırak şimdi, ziyanı yok," dedi.

Babası büsbütün köpürdü. "Ne demek efendim bırak? Özür dileyecek diyorum. Bahar, bekliyorum."

Bahar'ın sinirleri yay gibi gerilmişti. "Neden öyle davrandığımı bir de bana sormaya gerek bile görmedin, değil mi, baba? Hiç önemi yok senin için. Pekâlâ, özür dilerim hala, özür dilerim!" diye bağırdı.

Babası oturduğu yerden ayağa fırladı. "Terbiyesiz! O ne biçim cevap, o ne biçim özür dileyiş. Derhal çık odana, gözüm görmesin seni!"

Bahar o gece sabaha kadar uyudu uyandı ağladı. Babasıyla aralarında artık gerçekten aşılması güç bir duvar vardı.

# HEY GİDİ GENÇLİK

Bahar, Serdar'a bakarken hayretler içindeydi. İkisi... Baş başa... Deniz kıyısında küçük bir kahvede karşı karşıya... Nasıl olmuştu bu? Okuldan çıkınca Serdar'a rastlamış, konuşarak yürümeye başlamışlardı. Öylesine lafa dalmış, birbirlerine anlatacak öyle çok olay bulmuşlardı ki, farkına varmadan yolun sonundaki o küçük kır kahvesinin önüne gelivermişlerdi.

Serdar, "İstersen şurada oturup bir bardak çay içelim, sonra seni evine bırakırım, böylece fazla da gecikmemiş olursun," demiş, bu öneri Bahar'a çok doğal gelmişti. İşte şimdi de karşılıklı oturmuş, sohbete devam ediyorlardı. Babam görse ne der, diye bir düşünce şimşek hızıyla zihninden geçti. Oysa burada Serdar'la oturup havadan sudan konuşmak ne kadar doğaldı.

Masaya gelen çaylar onu düşüncelerinden sıyırdı. Serdar çayına şeker atıp ağır ağır karıştırdıktan sonra, "Ee anlat bakalım, neler oluyor son zamanlarda?" dedi.

Bahar şaşırmıştı. "Nasıl neler oluyor?"

"Kaç zamandır seni izliyorum, Bahar. Aslında bugün seninle bu konuyu konuşabilmek için baş başa yürüyelim istedim." Bahar merakla dinliyordu.

"Her geçen gün biraz daha sararıp soluyorsun. Mutsuz bir hâlin var, keyfin yok."

Bahar suskundu, etraf sessiz. Ve bu sessizlikte rüzgârın uğultusu, denizdeki dalgaların hışırtısı kulaklarında yankılanıyordu.

Serdar devam etti. "Derdin nedir? Bir şeye mi üzülüyorsun. Bana açılabilirsin. İnan, seni böyle mutsuz görmek..."

Serdar daha sözünü bitirmemişti ki, Bahar hıçkırarak ağlamaya başladığını, sanki başka biri ağlıyormuş gibi uzaklardan fark etti.

Aman Tanrım, aman Tanrım... bundan büyük rezillik olamaz. Sus, aptal kız, sus, diyordu içinden. Ama günlerdir, hatta aylardır içinde yaşadığı o kaskatı, buz gibi duygu donukluğu, bir mum ışığınınki kadar da olsa sıcak bir ışık, bir sevgi pırıltısı görüverince hızla erimeye başlamıştı.

Serdar ona mendilini uzattı. "Aldırma, ferahlarsın," dedi. Ama o da bir tuhaf olmuş, başka tarafa bakıyordu. Bahar bir süre sessiz ağladı, sonra hıçkırıklar arasında, "Bağışla, niye böyle yaptığımı anlamıyorum. Ben... ben... iyiyim aslında ama..." diye kekeledi.

Serdar ona sımsıcak gülümsedi, uzanıp üşümüş ellerini avuçlarının içine aldı, okşadı, ısıttı. "Kendini zorlama. Ağlamak istiyorsan ağla, dostlar ne güne duruyor. Ben de senin dostun olduğuma göre..."

Bahar gözyaşlarını durduramıyor, bir yandan da mendiliyle burnunu silmek için elini Serdar'ın avcundan çekmesi gerektiğini düşünüyordu, oysa hiç de ellerini çekmek istemiyordu.

Derin derin içini çekti, ağlama duygusu yavaş yavaş geçiyordu. Gözyaşları karşı karşıya kaldığı tüm sevgisizliği, ilgisizliği ve bunlara karşı kendini savunmak için oluşturduğu katılıkları eritip yıkıyordu sanki. Adamakıllı hafiflemişti Bahar. İsteksizce ellerini çekti, burnunu iyice bir silip gözyaşları arasında gülümsemeye çalışarak Serdar'a baktı.

Serdar, "Hah şöyle. Bak nasıl da rahatladın. Şimdi bir çay daha iç benden. Böyle bir teklifi bir daha kolay kolay bulamazsın. Eğer istemiyorsan bir daha sana hiçbir şey sormam," diyerek gülümsedi ve ekledi. "İyi korkuttun beni."

"Konuşmak istiyorum. Zaten içimdeki sıkıntı belki de hiç konuşamamamdan kaynaklanıyor."

Serdar susmuş bekliyordu. Bahar'ı ürkütmekten korkar gibi bir hâli vardı.

"Evimizin şimdiki havası beni çok gergin yapıyor. Annem hayattayken cıvıl cıvıldı. Bazı konularda anlaşmasak bile konuşurduk. Ko-nu-şur-duk. Meğer konuşabilmek, tartışabilmek ne büyük şeymiş."

Bahar duraladı, sonra mendilini didikleyerek sözünü sürdürdü. Eline fırsat geçmişken konuşmak, Serdar'a her şeyi anlatmak ve ferahlamak istiyordu. Hakan'ın mektuplarından söz etti; halasıyla komşu kadınların konuşmalarını, sonra halasından özür dileme olayını, babasının onu paylayışını, evdeki sessiz kalın duvarları, korkularını, gelecek hakkındaki kuşkularını soluk soluğa anlattı, anlattı. Sözler ağzından doludizgin çıkıyor, aylardır kafasında evirip çevirdiği duygular, düşünceler birbirini kovalıyordu.

"Ama beni en çok üzen, babamla aramızdaki kopukluk. Birbirimize sarılsak, her şeyin üstesinden gelirdik. Hatta bu benim değil, onun fikri. Annemin öldüğü gün bize sarılmış, 'Artık birbirimize daha sıkı bağlanıp birbirimize destek olmalıyız,' demişti. Oysa şimdi garip şekilde bana karşı, benden kuşkulanıyor sanki. Hep beni yakalamak ister gibi sorular soruyor. Bugüne kadar beni tanımadı mı, bana niye güvenmiyor? Buna çok, ama çok kırılıyorum. Düşünüyorum, herhalde annem yok diye sorumluluğu arttığı için böyle davranıyor diyorum ama yine de yanlış bu. Ne yapacağımı, babama nasıl ulaşacağımı bilemiyorum. Söyle bana, Serdar, ne yapmalıyım, ne yapayım! İnan bana, hayatımız çekilmez oldu. Herkes kendi köşesinde, ne konuşma var, ne gülüşme... Aile demeye bin tanık ister. Ne yapayım ben, ne yapabilirim?"

Bahar çaresizlik içinde gözlerini Serdar'a dikmişti. Serdar yerinde huzursuz huzursuz kıpırdandı... ne diyebilirdi ki? Bahar bir süre sustuktan sonra birden başını kaldırıp Serdar'a baktı.

"Biliyor musun, bazı geceler kedimi kucağıma alıp yattığımda hayal kuruyorum. Neler kuruyorum bir bilsen. Örneğin Hakan gelmiş, bizimleymiş, o afacan evi bir doldurur ki... Ben ona bakarım, yeter ki getirsinler. Sonra halam Manisa'ya dönmüş ve evde biz üçümüz, sadece üçümüz kalmışız. Yanlış anlama, öyle halamdan nefret ettiğim filan yok, iyi niyetlerle geldiğini de kabul ediyorum ama şu ara hepimizin sinirleri gergin, huzurlu bir sessizlik istiyoruz. Oysa halam, bilinçli olarak değil belki ama havayı gerginleştiriyor. Kafamızı dinlememiz, kendimizi bulmamız için gereken huzuru bozuyor. Neyse... sözün kısası, evde babam, Hakan ve benmişiz. Babamı yavaş yavaş kendimize çekmeyi başarmışız. Artık odasında oturup surat etmiyormuş, yine eski merakı olan marangozluğa başlamış... bahçe için, ev için sandalyeler, sehpalar yapıyor, bahçedeki çiçekleri suluyormuş. Ben okuldan gelir gelmez önüme önlüğümü takıp mutfağa giriyor, akşam yemeğini hazırlamaya başlıyormuşum. Hakan elimin altından onu bunu aşırıp yiyormuş, sonra babam da mutfağa gelip bana yardım ediyormuş. Hep birlikte sofrayı kurup salata yapıyormuşuz, babam çok güzel salata yapar, sonra yine konuşarak, o günkü olayları birbirimize anlatarak, gülerek yemeğimizi yiyormuşuz. Yemekten sonra ben oturma odasındaki büyük masanın başında ders çalışırken, babam eskiden olduğu gibi Hakan'ı yanına oturtup ödevlerine yardımcı oluyormuş. Herkesin ödevi, işi bittikten sonra, birbirimizi öpüp iyi geceler diliyor ve yatıyormuşuz. Babam evin ışıklarını söndürmek, kapıları kontrol etmek için en son yatıyor, yatmadan önce de başını bizim odamıza uzatıp, uyuyup uyumadığımıza bakıyormuş, bir kez daha bizi okşayıp öpüyormuş."

Bahar kendi kendine konuşur gibiydi, gözleri uzaklarda, yüzünde mutlu bir gülümseme... Sonra o gülümseme soluverdi, düşler sona ermiş, gerçeğe dönülmüştü yine.

"Yaa, işte böyle. Düşler böyleyken, gerçekler de onun tam tersiyken insan nasıl mutlu olabilir, söyler misin bana? Etrafımdaki arkadaşlara bakıyorum da, benden başka herkes mutlu gibi geliyor. Sevgi'nin ne güzel bir annesi, ne arkadaş bir babası var. Derya'nın ne renkli bir yaşamı, ne çok yeteneği var. Mine bile kendine özgü dünyasında rahatsız edilmeden yaşıyor en azından. Oysa ben..."

"Kendine bu kadar acıman doğru değil, Bahar," dedi Serdar. Bahar tokat yemiş gibi oldu.

"Kendime acımıyorum," diye isyan etti.

"Seni kınıyorum sanma ama hep çevrendeki iyi örneklere bakıp kendi kötü koşullarını düşünürsen bir yere varamazsın. Bir de senden kötü ya da senin durumunda olanlara bak bakalım, onlar ne yapıyorlar. Örneğin bir de bana bak."

"Ne varmış senin durumunda?"

"Geçenlerde adamakıllı üşütmüştüm. Nasıl üşüttüğümü kimse bilmiyor tabii."

Bahar merakla Serdar ne anlatacak diye bekliyordu. Serdar denize doğru şöyle bir baktıktan sonra sözlerine devam etti.

"Annemle babam yine o müthiş kavgalarından birine tutuşmuşlardı. Ben de onları duymayayım diye kendimi dışarı attım ve evin önünde iki saate yakın, bir aşağı bir yukarı dolaşarak yatıp uyumalarını bekledim. Onlar susmadan eve girmek istemiyordum. O hırsla evden fırlarken, üzerime kalın bir şey almayı unutmuşum. İnce ceketle o ayazda iki saat volta atarsan olacağı budur, işte benim üşütmemin öyküsü..."

Bahar şaşkınlıktan ne diyeceğini bilemez hâldeydi. Birden kendinden utandı, kendini ona buna ağlayan şımarık bir çocuk gibi hissetti, Serdar'ın sakin güçlülüğü karşısında.

"Derken saat on iki olmuştu herhalde, üst kat komşularımız sokağın ucunda göründüler, gezmeden dönüyor olmalıydılar. Beni gördüler. Onlarla konuşmak zorunda kalmayayım diye, hemen arkamı dönüp öbür köşeye doğru yürüdüm. Alçak sesle konuşuyorlardı ama gecenin sessizliğinde sözleri duyuluyordu.

"Adam, 'Bu Serdar değil mi? Ne işi var gecenin bu saatinde sokakta?' dedi. Karısı da, 'Zavallı çocuk, herhalde annesiyle babası yine kavga ediyorlar ki, o da kendini dışarı atmış,' diye karşılık verdi."

Serdar birden masaya bir yumruk attı, çay bardakları şıngırdadı. "En çok neye bozuluyorum biliyor musun, Bahar? Annemle babam yüzünden, tanıdıkların bana acıyarak bakmalarına, 'zavallı çocuk' demelerine. Zavallı çocuk... işte bu söz beni deli ediyor!"

Bahar öylece dinliyor, konuşmak istese de söyleyecek söz bulamıyordu. Serdar sakinleşmişti. Bahar'a hüzünle gülümsedi.

"Yaa, Bahar kardeş... ne dersin, tek mutsuz sen miymişsin? Çevrendeki herkesi mutlu sanıyorsun, kim bilir daha ne dertleri olup da, benim gibi sıkı sıkı saklayanlar var."

"Ama... ama sen her zaman o kadar neşeli, matrak ve kendinden emin görünüyorsun ki..."

"Bu da benim savunma taktiğim, işi matraklığa vuruyorum. Okulda kimse gerçek durumumu bilmediğinden, rolümü rahatça benimsiyorum, böylece hiç olmazsa okulda arkadaşlarımla neşeli bir ortamda yaşamış oluyorum. Bu da benim dengemi sağlıyor." Serdar gülerek ekledi. "Ya da rehber öğretmenin deyişiyle ruhsal dengemi, ruhsal sağlığımı koruyor."

Yine bir sessizlik... Hızla geçen bir kamyon dalgaların sesini bir an bastırdı. Kurşuni kış denizinin üstünde martılar dönüp duruyorlardı.

Serdar birden, "Senin annenle baban nasıldılar?" diye sordu.

Bahar'ın bakışları yumuşayıverdi. "Onlar mutluydular. Ben evde hiç kavgaya tanık olmadım. Anlaşamadıkları konular olduysa bile, ki mutlaka olmuştur, annem öyle tatlı bir kadındı ki, her şeyi hemen tatlıya bağlardı. Sonra babam da anneme çok bağlıydı, hayrandı sanki. 'Anneniz, anneniz' derken, gözleri bir başka parlardı. Anneme bakışları sevgi doluydu."

"Yaa," dedi Serdar. "Gördün mü bak, sen benden şanslısın. Hiç olmazsa annen hayattayken mutlu olmuşsun, huzurlu bir evde yaşamışsın. Bana gelince, kendimi bildim bileli hep kavga, hep kavga... İşin kötüsü, ikisi de sevdiğim insanlar... Biri annem, biri babam. Bazen, 'Yeter artık, susun!' diye bağırmak geçiyor içimden. Bazen de, inanmayacaksın ama, ayrılsalar da hepimiz rahat etsek diye düşünüyorum. Kızdığım bir başka nokta da, bu yıl benim sınav yılım. Çalışmam, hem de çok çalışmam gerek. Babamın bana verecek sermayesi ya da kurulu bir işi yok, bu nedenle çok çalışıp bu sınavlarda başarılı olmak zorundayım. Benim için tek çıkış yolu bu. Bunun bilincinde olmaları gerekmez mi? Ama onlar ne yapıyorlar?" Bir an sustu, başını iki yana salladı.

"Durmadan kavga ediyorlar. İnsanda sinir mi kalır? Onlar içeri odada bağrışırken ders çalışılır mı? Radyoyu sonuna kadar açıyorum, kulaklarımı tıkıyorum, sırf seslerini duymayayım diye. Biliyor musun, bir seferinde ne yaptım? Bilmem ne kadar zaman önce olmuş bir olay yüzünden yine tartışmaya girmişlerdi. Yok sen şöyle dediydin, yok ben böyle dediydim cinsinden. Bir iki kez 'Anne, baba, ne olur kesin artık,' diyecek oldum. Öfkeden çirkinleşmiş yüzleriyle ikisi birden, 'Sen karışma, içeri git!' diye bağrıştılar. Ben de, 'Pekâlâ,' deyip yemek odasına geçtim. Gayet sakin büfeyi açtım, içinde ne kadar tabak varsa çıkarıp bir bir üst üste yığmaya başladım. Çorba tabakları, yemek tabakları, meyve tabakları, ne var ne yoksa, kule gibi dizdim yan yana. Üç tane kale olmuştu. Sonra geriledim ve birincisine sıkı bir şut çektim. Tabii büyük bir şangırtı koptu, içerideki sesler kesilmişti, hemen ikinci kuleye de bir tekme, ikinci bir şangırtı... Üçüncü şutumu çekerken, telaşla içeri girdiler ne oluyor diye. Bense yapacağımı yapmıştım, koşarak çıkıp gittim."

Bunca acı karşısında Bahar hiçbir şey diyemez hâldeydi. Serdar yine denize doğru dönmüştü. Bahar, Serdar'ın şakağında bir damarın pıt pıt attığını gördü.

"İşte böyle," dedi Serdar kendini toparlamaya çalışarak. "Seni de üzdüm, oysa seni avutmam gerekirdi."

"Yoo, hayır... yani evet," diye kekeledi Bahar. Serdar saatine baktı. "İyice lafa dalmışız, gecikmek istemiyorsan yavaş yavaş kalkalım."

Tam ayağa kalkmışlardı ki, Bahar, "Serdar," diyerek onu durdurdu. "Evet?"

"Sana çok, çok teşekkür ederim."

"Bırak canım şimdi..."

"Gerçekten... Bunu sana söylemeliyim... İçimi döküp rahatladım ama daha da önemlisi... nasıl anlatsam bilemiyorum, kafam karmakarışık şu anda, sanki bana bir yol gösterdin, sanki artık daha güçlü olmaya kararlıyım..."

"Sen zaten güçlü bir kızsın, Bahar. Sadece şu ara, o da çok doğal olarak, geçirdiğin acılar seni sarsmış. Benimle konuşurken kendi sorununu yine kendin belirledin, çözümüne yönelmeye başladın bile. Ve başaracaksın, buna yürekten inanıyorum. Sen aklına koyduğunu yapabilecek güçte bir kızsın."

Bahar yüreğindeki ağırlığın dağılmaya başladığını hissetti, ne güzel sözlerdi bunlar. "Sahi, benim hakkımda böyle mi düşünüyorsun, Serdar? Avutmak için söylemiyorsun ya?" dedi içinde en ufacık bir kuşku kırıntısı kalmasın diye.

"Gerçekten inanmasam böyle söyler miydim? Ne mecburiyetim var? Sadece seni avutur, işi orada bırakırdım," dedi Serdar, Bahar'a gülümseyerek. Sonra da kolunu onun omzuna attı. "Hem sana bir şey söyleyeyim mi? Seninle konuştuktan sonra ben de hafifledim. Gerçi sorunum çözülmedi ama yine de rahatladım ya... eh, bu da az şey değil."

Küçük kahveden çıkarlarken Serdar'ın kolunu hâlâ omzunda hisseden Bahar, ona doğru döndü. Yüzü aydınlık, gözleri pırıl pıldı. Serdar da Bahar'a tüm içtenliğiyle gülümsedi.

Boş çay bardaklarını toplamaya gelen kahveci, uzaklaşmakta olan gençlerin ardından bir an baktı. Sonra kendi kendine "Hey gidi gençlik," dedi. "Ne dert vaar, ne tasa!"

# YA DOĞRU OLSAYDI

O ders boştu. Kantinde oturmuş, çene çalıyorlardı. Bir önceki derste Selçuk Hoca fizik kâğıtlarını dağıtmıştı. Aşağı yukarı tüm sınıfın notları kötüydü. Sorular, çoğu kez olduğu gibi bu kez de zordu.

Sevgi, "Hepimiz bütünlemeye kalacağız, görün bakın," dedi beş karış suratla.

Derya, "Nasıl olsa kurtarma sınavı yapacaktır, o zaman kimse bütünlemeye kalmaz," deyip esnedi. "Dün gece tiyatrodaydık. Oyun annemin çevirisiydi, daha sonra ilk gece onuruna verilen davete gittik. Gece yarısı açık büfe de ilginç oluyor. Bir yemişim ki, sormayın. Eve döndüğümüzde gün ağarıyordu."

Bahar öylece Derya'yı dinliyordu. Ne ilginç bir yaşamı vardı Derya'nın.

Sevgi, Derya'nın anlattıklarını hiç duymamışçasına bir kahkaha patlattı. "Ama işin en tatlı yanı, Eşref'le Volkan'ın hâliydi. Ay, gözümün önüne geldikçe ölecek gibi oluyorum." Az önceki asık suratlılığı gitmiş, gülüyor da gülüyordu.

"Sahi Sevgi, Selçuk Hoca ne yazmış Volkan'ın kâğıdına? Herkes bir şeyler söylüyor. Sorayım dedim, ikisi de yanıt vermeden yürüyüp gitti," dedi Derya.

Sevgi, "Bilmiyor musun?" diyerek bir kahkaha daha attı. "Önce kırmızı kalemle koskocaman bir sıfır yapmış, sonra o sıfırı insan yüzü hâline sokmuş. Kepçe kulaklar, dimdik saçlar yapmış, altına da yine kırmızı kalemle, 'Ava giden avlanır' yazmış."

Öyküyü dinleyen Derya da, Sevgi ve Bahar'la birlikte gülmeye başladı. Ne âlem adamdı Selçuk Hoca! Dersteki katılığını, ders dışındaki davranışları silip götürüyordu. Başka bir öğretmen olsa, onları disipline verirdi, oysa Selçuk Hoca açıkgözleri kendi yöntemiyle cezalandırmayı yeğlemişti.

O sırada Mine hışımla kantine daldı. Arkadaşlarını görünce onlara doğru yöneldi, kitaplarını masanın üstüne fırlatırcasına attı.

"Hayrola?" dedi Bahar bu şiddet karşısında.

Mine, "İnsanları anlayamıyorum artık," diye homurdandı. "Anlaşılmaz yaratıklar!"

"Sakın felsefe yapayım deme, zaten fizik notları yüzünden hepimizin morali yeterince bozuk," dedi patavatsız Sevgi. Nitekim bu sözler Mine'yi büsbütün öfkelendirdi.

"İşte, işte. Demek istediğim işte tam bu. Asıl önemli olan kavramlarla uğraşacağınıza ayrıntılarda boğulup kalıyorsunuz. Hepiniz, hepiniz. Genciniz, yaşlınız, öğrenciniz, öğretmeniniz."

Sevgi, işte yine başladı, dercesine Bahar'a baktı. Mine bir an durup soluk aldıktan sonra, "Nurcihan Hanım'la takıştık az önce," dedi.

Hep bir ağızdan bir "Yaa," sesi yükseldi. İş giderek ilginçleşiyordu. Nurcihan Hanım ve Mine... Derya bile ilgilenmiş, uykulu hâlini atıp kulak kesilmişti.

"Bugün öğleden sonraki derslerden affedilmek için izin istemeye gittim. 'Neden?' diye sordu. Ben de büyük teyzem öldüğü için evde bulunmam gerektiğini söyledim. O da bana, hem de gözümün içine baka baka, 'Sana inanmıyorum, Mine, bu nedenle de izin vermeyeceğim,' dedi. Düşünebiliyor musunuz? 'Sana inanmıyorum, Mine, bu nedenle de izin vermeyeceğim.'" Mine durmuş, başını sallayarak arkadaşlarının durumu iyice kavramalarını bekliyordu. Hepsini teker teker süzdükten sonra devam etti.

"'Ama hocam,' dedim. 'Neden bu güvensizlik? Bana inanmadığınızı mı söylemek istiyorsunuz?' Ne dese beğenirsiniz? 'Evet, Mine. Az önce de belirttiğim gibi, sana inanmıyorum.' Al işte... Böyle bir tutum karşısında ne yaparsın? İnsanın kendine olan güvenini sarsmak için egemen güçlerin uyguladığı yıkıcı tutumun tipik bir örneği sergileniyordu karşımda. Başımı dik tutarak direttim. 'Bu güvensizliğinizin nedenini öğrenebilir miyim?' dedim."

"Peki bu soruna ne cevap verdi?" diye sordu Bahar.

"Aynen şöyle: 'Her ay bir akraban ölüyor da, bu son zamanlarda...' Hem de alaylı alaylı. Bak, bak!.. Benim için acı bir olayı nasıl alaya alabiliyor. Katılığın derecesini görebiliyor musunuz?"

"Sonra ne oldu?"

"Ne olacak? 'Böyle düşündüğünüz için çok üzüldüm, hocam, çok,' dedim ve kapıyı çarparak çıktım."

Bahar dikkatle Mine'yi dinliyordu. Mine'nin gözlerinin içine bakarak, "Sana bir şey sorabilir miyim, Mine?" dedi.

"Sor tabii."

"Gerçekten senin büyük teyzen öldü mü?"

"Yoo. Benim büyük teyzem yok ki..."

"Pes, Mine!" diye haykırdı Sevgi.

Derya da, "İlahi, Mine. Bunca kıyamet boşuna kopuyormuş, ben de oturmuş seni dinliyorum," diye tepki gösterince Mine, "Anlamıyorsunuz, anlamıyorsunuz. Hep ayrıntılarda boğuluyorsunuz," dedi ters ters.

Bahar atıldı. "Ne ayrıntısı Allahını seversen! Kadına bal gibi yalan söylemişsin, o da anlamış ve sana izin vermemiş. Hepsi bu işte."

"Bakın, dinleyin. Teyzemin olup olmaması, ölmüş olup olmaması hep ayrıntı."

"Peki ayrıntı olmayan ne?"

"Bana inanılmaması."

"İyi ama, sen zaten doğruyu söylememişsin ki..."

"Ya doğruyu söylüyor olsaydım, anlattıklarım doğru olsaydı?.. Bir de bu açıdan bakın diyorum size."

Bahar başını sallayarak, "Mine, sen hayret bir şeysin," dedi. Sevgi çoktan gülmeye başlamıştı. Mine öfkeyle kitaplarını topladı. "Bugün sizlerle anlaşamıyormuşum gibi bir duygu var içimde," deyip yürüdü gitti.

Sevgi hâlâ, "Ay öleceğim, ya doğru olsaymış," diyor, kasıklarını tuta tuta gülüyordu.

Derya, "Bu Mine de entel havalarını bazen çok abartıyor. Acaba söylediklerine gerçekten inanıyor mu, yoksa hava olsun diye mi yapıyor, işte benim çözemediğim bu," dedi.

Bahar tam ağzını açmış bir şey söyleyecekken, Keriman koşarak içeri girdi.

"Çocuklar, çocuklar, Nurcihan Hanım hepimizi odasına çağırıyor, çabuk olun!" dedi soluk soluğa.

Verilecek güzel bir haberinin olmadığı, Nurcihan Hanım'ın yüzünden belli oluyordu. Sessizce içeri süzülüp yine sessizce kapıyı kapatıp beklemeye başladılar. Nurcihan Hanım onlara işkence etmek istercesine bir süre önündeki kâğıtlarla ilgilendi, yazdı çizdi, sonunda başını kaldırıp konuştuğunda, sesi de yüzü gibi keyifsizdi.

"Sizi Nermin Hanım için çağırdım."

Yine bir sessizlik. Endişeyle bekliyorlardı sözlerinin sonunu.

"Onunla evine gidip görüşmek zorunda kaldım, çünkü kesinlikle okula gelmemekte kararlıydı. Ne yazık ki, istifadan vazgeçiremedim. Çok konuştum, direttim, ona süre tanıdım ama ne dediysem boşuna... Kararını vermiş bir kere, dönmüyor. Sonunda biz de yöneticiler olarak istifasını kabul etmek zorunda kaldık."

Sevgi, "Hocam, yani şimdi Nermin Hoca bizim yüzümüzden mi gelmiyor?" diye sordu.

Nurcihan Hanım karşısındaki merak ve kaygı dolu yüzlere baktı. "Sizin de payınız olmadı dersem yalan olur ama asıl sorun siz değilsiniz. Daha önce de söylemiştim, evliliğinde mutlu değildi, olaylar üst üste geldi, yoğunlaştı ve Nermin tüm ipleri koparmaya karar verdi." Bir an düşündükten sonra sözlerini sürdürdü. "Kocasına boşanma davası açmış, kendisinin de başka bir kente, olabilirse Ankara'ya tayinini isteyecek. Bu iş gerçekleşince de, kızını alıp başka bir kentte yeni bir yaşam kurmayı düşünüyor."

"Yürekli kadınmış Nermin Hoca." Konuşan Bahar'dı.

Nurcihan Hanım ona döndü. "Uzaktan her şeyin görünüşü başkadır. Böyle olayların aslında ne kadar acı verdiğini, umarım hiç bilmezsin de, bir bilebilsen... Nermin Hoca'yı bir görseniz... O güzelim kadın erimiş, muma dönmüş. Kolay kararlar mı bunlar? Bir yuva yıkılıyor, bir evladın tüm sorumluluğu yalnızca anneye yükleniyor. "

"Haklısınız, hocam. Ama yine de o mutsuz yuvada oturup çilesini dolduracağına, zor da olsa bir karar alıp yeni bir yaşam kurması daha doğru değil mi?"

Nurcihan Hanım kendi kendine konuşur gibi, "Bizim toplumda yalnız bir kadının işi zor," dedi.

"Öyleyse toplumu eğitmek gerek. Hem Nermin Hocanın bir mesleği var, ekonomik özgürlüğü var. Öyleyse neden kendini ezdirsin? Onca eğitimin ne anlamı kalır, böyle durumlarda kurtarıcı olmadıktan sonra?.. Topluma gelince, Nermin Hoca gibi yürekli kadınlarımız doğru bildiklerinden şaşmadan yürürlerse, toplum da en azından onlara saygı göstermek zorunda kalır."

Bahar'ın heyecanlı konuşmasını, önündeki kâğıda bir şeyler karalayarak dinleyen Nurcihan Hanım gülümsedi. "Hani bazen size kızıyorum ya, siz de bu kadın niye böyle ufak tefek şeylere köpürüyor diye yüzüme bakarsınız ya... İşte hep bunları düşünürüm. Kendinizi yetiştirmeniz, kimseye muhtaç olmayacak duruma gelebilmeniz için bu yıllarda çok, çok çalışmak zorundasınız. Bu yılları dalgayla geçirdiniz mi, yaşamınızın en büyük fırsatını kaçırdınız demektir. Çalışacak, düşünecek, okuyacak ve bilinçli olacaksınız ki, hayat işte böyle tam yirmi yıl sonra karşınıza beklenmedik bir durum çıkarınca, onunla başa çıkabilecek, üstesinden gelebilecek düzeyde olabilesiniz."

Kalemini tık tık önündeki dosyaya vurdu Nurcihan Hanım. "Evet, sizi Nermin Hocanın artık gelemeyeceğini ve yeni bir İngilizce öğretmeniyle anlaşmış olduğumuzu bildirmek için çağırmıştım, bakın söz nerelere kadar uzandı," derken, sıcak bir gülümsemeyle karşısındaki genç yüzlere bakıyordu.

"Yeni öğretmeninize daha nazik davranacağınızı umuyorum, bunu diğer arkadaşlarınıza da iletin. Haydi bakalım, şimdi herkes sınıfına."

Dışarı çıktıklarında hepsi dalgın ve düşünceliydi. Az önce konuşulanların etkisindeydiler hâlâ.

Bahar, "Çocuklar, farkında mısınız? Nurcihan Hanım bizlerle dertleşti. İlk kez. İlk kez bizlerle sanki yaşıtmışız gibi konuştu," dedi.

"Nasıl farkında olmam? Hâlâ bunun şaşkınlığını üstümden atamamış durumdayım," dedi Sevgi, "her an sıfır kuruşa okuduğumuzu hatırlatacak diye bekledim durdum."

Bahar, Sevgi'yi duymamış gibi konuşmasını sürdürdü, kendi kendine konuşuyordu sanki. "Konuşabilmek, büyüklerin de olaylardan etkilendiklerini saklamayıp bizi adam yerine koymaları, kuşkularını, düşüncelerini paylaşmaları ne güzel. Oysa hep bir maske arkasına gizlenirler. Onlar büyüktür, eğitimcidir, anne babadır, ona göre davranır, ona göre konuşurlar. Böyle olunca da iletişim kurmak güçleşiyor. Oysa bakın, az önce ne güzel konuştuk, ne kadar açık, ne kadar sade..."

"Karadeniz'de gemileriniz mi battı?" Bağıran Eşref'ti.

Henüz kendini o duygusal havadan kurtaramamış olan Derya, "Ne bağırıyorsun?" dedi öfkeyle. "Zaten hiçbir zaman kibar olamayacaksın sen!"

Eşref şaşırmıştı. "Bu da nereden çıktı şimdi?" diyerek şaşkın şaşkın Sevgi'ye baktı.

"Nurcihan Hanım'dan geliyoruz. Nermin Hoca kesin ayrılmış okuldan."

Ağzı açık kaldı Eşref'in, "Yaa! Üzüldüm bak bu işe."

Sevgi devam etti. "Yerine yeni bir öğretmen gelecekmiş."

"Desene gırgır var, her yeni hoca yeni bir deneyimdir."

"Sevsinler! Deneyimmiş! Mine'den mi öğrendin o kelimeyi?" diyen Derya'yla Eşref tartışmaya başlayınca, Bahar yavaşça Sevgi'yi kolundan çekti ve bahçeye doğru yürümeye başladılar. Derya'yla Eşref bir tutuştular mı, artık çekişme uzardı da uzardı.

# BİR ÇAY DAVETİ

Üsküdar'a giden eski dar sokaklarda sarsıla sarsıla ilerliyordu dolmuş. Eski mezarlıklar, koyu renkli serviler, ahşap evler... Ve bütün bunların hüzünlü güzelliği...

Zaman tüneline girmiş de, eski İstanbul'da yaşar gibi, diye düşündü Bahar, dolmuşun zangırdayan camından dışarı bakarken.

Handan Hanım'ı görmeye gidiyordu. Annesinin çok yakın arkadaşıydı Handan Hanım. Ankara Devlet Tiyatrosu'nda ünlü bir oyuncuydu. Emekli olunca, çok sevdiği İstanbul'un yine çok sevdiği semti Üsküdar'a, küçücük bir çatı katına yerleşmişti. Eşini ve annesini peş peşe yitirdiği o yıllardaki dayanıklılığını ve bunu izleyen yıllarda yaşamını yine yararlı biçimde sürdürmesini annesi hayranlıkla anlatır dururdu.

Canım anneciğim, diye düşünerek içini çekti, gözleri doluvermişti. Haydi Bahar, toparlan, sen güçlü insanlardan hoşlanırsın, öyleyse güçlüymüşsün gibi davran bari, dedi kendi kendine. Aslında Handan Hanım'a niye gittiğini tam olarak kendi de bilmiyordu. Öylesine, durup dururken telefon etmiş, hatırını sormuştu. O da o cıvıl cıvıl sesiyle, "Bir gün gel de şöyle seninle baş başa çene çalalım," demiş, Bahar istekli olduğunu belirtince, onu cumartesi günü çaya davet etmişti.

Bahar'ın elinde koca bir demet papatya vardı. Handan Hanım kır çiçeklerini pek severdi. İlk kez bir büyükle baş başa çay içecekti, hem de davetli olarak... Kıyafetini uzun uzun düşündükten sonra seçmişti. Ne çok süslü olmalıydı, ne de çok spor. Sonunda lacivertli yeşilli ekose etek, lacivert ceket ve devrik yakalı beyaz kazağında karar kılmıştı.

Şoför arkaya bakıp, "Çiçekçi semtine yaklaştık, küçük hanım," deyince, Bahar öbür elinde hazır tuttuğu dolmuş parasını verip dolmuştan indi.

Üst kata vardığında soluk soluğaydı. Zili çalmadan önce şöyle bir saçını, elindeki buketin kurdelesini düzeltti. Zili çaldı. Koşarak gelen birinin ayak sesleri duyuluyordu. Kendi kendine gülümsedi. Handan Teyze hep koşarak yürürdü. Kapı açıldı.

"Hoş geldin canım, hoş geldin. Ne iyi ettin de geldin. Dur seni bir öpeyim." Handan Hanım konuşmuyor, şakıyordu adeta. Nasıl da neşeli, nasıl da enerjik, diye düşündü Bahar.

"Gel, gel içeri gel, cancağızım. Sana bir bakayım. Bu ne güzellik, bu ne şıklık. Ah canım, bu çiçekler bana mı? Yılın ilk papatyasını senin elinden alacakmışım demek. Bayılırım papatyalara. Geç, geç otur şuraya, ben bunları hemencecik suya koyayım, geliyorum."

Handan Hanım yine koşarak mutfağa gidince, Bahar çevresine bakındı. Ne tatlı, ne sıcak evdi. Mis gibi de tarçınlı kek kokuyordu. Her taraf kitap doluydu. Raflara, kitaplıklara sığmadığı için yerlere kümelenmiş kitaplar, duvar dolusu resimler, yastıklar ve rahat koltuklar... Terasta sıra sıra saksıların önünde iki güvercin, kendi evlerindeymişçesine salına salına geziniyordu. Handan Hanım bütün bir kış boyu balkonunu ufalanmış ekmekle doldurur, kuşlara yardımcı olurdu, devamlı gelenlere ise mutlaka isimler takardı. Ve terastan görünen muhteşem manzara... Karşı tarafın yeşillikleri arasında yükselen minareleriyle camiler, gidip gelen vapurlar. Belki de gördüğüm en güzel manzara, diye düşündü Bahar.

Handan Hanım yine hızlı hızlı yürüyerek geldi. Papatyaları toprak bir kâseye yerleştirmişti.

"Handan Teyze, manzara ne kadar güzel," dedi Bahar.

"Yaa öyle, değil mi? Bak sana ne anlatacağım. Bizim açıkgöz Karadenizli müteahhit vaat ettiklerinin birçoğunu yerine getirmemişti de, ona hesap sorduğumda, 'Hanım, ne şikâyet edeysun, ben sana İstanbul'u verdim, İstanbul'u,' demişti," dedi ve bir kahkaha atıp devam etti. "Yalan da değil hani. Ee, anlat bakalım, ne var ne yok? Neler yapıyorsun? Bu yıl kaçıncı sınıftasın?"

"Son sınıftayım, Handan Teyze."

"Ay, sen o kadar oldun mu? Maşallah, maşallah. Demek son sınıf. Bu yıl epeyce yoruluyorsundur."

"Elimden geleni yapıyorum. Hafta sonları kurslara gidiyorum. Hem okul ödevleri ve okul sınavları, hem de kurslar ve üniversite sınavına hazırlanmak yorucu oluyor tabii. Ama asıl sorun, zaman. Gece yarılarına kadar çalıştığım hâlde, zaman yetmiyor."

"Vah yavrucuğum. Ama eminim, sen başarılı olursun. Daha minnacıkken cin gibiydin, o zamandan belliydi senin iyi bir öğrenci olacağın. Peki nereye gitmek istiyorsun?"

"Güzel Sanatlar Akademisi'ne."

"Çok güzel, çok güzel. Okumak istemene candan sevindim. Hem senin için, hem de annen için mutlu oldum. Anneciğin hep okuyun isterdi. 'İyi okusunlar, başka şey istemem,' derdi..."

Bahar'ın yine boğazı yanmaya başladı, gözleri doluvermişti. Onca ay geçmişti, bu acı hiç küllenmeyecek miydi? Handan Teyze, Bahar'ın aklından geçenleri anlamışçasına hemen yanına ilişti, elini avcunun içine aldı.

"Seni benim kadar kimse anlayamaz, canım benim. Senin şanssızlığın bu acıyı, bu kadar genç yaşta çekiyor olman. Bak seninle ne kadar açık konuşuyorum. Seni avutmaya çalışacak değilim, gençliğin verdiği bir güç var, bu güç her şeyi çözümleyecektir. Benim yaşımda insan belki daha hazırlıklı oluyor ama o güç de zayıflamış oluyor. Olayların sillesini daha ağır hissediyorsun. Senin şimdi düşüneceğin, kendi geleceğin. Annenin isteklerini yerine getirmen, onun ruhunu mutlu edecektir. Ben kendi payıma, ruhun varlığına inanıyorum. Sen burada çalışıp başarılı oldukça, o orada huzur içinde yatacak. 'Kızım okuyor, kızım başarılı,' diyecek. Bir de çok üzülmeyeceksin. Bunu da hisseder o. Sen üzüntüleri geride bırakır, güler eğlenirsen, annen huzurlu olur, kızım mutlu der, rahat eder. Senin yapabileceğin, derslerine çalışmak, arkadaşlarınla gezmek, eğlenmek ve annen için sık sık dua etmek."

Handan Teyzenin sesi ne kadar okşayıcı, konuşması ne kadar yatıştırıcıydı... Burnunu çekti Bahar, çantasından mendilini çıkardı.

"Hah şöyle, sil bakayım gözünün yaşını."

Bahar gözlerini sildikten sonra, "Handan Teyze, siz de bana söylediğiniz gibi mi yaptınız?" diye sordu. "Annem hep sizin olaylar karşısında cesaretinizi yitirmediğinizi anlatırdı da. Özür dilerim, ama böyle bir soruyu sorabileceğim kimse yok çevremde, ne arkadaşlarımın arasında, ne de ailemde. Yani siz o zaman ne yaptınız, acılara nasıl göğüs gerdiniz?"

"Bir kere özür dilemene hiç gerek yok. Ben senin annenin en yakın dostuyum, sen benim de kızım sayılırsın. Bana her zaman gelebilirsin, bunu iyice aklına koy. Gelelim soruna. Ben ne yaptım o zamanlarda?" Handan Hanım bir an daldı, gitti. Sonra, "Önce isyan ettim," dedi. "Neden ben? Neden bu kadar mutluyken ben? Sonra yavaş yavaş aklımı başıma devşirdim ve başkaldırmakla hiçbir şey elde edemeyeceğimin farkına vardım. Bu sefer yitirdiğim insanların sevdikleri şeyleri yapmaya başladım. Böylece onları mutlu ettiğimi düşünerek avunuyor, ben de bir parça mutlu oluyordum. Örneğin on tane çocuğum var. Öksüzler. Kocamın, annemin, babamın anısına, onlara Çocuk Esirgeme Kurumu aracılığıyla yardım ediyor, giyecek, oyuncak gibi ihtiyaçlarını karşılıyorum. Her çocuğun sevinişinde, benim sevdiklerimin de sevindiklerini düşünüyorum. Bu da dönüp dolaşıp beni mutlu ediyor. Bilmem, anlatabildim mi?"

"Evet, Handan Teyze. Çok iyi anlıyorum."

"Bir de her cuma günü kabristana gidip onları ziyaret ediyor, dua ediyorum. Böylece onlarla aramdaki bağ kopmamış oluyor, huzur duyuyorum. Onların da hissedip mutlu olduklarına inanmak istiyorum. Ancak..."

"Evet?" dedi Bahar merakla.

"Ancak herkes kendi koşullarına göre bir yol bulmalı. Benim yaptıklarım senin şartlarına uygun değil. Senin yapabileceğin, okuluna, kursuna gitmek, çalışmak, geceleri annen için dua etmek ve boş vakitlerinde de arkadaşlarınla olmak. İşte bunlar da senin yapabileceklerin."

Bahar'ın önünde sanki bir kapı açılmıştı. Ne iyi etmişti Handan Teyzeye gelmekle. Soruna bu yönden bakmayı hiç düşünmemişti. Her şeyi öğrenmeliydi ondan.

"Handan Teyze, içimdeki bu acı ne zaman geçecek?"

Handan Hanım, Bahar'ın yüzüne bakarak başını iki yana salladı.

"Ne yazık ki, hiçbir zaman yavrucuğum," dedi. "Belki bir süre sonra küllenecek ama bakacaksın bir gün yine eski şiddetiyle orada, hem de nasıl bir özlemle karışmış olarak. Bu acıyı kabullenecek, onunla yaşamayı öğreneceksin, başka çaresi yok."

"Demek öyle," dedi Bahar zayıf bir sesle.

"Haydi bakalım, üzüntülü konuları bırakacak, bana gülümseyeceksin, yürekli kızım benim. Sen annenin kızısın, o güçlü bir kadındı, sen de öylesin. Şimdi bana yardım edeceksin, birlikte çaylarımızı ve kekimizi alıp geleceğiz, yiyip içip yine çene çalacağız..."

Bahar, Handan Hanım'ın peşine takıldı, birlikte mutfağa gittiler. Küçük tabaklar, çatal, bıçaklar ve süslü peçeteler hazırdı. Birlikte her şeyi içeri taşıdılar. Bahar içinde bir hafiflik hissediyordu. Annesinin ölümünden bu yana ilk kez gerçekten dayanabileceği birini bulmuştu. Oysa o kişinin babası olmasını ne kadar isterdi! Bunu da Handan Teyzeyle konuşmalıyım, diye düşündü. Evet, evet, bu fırsat bir daha ele geçmez. Buralara bir daha kim bilir ne zaman gelebilirim. Onunla bu konuyu şimdi konuşmalıyım.

"Anlat bakayım, yarıyıl tatilinde neler yaptın? Tabii ders çalışmaktan vakit bulabildinse?" diye soruyordu Handan Hanım çayları koyarken.

"Yarıyıl tatilinde gerçekten de çoğu zaman ders çalıştım. Kurs zaten devam ediyordu. Bir de yılın ilk yarısında matematikten karnesine kötü not gelmiş birkaç öğrenciye ders verdim, hemen hemen her gün hem de."

"Aferin sana. Demek hem öğrencilik yapıyorsun, hem öğretmenlik. Para alıyorsun herhalde."

Bahar, Handan Hanım'ın sesindeki beğenme ifadesini fark etmişti, keyiflendi.

"Aslında bir iki aydır ders veriyorum ama tatilde daha sık oldu. Parası da hiç fena değil. Biriktiriyordum, epeyce de olmuştu."

"Sonra?"

"Sonra..." Bahar'ın yüzü aydınlandı. "Yarıyıl tatili için Hakan geldi."

"O nasıl? Bak seninle konuşmaktan, ne Hakan'ı, ne babanı, ne de büyükannenle büyükbabanı sorabildim. Aklımı başımdan aldın, seni gidi. Ama dur, dur, önce sözünü tamamla da, ötekileri sonra rahat rahat anlatırsın."

"Hakan geldi. Ben de onu gezdirmek, eğlendirmek istiyordum. Küçücük çocuk, bizden de uzak, bari tatilde eğlensin istiyordum. Ama para gerek, sinemaya, tiyatroya, pastaneye, beğendiği ıvır zıvıra hep para gerek. Ben de kazancımı biriktirmiştim ya, bu tatilde onu bir güzel gezdirdim. Arkadaşlarımla tanıştırdım, hoş biraz sıkıldı onlardan, ama olsun, yine benimleydi ya, mutluydu. Sinemalara götürdüm, kırtasiyecilerden istediği kadar cicili bicili etiket aldım, midesi bozulana dek pasta yedirdim." Bahar'ın gözleri ışıl ısıldı... "Kısacası, her istediğini yaptım ve tabii bütün param bitti. Ama umrumda bile değil."

"Sen annenin kızısın dedim ya. Bak işte bu da anneni mutlu edecek bir davranış."

"Ama Handan Teyze, ayrılışımız tek kelimeyle feciydi. Hakan boynuma sarıldı, ağladı, ağladı. 'Ne olur burada kalayım,' dedi. Ben de bir yolunu bulup onu mutlaka yanıma alacağıma söz verdim. Nasıl yaparım bilmiyorum ama çocuk o kadar perişandı ki, ona tutunacak bir dal uzatmalıydım."

Handan Hanım sessizce dinliyordu Bahar'ı, yine hüzünlenmesin diye sözü değiştirdi.

"Haydi bakalım, bu konuları bir süre için bırakalım. Sen elinden geleni yapıyorsun, umutsuzluğa kapılma, gün doğmadan neler doğar derler. Kardeşini bir tatil boyunca mutlu etmişsin ya, önemli olan bu. Gerisini de zamana bırak şimdilik," dedikten sonra neşeli bir sesle ekledi. Bak senin için yaptım tarçınlı keki. Sen bunu çok severdin."

"Nasıl da hatırlıyorsunuz!"

"Nasıl hatırlamam? Daha minicikken, her gelişinde köşeye kurulur, 'Kekimi yaptın, değil mi?' diye sorardın."

Gülüştüler. Bahar sığınabileceği, dertlerine çare bulabileceği bir yuvadaymışçasına huzurluydu. Kekini ve tuzluları iştahla yedi. Handan Hanım çayları tazeledikten sonra, artık asıl sorunumu açmalıyım, diye düşündü.

"Handan Teyze."

"Efendim, canım."

"Benim asıl derdim başka. Buraya, size gelmek istememin bir nedeni de bu olsa gerek."

"Derdini söyle ki, çare arayalım. Kendine saklarsan, bir yere varamazsın."

"Handan Teyze, asıl derdim babamla. Nasıl söylesem bilmem ki... Hakan uzakta... Halamla anlaşamıyoruz..." Bahar'ın düşüncelerini toparlayamaz bir hâli vardı.

"Dur, dur, dur. Şimdi şöyle rahat otur ve sırayla, baştan başlayarak bana her şeyi anlat."

Sözünü bitirdiğinde, kendini yorulmuş, tükenmiş, ama adamakıllı da ferahlamış hissetti Bahar. Handan Hanım'a tüm sıkıntılarını, kaygılarını ve sorunlarını anlatmıştı. Gözlerini bu sevecen kadına dikmiş, yanıt bekliyordu şimdi.

"Demek böyle," diyerek içini çekti Handan Hanım. "Turgut'un bu hâle gelebileceğini tahmin etmeliydim. Anneciğine öyle bağlıydı ki..." Handan Hanım kendi kendine konuşur gibiydi.

"Ne yapmalıyım, Handan Teyze? Bazen öylesine umutsuzluğa kapılıyorum ki, anlatamam. Bu hayat nasıl böyle sürer gider? Dayanamayacağım gibi geliyor." Bahar'ın sesi çaresizlik içinde yükselmiş, tizleşmişti.

"Huzursuz bir evde yaşamanın ne kadar güç olduğunu gayet iyi bilirim, yavrucuğum. Bir yeğenim vardı benim, adı Yüksel. Annesiyle babasının dırdırı yüzünden, bir iş bulup Avrupa'ya gitti. Gidiş o gidiş. 'Dön,' diyorlar. 'O eve dönmem,' diyor. Ve sonunda o pırıl pırıl yavru oralarda kaldı. Onun için çok iyi bilirim bu işleri. Yalnız sana şunu söylemek isterim: Senin durumun kalıcı değil, geçici. Yani senin baban aslında böyle soğuk, anlayışsız bir adam değil, annenin ölümü onu bu hâle getirmiş. Şimdi ya birisi onu uyaracak ya da içine düştüğü bunalımdan er geç bir gün kendiliğinden kurtulacak. Kurtulduğu an da, sorunlar çözülecek. İnan bana. Bak sen de düşün, haklı değil miyim?"

Genç kızın gözlerinin içine sevecenlikle bakıyordu Handan Teyze.

"İşte bu noktada da iş sana düşüyor. Babanın bu durumu atlatmasını sabırla bekleyeceksin."

Bahar'ın derin derin içini çekmesi üzerine, "Yok, yok, çok sürmez, gör bak. Bir süre daha sabredersen, baban toparlanacaktır," dedi.

"Ya halam?"

"Baban toparlanınca, o işi de güzel güzel konuşursun. Halana bu süre içinde hiçbir şey belli etme, ona kızma. Eminim, o da iyi niyetle davranıyor."

"Ne iyi niyet, ne iyi niyet! Annem için demediğini bırakmıyor ama."

"Yavrucuğum, her ailede olur böyle şeyler. Ufak tefek çekişmeler. Hem senin anneciğin çok güzel ve tatlı bir kadındı. Kim bilir, belki de onu deliler gibi kıskanıyordu zavallı." Bu sözleri o kadar komik bir yüz ifadesiyle söylemişti ki, Bahar kendini tutamayıp güldü.

"Bunların üstünde durma. Sende en ufak bir kusur bulunmasın. Nazik ol, evdeki görevlerini yap ve uygun bir zaman bulunca babana, artık halanı yormamanız gerektiğini, senin evi çekip çevirebileceğini tatlı tatlı söyle. Onu kırmadan geri gönderebilirsiniz. Ne de olsa büyüğündür, sen saygıda kusur etme ki, sonra için rahat olabilsin."

"Ya Hakan?"

"Aman kuzum, ondan kolay ne var? Yeter ki baban düzelsin. Yazın okullar tatil olur, Hakan gelir. O zaman ikiniz bir olup babanızın üstüne çullanır, Hakan'ın artık bir yere gitmeyeceğini söylersiniz, olur biter," diyerek bir kahkaha attı Handan Hanım.

Bahar da gülüyordu, "Ah, Handan Teyze, sizinle konuşunca her şey nasıl da kolay geliyor insana."

"Kolay da ondan. Haydi, keyfin yerine geldiğine göre, bir dilim daha al bakayım."

"Kilo alacağım."

"Aman, bugünün gençleri de bir hoş vallahi. Biz yerdik, yerdik, yine de sopa gibiydik. Hoş sizler de incesiniz ama hepinizin elinde sanki kuyumcu terazisi, onu yemem, bunu yemem."

Bahar, "Tamam, Handan Teyze, tamam. Zaten bu keke içim gidiyor," deyince, Handan Hanım tabaklarına birer dilim daha koydu.

"Arkadaşlarınla aran nasıl? Yani şöyle çok iyi anlaştığın arkadaşların var mı?"

"Var, Handan Teyze, hem de nasıl. Onlarla her konuda konuşuyor, dertleşiyor, gülüşüyoruz."

"Bak işte buna çok sevindim. İnsanın böyle anlaşabileceği dostlar bulması, inan bana güçtür. Umarım ileride birbirinizi kaybetmezsiniz. Zaten okulda başlayan dostluklar, hiçbir zaman sonrakilerle bir olmuyor. Kardeşlik gibi, hatta kardeşlikten de öte... Bizim kızlarla buluşup bir araya gelince, hâlâ o eski günlerdeki gibi deli deli güleriz. Birlikte yaşlanmanın da ayrı bir güzelliği var tabii." Handan Hanım'ın gözleri bu kez muzip muzip pırıldamaya başlamıştı. "Ya erkek arkadaşlar? Şöyle okulda filan?"

Bahar kıpkırmızı oluverdiğini hissetti. Yine kendine kızdı. Yani ne vardı şimdi kızaracak?

"Şey... tabii erkek arkadaşlar da var. Onlarla kâh atışıyor, kâh iyi anlaşıyoruz."

"Karşı cinslerin ezeli çekişmesi," dedi Handan Teyze.

"Ama bir arkadaş var ki, sanki o daha bir başka benim için."

"Yaa." Handan Hanım, Bahar'ı ürkütmekten çekinip fazla bir şey söylemedi.

"Nasıl açıklasam bilemiyorum. Arkadaş olmasına arkadaşız. Flört derseniz, değiliz, yani çıkmıyoruz. Ama onu çok beğeniyorum, yani görünce kalbim filan atıyor, bana ilgi gösterince çok, çok seviniyorum. Günüm parlaklaşıyor sanki. Ama bu duygularımı sıkı sıkı saklıyorum. Ne Serdar'ın, ne de arkadaşlarımın anlamasını istiyorum. Anlayacaklar diye ödüm kopuyor."

"İlahi çocuk," diyerek güldü Handan Hanım. "Yavrucuğum, bunda ne var bu kadar utanılacak? Yaşının gereği bu. Bir insanın diğerinden hoşlanması, onu beğenmesi, onun yanında mutluluk duyması çok güzel. Yine de bunu kendine saklamak istemen senin bileceğin şey. Aslında özel bir konu, sadece seni ilgilendirir. Bana sorarsan, ihtiyatlı davranmakla iyi ediyorsun derim."

Bahar düşünüyordu. Handan Teyzeye, anlatması kendine en güç gelen konuyu açmıştı, ama onun tepkisi ne kadar rahatlatıcı, ne kadar sevgi dolu olmuştu. Birisini beğenmenin çok doğal ve güzel bir şey olduğunu nasıl rahatlıkla söylemişti. İşte böylesine açık ve mertçe konuşan birinin her öğüdünü dinlerdi insan. Şimdi bu konuyu halasına açmış olsaydı... Aman Tanrım, herhalde evi başlarına geçirirdi. Ne namus, ne aile, ne şeref kalırdı anılmadık.

Handan Hanım konuşmasını sürdürüyordu. "Senin yaşlarındayken bir çocuğu beğenirdim. Her gün okulun önüne gelir, beni beklerdi. Bütün günümü okul çıkışını hayal ederek geçirirdim. Sırf okul kapısından çıkarken bir kerecik olsun göz göze gelebilmek için." Yine bir kahkaha attı Handan Hanım.

Bahar, "Bizim Keriman gibi desenize, ama o çok âşık, ağlayıp duruyor," dedi.

"İşte üzücü bir yanılgı. O yaşlarda, şöyle bir bakmayla âşık oldum sanır insan kendini. Oysa tanımadığın birine âşık olunabilir mi hiç? Olsa olsa, güçlü bir beğenme olur."

"Biz de öyle söyledik Keriman'a ama anlamıyor ve işin hoş yanı, bizi anlayışsızlıkla suçluyor. Onlarınki çok büyük bir aşkmış."

Handan Hanım güldü. "Hep de böyle söylerler. Neyse, umarım arkadaşın en kısa zamanda toparlanır da, bu pırıl pırıl gençlik günlerini kendine zehir etmekten kurtulur." İçini çekti Handan Hanım. "Ama ne yazık ki, insan gerçekleri kendi deneyimleriyle öğreniyor, başkası ne söylese boş oluyor."

"Evet. Örneğin geçen gün Sevgi, Sevgi çok şakacıdır, küçük bir not yazıp Keriman'ın defterinin üstüne koydu. Şöyle diyordu notta.

*Evimiz buzdan*
*Ekmeğimiz tuzdan*
*Aşkımız ateştendi.*
*Ve bir gün,*
*Yağmur yağdı.*

"Alt tarafı bir şakaydı. Ama Keriman küstü Sevgi'ye. Kaç gün oldu, hâlâ konuşmuyor."

"Bizim devrimizde de vardı böyleleri, ama o zamanlar sararıp solar, piyano çalar, ince hastalığa tutulurlardı."

Bu sözler üzerine, iki arkadaş gibi bir süre kıkırdaştılar.

Bahar saatine baktı. Gitmesi gerekiyordu, oysa bu sıcak evden, bu tatlı kadından ayrılmak istemiyordu canı.

"Gitmeliyim, Handan Teyze," dedi ayağa kalkarak. "Her şey için çok, çok teşekkürler."

"Peki, canım. Bak, aramızda teklif yok. Ne zaman istersen, et bir telefon, atla gel. Seninle yine böyle çene çalarız."

Bahar'ın içine bir üzüntü çökmüştü. Yatılı okula dönmesi gereken bir öğrenciydi sanki. Burada cıvıl cıvıl Handan Teyze, annesinin dostu; orada asık suratlı hala, annesinin düşmanı. Böyle düşünmemeliyim, diye silkelendi.

Handan Hanım onun aklından geçenleri anlamışçasına, "Haydi yavrucuğum, gayret. Hayatta hiçbir şey kolay elde edilmiyor, ama inan bana, senin çözüm yolun var. Sabret ve mücadeleyi bırakma. Bugün kalkıp buraya gelmen bile senin çare aradığını gösteriyor. Onun için ben sana inanıyorum, sen başaracaksın. Ama bu süre içinde kendini fazla üzme, hırpalama, sorunlar nasıl olsa çözülecek, inan bana, gül bakayım," dedi. Sonra gülümseyerek, "O Serdar'a da benden selam söyle," diye ekledi.

Handan Hanım başarılı olmuş, Bahar'ı güldürebilmişti. Vedalaştılar, öpüştüler. Handan Hanım binbir ısrarla kekin geri kalanını paketleyip Bahar'ın eline sıkıştırdı. "Gece yersin," diyerek.

Genç kız arnavut kaldırımından aşağı doğru yavaş yavaş yürürken, Handan Hanım perdelerin arasından bir süre onu seyretti. Bahar'ın omuzları çökmüştü sanki. Bahar gözden kaybolana dek Handan Hanım arkasından baktı, sonra kararlı adımlarla telefona yöneldi.

# OKUL ÇAYI

İşte beklenen gün gelmişti. Sınavlar bitince yapılsın diye karar alındığından, okul çayı geçen yıllara göre epeyce gecikmişti. Çay, büyük bir otelin salonunda yapılıyordu. Bahar'la Sevgi içeri girdiklerinde, masaların çoğunun dolmuş olduğunu gördüler.

Sevgi, "Şu görgüsüzlere bak, insan bu kadar erken gelir mi?" diye homurdandı. "Yine arkalara kaldık."

"Bahar! Sevgi!" Eşref'in kalın sesi gümbürdüyordu.

Bahar, "Bak, gördün mü? O görgüsüzlerden biri sayesinde ön masalarda oturacağız," diyerek Eşref'in bulunduğu yere yöneldi.

Eşref masada yalnızdı.

"Nerede kaldınız, yahu?" diye kızlara çıkıştı.

"Eşref! Lütfen! Okulda değiliz, şık bir otelin çay salonundayız. Sen de konuşmalarını ona göre ayarlamalısın. Hem nedir bu kılığın?" dedi Bahar sert sert.

Eşref bayağı gücenmişti. Zaten okulları karma yapanlarda akıl yoktu. Bu kızlara hiç mi hiç yaranılmıyordu. Kalkıp erkenden gelmiş, onlara yer tutmuştu da ne olmuştu? Teşekkür edeceklerine, nutuk çekiyorlardı!

"Ne varmış kılığımda?"

"Biz giyindik kuşandık. Özenle süslendik."

Kızların süsünü yeni fark eden Eşref, onları süzerek bir ıslık çaldı.

"Vay be, fıstık olmuşsunuz, fıstık!"

Sevgi alçak sesle, "Eşref! Sus! Okulda değiliz, hem bırak bu sokak ağzını, seni duyacaklar," dedi.

"Allah Allah, bugün size bir şeyler olmuş. Duysalar ne olur, bizim okuldakilerden başka kimse yok ki etrafta."

"Biraz daha nazik biçimde iltifat etsen ölür müsün?" dedi Sevgi.

Eşref, "Özür dilerim, hanımefendi!" dedi bağırarak.

"Ne bağırıyorsun?"

"Etraftakiler ne kadar kibar olduğumu duysunlar diye."

Bahar, Sevgi'ye göz kırptı. "Ne de olsa çaba gösteriyor çocuk, bu da bir şeydir," diyerek koltuğuna yerleşti ve "Nedir bu kılığın?" diye bir daha sordu Eşref'e.

"Kızım, sizin bugün benimle bir derdiniz mi var?"

"Hayır, niye olsun? Ama bak, biz süslenmiş gelmişiz. Bu bir okul çayı, sizin de azıcık özen göstermeniz gerekmez miydi? Örneğin sen kot pantolonunla gelmişsin."

"Ben kotumla rahat ediyorum. Ya ne giyecektim?"

Sevgi karıştı söze. "Söz gelimi beyaz bir gömlek giyebilir ve kravat takabilirdin."

"Bayram değil, seyran değil, ne diye sıkıntıya gireyim?"

Bahar yan gözle Sevgi'ye baktı. "Haydi Eşref, biz senin yerini tutarız, hemen bir koşu eve git, üstünü değiş ve gel."

Eşref dayanamayıp patladı birden. "Çok oldunuz ama! Benimle böyle uğraşacaksanız, kalkar giderim!"

Bahar, "Şaka, şaka," dedi gülerek. "Ama söyle bana, mezuniyet töreninde ne yapacaksın, yine böyle kotla mı geleceksin?"

"Hele o gün bir gelsin, düşünürüz."

Sevgi, "Volkan nerede?" diye sordu.

"İş başında. Bak, ilerideki masaların fotoğrafını çekiyor."

"Öyle ya, bugün onun iş günü. İnşallah çok fotoğraf çektiren olur," dedi Sevgi.

Volkan boynuna astığı fotoğraf makinesiyle masa masa dolaşıyordu.

Kapıda Mine görünmüştü. Bahar, "Bak, Mine bile entel kılığını değiştirmiş. Üstelik saçlarını da yaptırmış," dedi.

"Eşref, sen şimdi Mine'yi söyleyeceğim biçimde karşıla. Güzel bir kompliman yap ve de sandalyesini tut otururken," dedi Sevgi.

"Ben garson muyum?"

"Bir hanımın sandalyesini tutmak garsonluk değil, centilmenliktir, Eşref Bey."

"Çattık!"

"Haydi Eşref, Allah aşkına. Ne olursun dediklerimizi yap. Bakalım Mine ne yapacak?"

İşin içine muzırlık girmişti ya, Eşref hemen kabul etti tabii.

Mine bakışlarıyla salonu tarıyordu, arkadaşlarını aradığı belliydi. El salladılar, Mine onlara doğru yöneldi. Eşref ayağa fırlamıştı bile.

"Ne kadar güzel olmuşsun Mine," dedi gereğinden yüksek sesle.

Mine ona tuhaf tuhaf baktı. "Teşekkür ederim."

"Koltuğunu tutayım," dedi Eşref ve koltuğu geri çekip Mine'nin geçmesini bekledi. Mine geçti ama oturması gereken koltuk hâlâ geride duruyordu.

"Şunu itsen de otursam," diye söylendi genç kız.

"Özür dilerim." Eşref hemen koltuğu Mine'nin altına itti.

Mine tekrar Eşref'e tuhaf tuhaf baktı. Sonra Bahar'la Sevgi'ye dönüp, "Nesi var bunun? Hasta mı?" deyince, hep birlikte gülmeye başladılar.

Mine kıvırcık saçlarına fön çektirmiş, dalgalı, değişik bir model uygulamıştı. Ne kadar değişmişti... Sanki bildikleri Mine gitmiş, yerine bir başkası gelmişti.

Sevgi, "Saçın güzel olmuş," dedi.

"Güzel olup olmadığını bilmem ama aynaya bakınca kendimi tanıyamadığım bir gerçek. Sanki aynadan bana bakan bir başkası." Mine hâlinden pek de memnun görünmüyordu.

Birden bir ses duydular yanı başlarında, Keriman'dı bu.

"Ay, seni görmedik," dedi Bahar.

Keriman, "Konuşmaya dalmıştınız, ben girer girmez sizi gördüm," diyerek oturdu.

Eşref şişiniyordu. "Şu masaya bakınız, mirim. Kendimi haremdeki padişah gibi hissediyorum." Birden yaklaşan

Ahmet'e ilişti gözü. "Evet, padişahlık böylece sona erdi," dedikten sonra eğilip Keriman'a, "Onu sen çağırdın tabii," diye fısıldadı.

Keriman evet anlamında başını salladı.

Kızlar şaşırmışlardı. Keriman çabuk çabuk açıklamaya girişti. "Annemlere okul çayından söz ettim, izin verdiler. Tabii önce sıkı sıkı sordular, ben de bizim okulun öğrencilerinden başka kimsenin olmayacağını söyledim. Ahmet'le burada buluşmaya karar vermiştik. Onunla doğru dürüst konuşmayalı o kadar uzun zaman oldu ki, artık dayanamadım."

Sevgi, "İyi ki, annen şüphelenmedi," deyince Keriman, "Şüphelenirse şüphelensin, umrumda değil," diye diklendi. Masayı bir sessizlik kapladı. Keriman'ın kararlı hâline şaşırmanın getirdiği bir sessizlikti bu. Keriman ayağa kalktı, Ahmet'e doğru yürüdü, onu elinden tutup masaya getirdi.

Müzisyenler yerlerine geçmiş, akort yapmaya başlamışlardı. Çay salonu cıvıl cıvıldı. Bir şeyler yaparcasına, aslında kendilerini göstermek için ortalarda dolaşıp duran kızlar; kümeleşip aralarında konuşup gülüşen erkek öğrenciler; arka masalarda, birbirlerinden güç almak ister gibi bir araya oturmuş, utangaç küçük sınıflar; protokol masasında takım elbisesiyle dimdik oturan müdür bey ve öğretmenler...

"Derya nerede kaldı?"

"Bilmez misin, o son gelenlerdendir," diye mırıldandı Mine.

Sevgi, "Mine, saçınla oynamayı bıraksana, bozacaksın," dedi.

"O aptal berbere o kadar söyledim, şu saçı gözümün üstüne düşürme diye. Sanki düşür dedik," dedi. Mine, fönle gerçekten dümdüz edilmiş saçını alnından iterek.

"Pekâlâ da güzel olmuş, kıvırcıklarını düzleştirmiş işte."

"Ne de güzel düzleştirdi ya, şu alnıma düşen saç tutamıyla Hitler'e benzedim."

Bu benzetmeye hepsi gülmeye başlayınca, Mine onlara kötü kötü baktı.

Eşref'in ıslığıyla gülmeyi kestiler.

"Ne var, ne var?"

"Kapıdan girenlere bakın," dedi Eşref.

Derya gelmişti. Yanında tanımadıkları, uzun boylu, yakışıklı ve şık giyimli bir delikanlı vardı. Okulda bazıları Derya'ya "Altın Kız" adını takmışlardı, o da bunu hatırlatmak istercesine tepeden tırnağa sarılar içindeydi. Arkadaşlarını görünce el salladı. Delikanlının koluna girip rahat adımlarla pisti geçti ve yanlarına geldi. Herkes onu seyrediyordu.

"Merhaba, çocuklar. Bakıyorum bizim takım tamam," dedi gözlerinin içi gülerek. "Size Cengiz'i tanıtayım. Cengiz, bunlar da arkadaşlarım, Bahar, Sevgi, Mine, Eşref, Keriman ve..." Duraladı, sonra tatlı bir gülümsemeyle, "Sanırım Ahmet," dedi.

Ahmet bu çarpıcı yaratığın karşısında afallamıştı. "Evet," diye kekeledi. Keriman ona şöyle bir baktı!

Derya yine aynı rahatlıkla devam etti. "Bak Cengiz, şurada boş yerler var, oraya geçelim. Haydi çocuklar, görüşürüz." Ve ardında hafif bir çiçek kokusu bırakarak ileriye doğru yürüdü.

"Vay be, bu kız nereden bulmuş bu tipi?" dedi Eşref.

Sevgi, "Ne kadar da şık, Tanrım," diyerek içini çekti.

"Hıh, yoluma altın döşeseler, öyle renkli gömlek giymem ben," dedikten sonra, dans etmeye başlayanları seyre koyuldu Eşref.

Sevgi, Bahar'a eğildi. "Acar arkadaşlığa terfi etmişe benziyor."

"Hiç şaşmam," dedi Mine. "Öyle çok kavga ediyorlardı ki son zamanlarda."

"Hangi okuldan acaba?"

"Bana hiç de okullu gibi görünmedi."

Eşref atıldı. "Bana sorarsanız, baba parasıyla hava atanlardan derim. Şu Derya bir gün başına bir iş açacak ya... Dur bakalım, ne zaman?"

Mine, "Ayıp, ayıp, dedikodu yapmayın," dedi. "Herkes istediğini yapmakta özgürdür. Örneğin seni ele alalım. Kimse senin böyle yaka bağır açık buraya gelmene karışıyor mu?"

"Hem de nasıl! Sen gelmeden bana ettikleri lafları bir duysaydın..."

Son sınıf öğrencileri, küçüklerin de dansa kalkmalarını sağlamaya çalışıyorlardı.

"Haydi bakalım, siz erkeksiniz, öyle bir arada kıkırdaşmak yok, gidin kızları dansa kaldırın," diyordu bir ağabey, saçları fırça gibi dimdik, al yanaklı, küçük bir öğrenciye. Küçük büsbütün kızardı, sonra sınıf ağabeyinin ısrarı üzerine zorunlu olarak gidip, yine küçük sınıflardan bir kızı dansa kaldırdı. Ağabeylerin zoruyla küçük sınıflardan epeyce dansa kalkan olmuştu. Bu arada birkaç erkek öğrenci, kesinlikle dans etmeyeceklerini söyleyen kız öğrenciler tarafından reddedilmenin utancını kulaklarına kadar kızararak yaşadılar. Müziğin temposuyla dans da hızlanmıştı.

Küçük bir kızın sesi duyuldu. "Ayağıma basmasana be!.." Etraftan gülüşmeler ve bir ağabeyin sesi... "Dikkat etsenize, oğlum!.."

Çay hızını almıştı. Herkes dans ediyor, gülüyor, konuşuyordu.

Bahar omzunda bir el hissetti. Gelen Serdar'dı. "Merhaba, çocuklar."

"Nerde kaldın, Serdar? Biz en son gelen Derya'dır sanırdık."

"Yolda bir kaza olmuş, trafik tıkanmış, o yüzden geciktim."

"Ooo beyim, bu ne şıklık!" dedi Eşref.

Sevgi, "Aferin sana, Serdar. Bak şimdi aramızda doğru dürüst bir kavalye oldu," dedi.

Delikanlı lacivert ceket, gri pantolon ve beyaz gömlek giymiş, kravat takmıştı. Gerçekten de bu kıyafetle çok yakışıklı olmuştu.

Serdar hafifçe eğildi. "Teşekkür ederim, teşekkür ederim," diyerek masadakileri tekrar selamladı. "Burada bana yer kalmamış, bir yerlerden bir sandalye bulup geleyim."

Az sonra elinde bir sandalye, yanlarındaydı. "Ee, anlatın bakalım, nasıl gidiyor?" dedi Bahar'a bakarak.

"Herkes formunda. Ama en tatlısı, küçük sınıfları seyretmek. Onları dans ettirene kadar bizimkiler epeyce uğraştılar. Şimdi de oturmak bilmiyorlar."

"Müdür Bey tüm hanım hocaları dansa kaldırmaktan fıtık olacak neredeyse," dedi Eşref kıs kıs gülerek.

Volkan geldi. "Eşref, biraz öteye git de şu koltuğun ucuna ilişeyim. Ayaklarım zonkluyor."

"Ayakların zonkluyorsa işler iyi gidiyor demektir," dedi Mine.

"Hem de ne biçim! Herkes havasında ya, bol bol fotoğraf çektiriyorlar."

"Sonradan mızıkçılık eden olmasın da..."

"Kimin haddine, bacım, kimin haddine!"

Derya önlerinde dans ediyordu. Etekleri uçuşuyor, gülerek delikanlıya bir şeyler anlatıyordu. "Kaçırma, Volkan," dedi Eşref.

Volkan yerinden fırladı, fotoğraf makinesinin flaşı yanıp söndü. Derya onlara gülümseyerek kalabalığın içinde kayboldu.

Keriman'la Ahmet ise sanki dans etmiyor, ayakta konuşuyorlardı.

Serdar, "Bahar, haydi gel dans edelim," deyip masadakilere döndü. "Beyler, siz de öyle oturmayın bakalım." Sonra da Bahar'la piste doğru yürüdü.

Bahar'ın yüreği sanki ağzında atıyordu. Serdar'la ilk dansıydı bu. Serdar hafif bir tıraş losyonu sürmüştü. Başkalarına çarpmasın diye, Serdar'ın kolu ara sıra daha sıkıca kavrıyordu Bahar'ı. Ne güzel kokuyor, diye düşündü genç kız.

Bir süre hiç konuşmadan dans ettiler, sonra Serdar geri çekilip Bahar'a baktı.

"Bugün çok güzelsin, Bahar. Hoş sen her zaman güzelsin ya..." Bahar en kibar hâliyle, "Teşekkür ederim," dedi. Ama içinden avaz avaz şarkı söylemek, zıp zıp zıplamak geliyordu.

"Sen de çok şıksın," deyince, bu kez Serdar utangaç utangaç gülümsedi. "Arada sırada giyinmek pek de fena olmuyormuş." İkisi de bastılar kahkahayı. Aralarındaki gerginlik yok olmuştu. Konuşmaya başladılar. Bahar ne kadar zamandır dans ettiğinin farkında bile değildi. Bildiği tek şey, müziğin durduğu ve yerine dönmek zorunda olmasıydı. Ona kalsa, sabaha kadar dans ederdi Serdar'la.

Mine ortalarda yoktu. Az sonra göründüğünde, yüzündeki gülümseme bir kulağından öbürüne kadar uzanıyordu neredeyse!

"Saçların!" dedi Bahar. Gerçekten de Mine'nin saçları sırılsıklamdı.

"Nerede ıslandın böyle?"

Mine, "Ooh! Dünya varmış," diyerek koltuğuna gömüldü. "Neydi o saçlar, Tanrı aşkına? Bir sıkıldım, bir sıkıldım. Alnımda saç, ağzımın içinde saç. Neymiş, düz olacakmış! Olmaz olsun, efendim! Bunca azaba değer mi? Ben de gittim, soktum kafamı musluğun altına, bir güzel ıslattım. Tabii saçları eskisi gibi kıvır kıvır oluverdi, elimle de şöyle bir karıştırdım... Oh, gerçek kişiliğimi yeniden buldum sanki. Bu berber öyküsü de burada böylece biter."

Bahar gülsün mü, ağlasın mı bilemiyordu inanılır gibi değildi!.. Sen çayın ortasında git, denize düşmüş gibi sırılsıklam ol ve hiçbir şey olmamışçasına gelip otur!

"Mine, sen hayret bir şeysin," dedi.

"Öyleyimdir," dedikten sonra iştahla tuzlulardan atıştırmaya koyuldu Mine.

Arkadaşına iş koparmak isteyen Eşref, "Mine, Volkan bir fotoğrafını çeksin mi, haa? Ne hatıra olur ama!" dedi.

Mine istifini bozmadan, "Eğer parasını sen vereceksen, hay hayy," dedi ve tekrar tuzlularına döndü.

Sevgi, "Şu kapıdaki çift kim? Birini arıyor gibiler," diye sordu. Kapıda özensizce giyinmiş bir erkekle bir kadın dikkatle içeriye bakıyorlardı. Adamın yüzünde öfke, kadının ise kaygı vardı. Bir iki adım atıp bu kez pistte dans edenleri incelemeye başladılar.

Sevgi, "Kim bunlar acaba?" diye yineledi.

"Eğer önsezilerim doğru çıkarsa, yandık demektir," dedi Bahar.

"Sen ne diyorsun? Tanıyor musun yoksa onları?"

"Hayır, ama sakın Keriman'ın annesiyle babası olmasınlar?"

"Nee?" Mine'dendi bu ses. "Galiba haklısın."

"Çocuklar, çabuk koşun, onlar bulmadan Keriman'ı bulun, Ahmet'i de yok edin!"

Bahar böyle deyince, Eşref bir yana, Serdar öbür yana koştu. Hem masalara, hem piste bakıyorlardı. Öte yandan karı koca piste iyice yaklaşmışlardı. Volkan uzaktan Eşref'le Serdar'ın kalktıklarını ve telaşla koşuşturduklarını görmüş, ne oluyor dercesine kızlara bakıyordu. Sevgi çifti gösterip resimlerini çek, oyala, diye işaret etti. Volkan şaşırmıştı ama denileni yapmak için karı kocanın karşısına geçti. Fotoğraf isteyip istemediklerini soruyor olmalıydı ki, adamın öfkeyle, çekil git der gibi elini salladığını gördüler. Volkan kızlara bakıp boynunu büktü.

Bahar, "Bu Keriman da yer yarıldı, yerin dibine girdi sanki," dedi telaş içinde.

Mine, "Keşke öyle olsa... Onun için çok daha iyi olurdu," diye mırıldandı.

Eşref'le Serdar sonunda Keriman'ı gördüler. Tam pistin ortasında Ahmet'le dans ediyordu. İkisi iki yandan atıldılar, ama ne yazık ki, geç kalmışlardı. Babası da Keriman'i görmüştü!

Kızlar oldukları yerde donakalmış, olanları seyrediyorlardı. Adam pistin kenarındaydı. Sevgi yerinden fırladı birden.

"Nereye gidiyorsun, Sevgi?"

"Bu adam şimdi kızı pistin ortasında tokatlamaya filan kalkar. Tam o tiplere benziyor. Bari ben gidip çağırayım da, rezillik olmasın."

"Hani sen Keriman'a sinir oluyordun?"

"Dedikse o kadar da değil!"

Sevgi bir anda adamın yanına varmış, en tatlı sesiyle kimi aradıklarını soruyordu. Öfkeli babaya beklemesini söyleyip dans eden çiftlerin arasına daldı, kalabalığı yara yara Keriman'a ulaştı.

Keriman nasıl bir kargaşaya neden olduğundan habersiz, dans ediyordu.

Sevgi, "Hey yarabbi, bir de gözlerini yummuş da dans ediyor," diye homurdandı. Keriman'ın omzuna dokundu. Keriman rüyadan uyanır gibi, "Efendim, Sevgi?" dedi.

Sevgi, "Çabuk benimle gel, annenle baban burada. Seni çağırıyorlar, bak, oradalar," deyince, Keriman allak bullak oldu. Bembeyaz yüzü, büyümüş gözleriyle öylece onlara bakıyordu. Olduğu yere çivilenmişti sanki. Az önce gözlerini yumup da dans ediyor diye ona sinirlenen Sevgi'nin yüreği burkuldu bu ani değişiklik karşısında.

"Haydi canım, canavar değil ya bunlar. Senin annenle baban. Biraz bağırırlar, işte o kadar," diye yüreklendirmeye çalıştı Keriman'ı. Keriman ise hâlâ öylece duruyordu.

Ahmet, "Ben de gideceğim onunla. Ne diyeceklerse bana desinler," diye atıldı.

Sevgi, "Don Kişot'luğun zamanı değil. Sen sadece yok ol, işleri büsbütün karıştırma," dedikten sonra Keriman'ı elinden tutup çekti ve öfkeli babanın olduğu yere götürdü. Yüzünde masum gülücüklerle, sanki hiçbir şeyden haberi yokmuş gibi, "Keriman'ı buldum, efendim," dedi.

Keriman'ın yüzüne bakmadan, "Düş önüme, eve gidiyoruz!" diye haykırdı babası.

Adam önde, tüm arkadaşlarının önünde onurunun kırılmasının ezikliği içinde yürüyen Keriman da, başı örtülü annesinin arkasında, salondan çıkıp gittiler.

Sevgi, "Bir teşekkür bile etmedi. Ne adam!" diye arkalarından söylendi.

Birçok kişi salondan ayrılan küçük gruba bakıyordu. Olanları görmüşlerdi. Müziğe rağmen sanki bir sessizlik çökmüştü salona. Az sonra Ahmet'in de ayrıldığını gördüler.

Sevgi, Bahar'ın yanına gitti. "Gördün mü olanları? Kızını rezil etti adam. Memnundur herhalde."

Hepsi Keriman'a çok üzülmüşlerdi. Volkan da yanlarına geldi.

"Keriman'da da kabahat var ama," dedi. "Anasını babasını biliyor da, ne diye böyle işlere giriyor?"

Bahar kaşlarını kaldırdı. "Haklısın da, ne ceza vereceklerse, en azından kızı herkesin içinde rezil etmeden verebilirlerdi. Buralara kadar gelip kızı çağırt, sonra da 'Düş önüme' diye bağır. Ne hâle geldi zavallı kız, görmediniz mi? Madem yakaladın, tamam. Git evine, kızını evde bekle ve kozunu orada paylaş. Burada değil."

"Merak etme, kozunu paylaşacak, hem de nasıl paylaşacak!" dedi Mine başını sallayarak.

Sevgi, "Yok canım, sen de içimi büsbütün karartma, olsa olsa bir iki bağırır, o kadar," dedi.

"Umarım sen haklı çıkarsın."

Hepsinin keyfi kaçmıştı. Öylece otururlarken, garson çay ve koca bir tabak dolusu pasta getirdi. Çok şaşırmışlardı.

Serdar, "Bizim böyle bir şey ısmarladığımızı sanmıyorum," dedikten sonra Eşref'le Volkan'a baktı. "Değil mi, çocuklar?" Onlar da bir şey istemediklerini söylemeye başlamışlardı ki, garson, "Efendim, bu pasta ve çaylar size karşı masada oturan arkadaşınız tarafından gönderildi," diyerek durumu açıklığa kavuşturdu. Merakla garsonun işaret ettiği masaya baktıklarında, Derya'nın çay bardağını, içki bardağıymış gibi onlara doğru kaldırdığını gördüler.

"Helal olsun Derya'ya," dedi, bedava olan her şeyden biraz fazlaca hoşlanan Eşref.

"Derya yanlış yerde doğmuş, Hollywood'da doğacaktı. Çok da paralı ve ünlü olacaktı, bu tür jestlerin ve yaşamın kızı o," dedi Mine.

Bahar, "Ama çok da duygulu bir yanı var. Keriman'ı o da gördü. Sonra bizim nasıl üzüldüğümüzü anlayınca, bizleri neşelendirmek istedi, bu pastaları, çayları yolladı," diye karşılık verdi.

Kısa süre içinde pastalar paylaşılmıştı bile.

Sevgi, "Bunlar değişik. Az önce otelin verdikleri başkaydı," dedi.

"Evet canım, otel bayat tuzluları bize tıkıştırdı," dedi Mine, sonra Eşrefe dönüp, "Bu çayı sizler düzenlediniz, değil mi?" diye sordu.

"Evet."

"Öyleyse otelden hesap sormalısınız. Tuzlular çok bayattı, bu hepimize yapılmış bir hakarettir."

Serdar, "Saat altıya yaklaşıyor. Orkestra neredeyse gidecek. Bahar, benimle son kez dans eder misin?" dedi.

Bahar sevinçten uçacak gibiydi. Serdar çayda kendisinden başka kimseyle dans etmemişti. Eşref'le Volkan da Sevgi'yle Mine'yi dansa kaldırdılar. Bahar bir ara pistte Derya'yla yan yana geldi. Derya laf attı. "Neydi az önceki hâliniz? Yüzünüzden düşen bin parçaydı."

Bahar kendini tutamayıp güldü. Sonra, "Sahi, nereden buldun o güzel pastaları?" diye sordu.

Derya yakışıklı kavalyesine bakıp, "Cengiz'in yapamayacağı şey yoktur. Sizleri neşelendirmek istediğimi söyledim, o da hemen garsonu otelin pastanesine yolladı. Olay bu kadar basit," dedi ve yine eteklerini uçuşturarak dansa devam etti.

Bahar birden bir flaşın yanıp söndüğünü fark etti. Volkan onların fotoğrafını çekmişti.

Serdar, "İki kopya olsun, Volkan," deyince, Bahar fotoğrafı Serdar'ın istediğini anladı. Yine çok, çok mutlu oldu. Birden düşündü... Ne kadar da küçük şeylerle mutlu oluyordu... Sonra düzeltti: Ama küçük bir şey değil bu, küçük görünen büyük şeyler bunlar... En azından benim için öyle... Kim ne derse desin, benim için mutluluk bu... Belki küçük bir olay... Amaaaan, ister büyük olsun, ister küçük, ben mutluyum ya...

# KERİMAN KAÇIYOR

Pazartesi günü arkadaşları merakla Keriman'ı bekliyorlardı. Genellikle okula erken gelirdi, oysa bugün ortalarda yoktu hâlâ. Acaba neler olmuştu? Zil de çalmıştı, ama o yoktu görünürlerde.

Sevgi, "Herhalde gelmeyecek," dedi sıkıntıyla.

Bahar heyecanla, "İşte geliyor," dedi. Sonra seslendi. "Keriman! Keriman!"

Keriman hızlı hızlı yürüyordu, onları gördüğüne memnun olmuş bir hâli yoktu. Bahar'ı duymazlıktan gelip yerine geçti. Solgun yüzünün bir tarafı morarmıştı.

Mine, Sevgi'ye, "Ben sana dememiş miydim?" diye fısıldadı.

"Bunu nasıl yaparlar? Bu yaşta kız dövülür mü?" derken, Sevgi'nin sesi titriyordu. Bahar da şaşkındı. Keriman'ın kimseyle konuşmak istemediği, sürekli defterleri ve kitaplarıyla meşgul olmasından anlaşılıyordu.

Mine, "Onu bir süre kendi hâline bırakmalıyız," dedi alçak sesle. Sevgi'yle Bahar bu fikri başlarıyla onayladılar. İngilizce öğretmeni daha sınıfa girmemişti. Koridorlarda nöbetçi öğretmenler dolaştığı için, sınıf sessizlik içinde öğretmeni bekliyordu.

Eşref kızlara doğru eğildi. "Babası iyi bir fırça çekmiş anlaşılan."

Sevgi parladı. "Sen de bu işe memnun olmuşa benziyorsun."

"Haydaa... Kızım, ben sadece bir gözlemimi açıkladım."

"Sana gözlemini soran var mı?"

"Kızını dövmeyen dizini döver."

"Eşref, sen susuyor musun?"

"Kızı kendi hâline bırakırsan, ya davulcuya varır, ya zurnacıya."

Sevgi İngilizce kitabını kaptığı gibi, Eşref'in kafasına indirdi.

"Dur, dur, hemen de ciddiye alıyorsun. Azıcık şaka yapayım da, havanız değişsin dedim."

"Aman Eşref, şakanın sırası mı şimdi?" dedi Bahar.

Sınıfın merakla beklediği yeni İngilizce öğretmeni sonunda gelmişti. Ufak tefek, çok genç bir kadındı. Kitaplarını kürsünün üzerine özenle koyduktan sonra sınıfa döndü ve, "Adım Oya," diye söze başlayacak oldu.

Hemen sesler yükseldi sıralardan. "Benim de Volkan."

"Benimki Mücahit."

"Benim adım Ahmet, hocam."

Anlaşılan sınıf yeni öğretmeni sınıyordu.

"Hocam, evli misiniz?" diye bir ses yükseldi arkalardan.

Yeni öğretmen gülümsedi. "Hayır, değilim." Ve devam etti. "Umarım sizlerle iyi ilişkiler içinde oluruz. Arkadaşça, dostça bir beraberliğimiz olur."

"İnşallah olur."

"Neden olmasın?"

Yine arkalardan bir ses, "Allahın dediği olur!" dedi.

Oya Öğretmen bu sözleri duymamışçasına devam etti. "Bu benim ikinci okulum olacak. Daha önce karşı tarafta bir okulda çalıştım..." Derken gözü pencereye ilişti. İki erkek öğrenci yüzlerini cama dayamış, içeriyi seyrediyordu.

"Ne yapıyor bunlar böyle?" dedi deneyimsiz öğretmen.

"Sizi inceliyorlar, hocam."

"O kadar garip bir yaratık mıyım ben?"

"Yoo, ne demek..."

"Estağfurullah, hocam."

"Yani çok yenisiniz de ondan, hocam."

"Sonra çok da gençsiniz."

Oya Öğretmen ileri sürülen yersiz yanıtları, "Siz de fazla gevezesiniz," diyerek kesti. "Öteki sınıf sizden çok daha ciddiydi, ayrıca İngilizcede sizden epeyce ileriler. Onlara yetişebilmeniz için, konuşmak yerine çok çalışmanız gerek."

Birden bütün sınıf sıraların üzerine kapandı, başlarını kollarının üstüne koyarak yüzlerini kapattılar. Genç öğretmen şaşırmıştı. Bir an çevresine bakındı, sonra Bahar'la göz göze geldi.

"Ne oldu şimdi bunlara böyle?"

Bahar gülmemek için kendini zor tutuyordu. "Size küstüler, hocam, onun için yüzlerini saklıyorlar."

Oya Öğretmen de kendini tutamadı güldü. "Haydi haydi, küsmeyin. O kadar da kötü değilsiniz."

Bu sözler üzerine hemen başlar havaya dikildi.

"Barıştık mı?" diye sordu genç öğretmen.

"Barıştık, hocam."

"Ama siz bizim kalbimizi kırdınız, hocam."

"Biz çok alınganızdır, hocam."

"Peki, peki. Sizinki de tuhaf okul doğrusu. Öteki okulda öğrencilerin sesi çıkmazdı. Buraya geldim geleli, koridorlarda yürürken durup durup bakıyorlar, aralarında fısıldaşıyorlar. Camlara yüzlerini yapıştırıp beni seyrediyorlar."

Mine, Bahar'a doğru eğildi. "Bu da pek Hüsniye'ymiş..."

Oya Öğretmen devam etti. "Sınıflardaysa, çene yarıştırmalarından dersi zor anlatıyorum."

"Hocam, öteki okuldaki öğrencilerin kişilikleri silikmiş herhalde."

"Bizim kişiliğimiz var, hocam."

"Neyse, neyse. Haydi bakalım, açın kitaplarınızı."

O günü izleyen günlerde Keriman hâlâ okula hayalet gibi gidip geliyor ve arkadaşlarından uzak durmaya çalışıyordu. Konuşmak istemeyen bir hâli vardı, sürekli bir şeyler düşünür gibiydi. Arkadaşları ona anlayış gösteriyor, bir şey olmamış gibi davranıyor, onunla sadece dersler ve öğretmenlerle ilgili konularda konuşuyorlardı. O bunlara bile kısa yanıtlar verip yine kendi dünyasına çekiliyordu.

O gün bir ders boştu. Hava güneşli olduğu için Bahar dışarıda bir banka oturmuş ders çalışıyor, Derya da yanında gözlerini kapamış, yüzünü yakmaya çalışıyordu. Mine ise karşı bankta bir şeyler okumakla meşguldü.

Küçük sınıflardan bir öğrenci Mine'ye yaklaşıp Bahar'ı sordu. Mine, Bahar'ı gösterince, çocuk onun yanına gitti, bir süre konuştular. Sonra öğrenci yanlarından ayrıldı.

Mine, "Ders mi almak istiyormuş?" diye sordu.

Bahar başını salladı. "Evet, ama sınavlar yaklaştığı için haftada ancak bir saat ders verebileceğimi söyledim. Oysa o haftada iki üç saat istiyor. Bir araştırsın bakalım, iki üç saat ders verecek birini bulabilirse ne âlâ, bulamazsa düşünüp taşınacak, bir saate razı olursa, ben ders vereceğim. Zaten hafta sonları gelen iki öğrencim var, ancak bu kadar zaman ayırabilirim. Sınavlar yaklaştıkça belki onlara da ders veremeyeceğim. Sınavlara daha çok çalışabilmek için daha çok zaman gerek."

"Ben sınavda başarılı olacağımızdan eminim," dedi Derya uykulu bir sesle. Güneşten iyice gevşemişti.

"Sen öyle san," dedi Bahar. "Benim daha çok çalışmam gerek. Onun için her dakikaya ihtiyacım var."

Mine, "Derya, az önce ortaokuldan bir öğrenci matematik dersi almak istiyordu. Bahar veremeyecek anlaşılan, sen yapamaz mısın şu işi? Acıdım küçüğe," dedi.

Derya gözlerini açmadan, "Ben ancak sorulan soruları yanıtlayabilirim. Öyle belli bir düzen içinde ders veremem. Hele hele hafta sonları hiç," dedi tembel tembel.

"Çok meşgulsün galiba."

"Evet, hem de çok," diye karşılık verdi Derya istifini bozmadan.

"Öyle ya, biz bile yüzünü göremiyoruz. Derslere son dakika geliyor, zil çalınca da fırlayıp gidiyorsun son günlerde." Bunları söyleyen Bahar'dı.

"Beni çok özlemişe benziyorsunuz."

"Neler yaptığını merak ediyoruz. Acar'a ne oldu? Bu Cengiz kimin nesi? Ama bunlar özel sorular, istemezsen, yanıtlamamakta serbestsin."

"Baharcığım, benim sizlerden saklım yoktur, bilirsin. Cengiz'e gelince, geçenlerde bir hafta sonu Büyükada'ya gitmiştik, orada tanıdım. Annemlerin bir ahbabının oğlu. Dışarıda okumuş, yurda yeni dönmüş, şimdi babasının işinde çalışıyor. Aslen Çanakkaleliler. Çok da zenginler."

"Yani Çanakkale'de mi oturuyor?"

"Hem orada, hem burada evleri var. İşlerine göre gidip geliyorlar."

"Peki nasıl oldu da, yeni tanıdığın birini pat diye çaya çağırdın?"

"Esaslı bir sorguya çekildiğim duygusundayım ama söyleyeyim." Konuşmanın odak noktası kendisiydi ya, Derya güneşlenmeyi bırakıp dimdik oturmuş, gözleri pınl pırıl anlatıyordu.

"Efendim, pek de yeni tanıştık sayılmaz. Bir kere ailelerimiz eskiden beri tanışıyorlar. Sonra bana bayıldı, bayıldı..."

"Ne kadar da alçakgönüllüyüz!" dedi Mine.

"Ne yani? Sizlere rol yapayım, daha mı iyi? Bayıldıysa bayıldı. Bak, Acar benden nasıl sıkıldıysa, Cengiz de bana bayıldı. Doğruya doğru."

"Acar senden sıkıldı mı?" Bahar şaşırmıştı.

"Ne yazık ki, evet. Hoş ben de ondan sıkılmaya başlamıştım. Hep edebiyat, hep yazı çizi. Eh, hayat da sadece bu değil yani." Derya yüzünde muzip bir gülücükle yan yan Mine'ye baktı. "Kusura bakma, Mineciğim."

Mine, 'Aldırma, devam et' anlamında elini salladı. "Ben de onu..."

Cümleyi dayanamayıp Mine tamamladı. "Arkadaşlığa terfi ettirdin."

Derya bir kahkaha attı. "Evet. Ama pek de başarılı bir terfi oldu diyemem. Beni gördüğü zaman selam vermiyor, başını çeviriyor. İyi mi? Nerede kaldı uygarlıkla ilgili yazılar? Uygar insan şöyle olmalıymış, böyle olmalıymış... Her uygar insan özgürmüş, kadın erkek eşitmiş... ama beyimiz bana selam vermiyor."

"Göstergesi iştir kişinin, lafa bakılmaz."

"Sana tamamen katılıyorum, Mine," dedi Derya. "Hani senin şu kültürün bazen bayağı işe yarıyor. Evet, ne diyordum... Bana bayıldı, sadece o mu, annesi de bayıldı. Beni yıllardır görmemişler. Ne kadar büyümüş, ne hoş bir genç kız olmuşsun, vb. vb. Sonra bana dedi ki, 'Oğlum yeni döndüğü için hiç arkadaşı yok. Sen onunla ilgilenir misin?' Ben de, hay hay dedim. Bizim çay aklıma geldi, Cengiz'e söyledim, böylece de çaya geldik. Ayrıca ilk kez annemle takışmadan biriyle arkadaşlık ediyorum."

Bahar, "Derya, bu pek kuru kuru arkadaşlığa benzemiyor. İşin içinde aileler de var. Ciddi bir şeylere benziyor," dedi.

"Valla, onların niyetini bilemem. Ama söylediğinde gerçek payı var. Onun annesi bana, benimki de Cengiz'e bayılıyor. Cengiz de bana bayılıyor."

"Ya sen?" diye üsteledi Bahar.

"Ben mi? Ben de Cengiz'i beğeniyorum. Gördüğünüz gibi yakışıklı, tahsilli ve zengin. Evlilik düşünecek olsam, bundan iyisi can sağlığı."

Mine gözlerini kocaman açtı. "Yoksa evlenmeyi mi düşünüyorsun?"

"Bilmem. Belki de düşünürüm."

"İyi ama, bu yaşta mı? Hem üniversite ne olacak?"

"Bilmiyorum dedim ya. Belki okurum, belki evlenirim, belki hem evlenir hem okurum."

"Çanakkale'de zor okursun."

"Burada da evleri var dedik ya... Hem canım, ne üstüme varıyorsunuz, evlilik lafı eden yok ki ortada... Siz beni bırakın da, Keriman'ı ne yapacağız, onu söyleyin."

Bahar derin derin içini çekti. "Ben kendi payıma Keriman için endişeleniyorum. İçine kapandı, hiçbirimizle doğru dürüst konuşmuyor, hep düşünüyor."

"Onu ben de biliyorum da, ne yapmalı? Onu kabuğundan çıkarmalıyız. "

Bahar, "Sanki bir şeyler planlıyor," dedi alçak sesle.

Mine söze karıştı. "İşin kötüsü, bize hiçbir şey söylememesi. İnsan ister istemez kuşkulanıyor."

"Mine, sen onunla konuşsan. Senin o psikolojik konuşmalarından birini yapsan. Haa, ne dersin?" dedi Sevgi.

"Hiçbir işe yaramaz derim."

"Ben de derim ki, onu dikkatle izleyelim. Anlamaya çalışalım. Bu arada da, onu düşündüğümüzü, sevdiğimizi belirtelim. İnsanı en çok üzen, ilgisizlik ve sevgisizliktir."

"Öyleyse sen konuş, Bahar. Bence seni dinler."

Derya gülümsedi. "Evet, evet, bunu nasıl oldu da düşünemedim. Seni mutlaka dinler."

"Bunu da nereden çıkardınız?"

"Bana açıkla deme, çünkü açıklayamayacağım. Ama sende öyle bir hava var ki, Bahar, herkes sana güveniyor, seni dinliyor," Derya bir an durdu ve ekledi. "Ben bile..."

"Neymişim de haberim yokmuş," dedi Bahar yüzünde utangaç bir ifadeyle. Gururunun okşandığı gözlerinden belli oluyordu.

Aralarında aldıkları kararı uygulayarak, hepsi Keriman'a dikkatli ve sevecen davrandılar. Hatta Bahar bir ara baş başa kaldıklarında kelleyi koltuğa alıp, "Keriman, biliyorum, konuşmak istemiyorsun ama hepimiz senin için kaygılanıyoruz. Hepimiz seni seviyor ve mutsuz hâline üzülüyoruz. Bize güvenebilirsin, biz senin dostlarınız. Yapabileceğimiz bir şey varsa, ne olur söyle, yapalım. Ama böyle kabuğuna çekilme," dedi çabuk çabuk. Keriman'ın kaçıp gitmesine fırsat vermek istemiyordu. Keriman'ın gözleri dolmuştu, Bahar ona sarıldı, bir an öylece kaldılar. Sonra Keriman yavaşça çekildi.

"Teşekkür ederim, biliyordum zaten," diye fısıldadı. Daha fazla konuşamadı, belli ki, konuşsa ağlayacaktı.

Grup onu dikkatle izlemeye devam ettiyse de, yaklaşan sınavların telaş ve heyecanıyla Keriman konusu yavaş yavaş tavsadı.

Derken bir gün Bahar fizik sınıfında oturmuş, tahtadaki problemleri defterine geçiriyordu ki, Derya fırtına gibi içeri daldı. Kimseler var mı diye sağına soluna baktıktan sonra, "Bahar, sana söyleyeceklerim var," dedi.

"Bir dakika, şunu da çekeyim, hemen geliyorum," diye yanıt verdi Bahar. Kendini fizik problemine iyice kaptırmıştı.

"Keriman'ı gördüm," dedi Derya, Bahar'ın yanına otururken.

Bahar'ın kalemi havada kaldı. "Ne var bunda? Keriman'ı hepimiz, her gün görüyoruz."

"Evet, ama ben bir otobüs terminalinde gördüm."

"Yaa!" Defterini sıranın üstünde ileriye itip arkasına yaslandı Bahar. "Yani ne demek bu?"

"İşte ben de onun için seni arıyorum ya. Dün akşamüstü Cengiz'in Çanakkale'ye gönderilecek bir paketi vardı. Onu kargo servisine vermek için birlikte otobüs terminaline gittik. Cengiz kargo servisinde işlemleri yaptırırken, ben de etrafıma bakınıyordum, bir de ne göreyim? Keriman bilet satılan yerde, yanında da Ahmet!.."

"Ne diyorsun, Derya, sen neler diyorsun?"

"Ben bir şey demiyorum, gördüğümü sana anlatıyorum."

Bahar öylece kalakalmış, düşünüyordu.

"Ne yapacağımı şaşırdım ama ona görünmedim. Bilet satan kızla konuştular, yazıldı çizildi, biletler verildi. Sonra onlar dışarı çıkarken, ben iyice Cengiz'in arkasına saklandım. Niye saklandım, ben de bilmiyorum ama içimden öyle geldi. Bütün gece de uyuyamadım, karmakarışık rüyalar gördüm. Sabahı zor ettim, seninle konuşayım diye. Ne Sevgi'ye, ne Mine'ye, ne de erkeklere bir şey söyledim, doğruca sana geldim."

"İyi etmişsin, Derya. Hem ona görünmemekle, hem de kimseye bir şey söylememekle çok iyi etmişsin. Kız zaten yeterince hırpalandı. Ama bu ne demek oluyor? Belki Ahmet bir yere gidiyordur da, birlikte onun biletini alıyorlardı."

"Senin bu dediğin daha normal durumlar için geçerli. İlkin ben de kendimi avutmak için böyle düşündüm. Ama bir düşün, Keriman'ın ailesi Ahmet'le görüşmesini kesinkes yasaklamış. Üstüne üstlük bir de çayda yakalanmışken, Keriman kalkacak, çok modern bir ana babaya sahipmiş gibi Ahmet'le gidip onun biletini alacak. Olacak iş mi bu?"

Bahar hâlâ düşünüyordu. Birden, "Bilet gişesinden kaç bilet aldıklarını ya da nereye bilet aldıklarını öğrendin mi?" diye sordu.

Derya, "Hiç sorma," dedi. "Kendi kendimi dövebilirim. Daha bu sabah aklıma geldi gidip bunu araştırabileceğim. O sırada o denli şaşkındım ki, arkalarından gidip soruşturmak hiç mi hiç aklıma gelmedi. Hoş bilmiyorum, bu bilgiyi verirler miydi ama yine de bir denemeliydim."

"Neyse, neyse, sen de haklısın. Senin yerinde olsam, ben de aynı şaşkınlığı yaşardım."

Bir süre sessizlik içinde düşündüler. Sessizliği yine Derya bozdu.

"Ben ne düşünüyorum, biliyor musun? Keriman, Ahmet'le bir yerlere gidecek."

"İşte şimdi de sen saçmaladın. Keriman nasıl Ahmet'le bir yerlere gider? Sen ki, aramızda en anlayışlı ana babaya sahipsin, hangi erkek arkadaşınla bir yere gittin ya da gidebilirsin? Asıl olmayacak bir şey varsa, o da senin bu tahminin."

"Ben öyle gezmeye filan gidecek demek istemedim. Bence kaçacak."

Bahar yerinden sıçradı. "Derya! Sen çıldırdın mı? Kaçmak ne demek? Köylü kızı mı o?"

Derya onca endişesi içinde gülerek, "Gönül ferman dinlemezmiş," dedi.

"Keriman romantiktir dediysek, böyle saçma bir iş yapacak kadar da değil herhalde."

"Peki öyleyse, açıkla bakalım bana. Bütün o olaylardan sonra Keriman'ın Ahmet'le terminalde ne işi vardı? Tekrar ediyorum, bence kaçacak ve evlenecekler."

"Sus, sus, sus!" dedi Bahar. Defterini kapadı, ders çalışacak kafa mı kalmıştı! "Bugün hâlinde olağan dışı bir şey yoktu. Kim bilir, belki de ben farkına varamadım," diye mırıldandı.

"Sen de hoşsun yani. Tabii ki bir şey belli etmeyecek. Kalkıp durumu ilan edecek değil ya!"

"Ne yapabiliriz, ne yapabiliriz?.." diyerek yerinde kıpırdandı Bahar. "Onunla o kadar da konuştum!"

Dışarıdan ısrarlı bir klakson sesi duyuldu. Derya ayağa fırladı. "Cengiz geldi, gitmem gerek. Sen bir düşün de, yarın yine görüşelim," deyip sınıftan uçarcasına çıktı. Okul kapısında bekleyen son model spor Mercedes'e bindiğinde, Keriman'ı çoktan unutmuştu. Bahar ise Derya'nın anlattıklarının etkisi altında ağır ağır kitaplarını toplayıp çantasına yerleştirdi, düşünceleri Keriman'la dolu olarak boş sınıftan çıkıp otobüs durağının yolunu tuttu.

Ertesi sabah okula gelir gelmez, Bahar'ın ilk işi Keriman'ı aramak oldu. Keriman ortada yoktu ama çaydan beri hep son dakikada gelip hemen sınıfa girme alışkanlığını edinmişti. Zil çaldı, herkes sırasına geçti. Keriman'ın sırasına baktı Bahar. Sıra boştu. Bahar'ın yüreği duracak gibi oldu. Ya Derya haklıysa? Yok canım, öyle şey olur mu? Deli mi bu kız? Gecikmiştir olsa olsa. Belki de hastadır. Ben de meraklı kocakarılara döndüm... gibi düşünceler yıldırım gibi zihninden geçiyordu.

Birinci ders bitmişti. Keriman hâlâ ortada yoktu. Derya, Bahar'ın yanına geldi.

"Keriman yok," dedi.

"Tam kırk beş dakikadır ben de bunu düşünüyordum."

"Gecikmiş olsaydı, dersin ortasında da olsa sınıfa girerdi."

"Bunu ben de düşündüm."

"Gecikmemiş olduğuna göre, bugün okula gelmeyecek demektir."

"Öyle görünüyor."

"Bahar, Tanrı aşkına, şu bildiklerimizle kollarımızı kavuşturup oturamayız. Ya şu anda kaçıyorsa?.. Düşünebiliyor musun, tüm yaşamını mahvedebilir ve biz öylece oturup seyretmiş, bunu engelleyecek hiçbir şey yapmamış olacağız."

"Yeter, Derya. Zaten kaç gündür aklım bu işte. Senin anlattıklarından sonra dün gece hiç uyku tutmadı."

"Öyleyse bir şey yap!"

Derya'nın umutsuz haykırışı, Bahar'ı kamçıladı. "Dur, dur. Önce paniğe kapılmadan, sakin olarak bir düşünelim." Derya derin bir soluk aldı. Bahar işi üstlenmişti ya, artık gerisi gelirdi.

"Önce Keriman evde mi, yani hasta mı da gelmedi, yoksa gerçekten kaçtı mı, bunu anlamalıyız. Kızcağız evinde hasta yatıyorsa, boşuna telaşlanmışız demektir."

"Evet, evet."

"Ama nasıl anlayacağız bunu?.. Okuldan bir görevliymiş gibi eve telefon etsek..."

"Yaşşa, Baharım benim! Haydi koş, zil çalmadan telefon edelim."

Koşa koşa telefon kabinine vardılar.

"Allah vere de bozuk olmasa..."

"Şom ağızlılığı bırak ve numarayı çevir."

Bahar numarayı çevirdi. Almacı sıkı sıkı kavramaktan parmakları bembeyaz kesilmişti.

"Alo, Bay Tüten'in evi mi, efendim?"

Derya soluğunu tutmuş, dinliyordu. Ne diyecekti acaba Bahar? Bahar ise havalı bir sekreter ağzıyla konuşmaya başlamıştı bile.

"Rahatsız ettik, hanımefendi. Biz sağlık kuruluşundan arıyoruz. Okullarda sağlık taraması yapılıyor şu ara, biliyorsunuz. Ama oradan aldığımız bilgiler yeterli değil, bu nedenle öğrencilerin evlerine telefon edip sağlıklarıyla ilgili özgeçmişlerini öğreniyoruz. Hangi hastalıkları geçirdiler gibi. Herhalde kızınız okuldadır, evet, evet, tahmin etmiştim. O zaman sizden rica edelim. Çocukken ne gibi hastalıklar geçirdi? Evet, yazıyorum, efendim... Bu kadar yeter, çok teşekkür ederim, hanımefendi."

Telefonu kapadı. "Buyrun bakalım, evde yokmuş," derken, Bahar kendini bin yaşındaymış gibi yorgun hissediyordu.

Derya ise, "Ne yapacağız? Ne yapacağız?" diyordu bozuk plak gibi.

Zilin keskin sesi ikisini de korkuttu.

"Öff, şu zili böyle çalmasalar ölürler sanki! Bende derse girecek hâl kalmadı," dedi Bahar.

"Al benden de o kadar," dedikten sonra sorusunu yineledi Derya. "Ne yapacağız?"

"Ben de onu düşünmeye çalışıyorum. Bizim derhal senin Keriman'ı gördüğün o terminale gitmemiz gerek. Hem de hemen."

"Okuldan ikinci derste nasıl çıkarız? Yahya Efendi dünyada bırakmaz."

"Beklersek çok geç kalmış olabiliriz, Derya." Bahar bir an düşündü ve kararlı bir sesle, "Yürü, Nurcihan Hanım'a gidiyoruz," dedi.

"Ne?"

"Nurcihan Hanım'a gidiyoruz dedim. Başka çaremiz yok. Ona her şeyi anlatacağım, böylece izin alıp derhal gidebileceğiz, belki de otobüs kalkmadan yakalarız onları."

"Ama ya Nurcihan Hanım?"

"Başka seçeneğin var mı?"

"Yok."

"Yürü öyleyse."

Bu kez Nurcihan Hanım'ın odasına doğru koşmaya başladılar. Nurcihan Hanım koltuğunun altında dosyalar, odasının kapısını kilitlemekle meşguldü. Derse gidiyordu anlaşılan.

Bahar, "Hocam, hocam," diye seslendi.

Nurcihan Hanım onlara doğru döndü. "Ne işiniz var sizin buralarda, ders zili çoktan çaldı."

Bahar, "Hocam, çok önemli bir sorun var. Anlayışınıza sığınarak geldik. Bize ancak siz yardım edebilirsiniz," deyince, Nurcihan Hanım önemli bir şeyler olduğunu anladı.

"Evet?" dedi, bekliyordu.

Bahar bir solukta durumu özetledi. Nurcihan Hanım, Bahar'ın her cümlesinden sonra, "Aman Tanrım," diyordu.

Bahar sözlerini, "Bize lütfen izin verin, hemen gidelim. Belki gecikmemişizdir," diye bitirince, "Durun, durun, ben de geliyorum. Nöbetçi öğretmene sınıfı devredeyim, hemen bir taksiye atlar gideriz," dedi. O da şaşkına dönmüştü.

"Ama hocam, sizi karşısında görürse yüreğine iner, hem bizimki sadece bir tahmin, ya yanıldıysak?"

"Ya yanılmadıysanız? Hem ben ona bağırıp çağıracak değilim. Olmazsa ben takside beklerim. Sizi böyle kendi başınıza bırakamam." Nurcihan Hanım koşarak öğretmenler odasına gitti. Nöbetçi öğretmenle konuştuktan sonra ceketini aldı ve üçü koşar adım okul kapısına vardılar.

"Yahya Efendi, bu kızlar benimle geliyorlar, izin kâğıdına gerek yok, çabuk bir taksi çağır," dedi müdür yardımcısı.

Az sonra sessizlik içinde takside gidiyorlardı.

"İyi ki bana haber verdiniz, çocuklar. En doğrusunu yaptınız. Dua edelim de, gecikmiş olmayalım."

Neyse ki, o saatlerde trafik sıkışık değildi. Nurcihan Hanım'ın, "Çabuk, çabuk," demesiyle şoför gaza basmış, son sürat terminale varmışlardı.

Terminalin önünde indiklerinde hepsinin gözleri Keriman'ı aradı, ama kimseler yoktu. Nurcihan Hanım bilet masasına gitti. "Bugün saat kaçta otobüs var?"

"Nereye efendim? Otobüslerimiz İzmir, Ankara ve Akdeniz bölgesine kalkıyor."

Birbirlerine baktılar. Nereye gidecekti acaba Keriman?

Nurcihan Hanım, "Siz bize hepsinin saatlerini verin ya da... durun durun, şu ana kadar kaç otobüs kalktı, önce onu söyleyin," dedi.

"Sabah ilk otobüs saat 7'de Ankara'ya, 7:30'da İzmir'e hareket etti."

"Hepsi bu mu?"

"Evet."

Nurcihan Hanım derin bir nefes aldı. Kızlara dönüp, "Onlarda olamaz, bunun için evden çok erken çıkması gerekir ki, dikkat çekmemek için bunu yapmaz," dedikten sonra tekrar bilet satan görevliye döndü. "Şimdi ya da az sonra kalkacak hangileri?"

"Öğle otobüslerimiz var. 12'de güneye, 12:30'da yine Ankara'ya. Bir de saat 13'te İzmir'e."

Nurcihan Hanım saatine baktı. "Saat şimdi on bire geliyor. Oturup beklemekten başka çare yok."

Koltuklara geçip oturdular. Bahar, "Hocam, belki yanıldık. Eğer yanıldıysak, sizi de boşuna telaşlandırmış olacağız," dedi.

"İlahi çocuk," diyerek bir kahkaha attı Nurcihan Hanım o gün ilk kez. "Keşke yanılmış olsanız da, ben de boşuna yorulmuş olsam. Çok doğru hareket ettiniz, böyle durumlarda riske girilmez. Hem bir eğitimci olarak, bu da benim görevlerim arasında."

"Üstelik sıfır kuruşa okuduğumuz hâlde, değil mi, hocam?" deyiverdi Derya.

Bahar içinden Derya'ya çok kızdı. Şimdi şaka yapmanın sırası mıydı? Kadını kızdıracaktı. Oysa Nurcihan Hanım, beklediğinin aksine bir kahkaha daha attı. "Tabii ya, hem sıfır kuruşa okuyun, hem de beni bu kadar yorun. Haydi, birer çay içelim de aklımız başımıza gelsin," deyip çaycıyı çağırdı.

Yıl gibi uzayan bir saatten sonra on ikiyi etmişlerdi. Gelen yolcuları bir kenardan seyrediyorlardı. Ne Keriman ne de Ahmet vardı görünürlerde. Aynı yolcuları bir kez de otobüse binerken incelediler.

"Yok, yok, bu otobüste yoklar, demek güneye gitmiyorlar," dedi Nurcihan Hanım, "Şimdi Ankara'ya kalkacak otobüsü bekleyelim."

Derya, "Benim şansıma, eminim son otobüstedirler," dedi.

Nurcihan Hanım, "Ne dedin? Ne dedin?" diye sordu.

Derya sözlerini yineleyince, "Beklerken hep böyle olur zaten. Dur, iyi ki, aklıma getirdin. Okula bir telefon edeyim de, gecikeceğimizi bildireyim. Bakarsın saat bir otobüsünü beklemek zorunda kalırız," dedi Nurcihan Hoca.

12:30 otobüsü de gelip gitmişti. Son ümitleri İzmir otobüsündeydi artık. Derya yavaşça Bahar'a eğilip, "İster misin son otobüste de gelmesinler. İster misin sadece okulu kırıp geziyor olsunlar," diye fısıldadı.

"İşte o zaman tek desteğimiz olan Nurcihan Hanım'ı da yitirdik demektir ve o zaman Tanrı gerçekten Keriman'ın yardımcısı olsun."

"Kesin fısıldaşmayı. Onları gördüm," dedi Nurcihan Hanım. Çok heyecanlı ve kaygılıydı.

Bahar, "Hocam, siz otursanız, biz konuşsak..." dedi.

"Hayır, bu lafların uzaması doğru olmaz. Merak etmeyin canım, arkadaşınızı hırpalayacak değilim."

Üçü ayağa kalktı ve birer ikişer gelmeye başlayan yolculara doğru yürüdü. Keriman'ın yüzü solgundu, gece uyumadığı belli oluyordu. Ahmet'e bir şeyler söyledi, sonra etrafına bakındı ve... onları gördü! Yüzü öylesine sarardı ki, bir an bayılacak sandılar. Bahar koşup arkadaşına sarıldı.

"Korkma, Allah aşkına korkma. Nurcihan Hanım sana yardım etmek için burada. Ne olur, güven bize."

Keriman'dan tek söz çıkmıyordu. Ayakta sallanmaya başlamıştı.

Nurcihan Hanım, "Bayılacak, çabuk içeri götürelim," dedi ve Keriman'ın öbür koluna girdi. Fenalık geçirmekte olan kızı yarı taşıyarak, terminalin bekleme salonuna getirdiler. Ahmet şaşkın, ne yapacağını bilemez bir hâlde öylece duruyordu. Keriman'ı bir kanepeye uzattılar. Görevlilerden biri kolonya getirdi. Bahar, Keriman'ın bileklerini, şakaklarını kolonyayla ovuyor, Derya gömleğinin düğmelerini açmış, oralardan bulduğu bir gazeteyi sallayarak kızı serinletmeye çalışıyordu.

Keriman yavaş yavaş kendine geldi, etrafına bakındı. Ahmet'i arıyordu. Gözleri bir süre birbirlerine takılı kaldı, sonra Ahmet saatine baktı ve yavaşça, "Otobüsümüzün kalkmasına on beş dakika var," dedikten sonra titreyen dudaklarla, "İyi misin, kalkabilecek misin?" diye sordu.

Keriman doğrulmaya çalıştı, "Evet," diye mırıldandı. Nurcihan Hanım, Keriman'ı yavaşça geriye itip Ahmet'e döndü. "Bana bak, küçük bey, bu saçmalık burada biter!.." Yine okuldaki müdür yardımcısı oluvermişti o anda. Ahmet son bir hamle yaptı.

"Biz kararımızı verdik. Kimse bize karışamaz."

"Çok yanılıyorsunuz, küçük bey, çok. Öyle bir karışırım ki, sen de şaşırırsın. Şuradan bir polis çağırsam, seni kız kaçırma suçundan içeri bile attırabilirim."

Ahmet bocalıyordu. Yaptığı işe kendinin de yürekten inanmadığı, bocalamasından belliydi. Yılların deneyimli eğitimcisi Nurcihan Hanım, onun bocaladığını hemen anlamıştı.

Görevli yaklaştı yanlarına. "Otobüs kalkıyor, efendim. Yolcular binsin artık."

Nurcihan Hanım, "Yolcularımız binmeyecekler, acil bir durum çıktı ortaya, lütfen biletler için gerekeni yapın," dedi.

Görevli de Ahmet gibi, bu otoriter sesten etkilenmişti. Kadının dediklerini yapmak üzere oradan ayrıldı. Nurcihan Hanım duruma el koymuştu koymasına, ama Keriman'ı sağ salim okula götürmeden içi rahat etmeyecekti. Otobüs kalkana kadar gerginlik sürdü. Keriman, "illa gideceğim," derse, elini kolunu çekecek hâlleri yoktu herhalde. Ya da Ahmet diretir, Keriman'ı ikna ederse, kocaman gençleri sille tokat engelleyemezlerdi ya... Aynı düşüncelerin hem Bahar'la Derya'nın, hem de Nurcihan Hanım'ın aklından geçtiği, yüzlerindeki kaygılı ifadeden açık açık okunuyordu.

Sonunda otobüsün kalktığını terminalin penceresinden gördüler. Üçü de derin bir nefes aldı. İşin en zor yanını atlatmışlardı. Otobüsün gittiğini gören Keriman ağlamaya başladı. Nurcihan Hanım yavaşça Keriman'ın yanına oturdu, şöyle bir alnını okşadı ve Ahmet'e seslendi.

"Çocuğum, gel buraya, geç karşıma, şöyle yakınıma otur. Konuşacaklarımızı kimsenin duymasına gerek yok."

Ahmet yavaş yavaş ilerledi ve Nurcihan Hanım'ın gösterdiği yere oturdu.

"Aslında bunlar terminallerde konuşulacak şeyler değil ama nereye gidebiliriz ki... Hazır burası tenhalaştı, bu sorunu burada kesin olarak halletmek istiyorum."

Derin bir nefes aldı ve konuşmaya devam etti. "Yapmak üzere olduğunuzun nasıl bir çılgınlık olduğunun bilmem farkında mısınız? Yani bunu nasıl düşünebildiniz? Sen de aklı başında bir çocuğa benziyorsun üstelik, yakışır mı sana böyle kız kaçırmaya kalkmak?.."

Ahmet susuyordu. Keriman atıldı. "Hocam, onun bir suçu yok. Ben istedim. Her şeyi ben istedim. Hatta o yapmayalım dedi ama onu ben ikna ettim." Gözlerinden yaşlar iniyordu, yanakları ıpıslak olmuştu.

"Tahmin etmiştim zaten. Peki kızım, ne yapmak üzere olduğunun bilincinde değil misin sen?"

Keriman artık hıçkıra hıçkıra ağlamaya başlamıştı. "Ben Ahmet'i seviyorum. Onu görmeme izin vermiyorlar. Üstelik son çaydan sonra babam beni dövdü. Okula nasıl geldiğimi gördünüz. Babam beni hem çayda rezil etti, hem de yüzüm o hâldeyken okula göndererek rezil etti. O kadar yalvardım, hocam! Dayaksa dayak, ama ne olur, baba, şu yüzüm biraz iyileşene kadar okula gitmeyeyim, arkadaşlarımın karşısında zaten yeterince küçük düştüm, bir de bunu yapma, dedim. Oysa o bana, 'Gideceksin, hem de âleme ibret olsun diye gideceksin,' dedi." Keriman içini çeke çeke ağlıyordu.

"Hocam, ben o eve gitmek istemiyorum. Nereye olursa olsun giderim ama o evden nefret ediyorum, nefret ediyorum," dedi. Artık boğulurcasına ağlıyordu.

Nurcihan Hanım'ın gözleri doldu, belli etmemek için başını öbür yana çevirdi. Keriman'ın elini okşadı yavaşça. "Sus yavrum, sus. Haydi bakayım, topla kendini."

Bir süre Keriman'ın sakinleşmesini beklediler, sonra yine Nurcihan Hanım konuşmaya başladı. "Bak yavrum, haklısın, çok haklısın ama bu yapmayı düşündüğün şey seni daha da sıkıntıya sokacaktı. Bir kere baban nerede olursan ol, seni bulurdu. Ahmet'ten davacı olur, onu mahkûm bile ettirebilirdi. Ayrıca bu olaydan sonra senin evdeki yaşamın da tam anlamıyla çekilmez hâle gelirdi."

"Nasıl olsa kıyamet yine kopacak."

"Neden?"

"Şimdi siz beni disipline vereceksiniz, okuldan kaçtım diye. Neden kaçtığım da açıklanınca..." Keriman gözyaşları arasından çaresizlik içinde gülümsedi. "Evdeki durumumu düşünmek bile istemiyorum."

"Evet, okulunuzun müdür yardımcısı olarak, okuldan kaçanları disipline vermek ya da cezalandırmak benim görevim."

Bahar'la Derya yalvaran gözlerle Nurcihan Hanım'a bakıyorlardı. Şu an, karar anıydı. Nurcihan Hanım ya ona duyulan güveni haklı çıkaracak ya da...

Nurcihan Hanım konuşmasını sürdürüyordu. "Ahmet'e gelince, gerçi benim sorumluluğumda değil, ama onun okul müdürüne bu olayı bildirmek de yine benim görevim."

Ahmet bu sözlere karşı, nasıl isterseniz öyle yapın, dercesine omuz silkti.

"Şimdi ben şöyle yapacağım. Ahmet, bundan böyle Keriman'ın deli saçması fikirlerine uymayacağına ve bir süre bizim okulun önünden bile geçmeyeceğine şerefi üstüne söz verecek. Ben de onun hakkında hiçbir girişimde bulunmayacağım." Keriman, Ahmet için sevinmişti, hiç olmazsa onun başı derde girmeyecekti. Gözleri pırıldadı ve Ahmet'e bakıp, "Geçmez, hocam, artık geçmez," dedi yavaşça.

"Keriman'a gelince, onu disipline vermek yerine kendim cezalandırmayı yeğliyorum. Onu şimdi revire götüreceğim, sakinleştirici bir iğne yaptıracağım ve okul çıkışına kadar revirde kalacak. Tamam mı?"

Bahar'ın içinden, yaşasın Nurcihan Hoca, aslanım benim, diye bağırmak geliyordu. Ben sana demedim mi, der gibi Derya'ya bir göz attı.

"Bu olayı da burada unutacağız. Beşimizden başka kimse bilmeyecek. Anlaştık mı?"

"Anlaştık, hocam," diyen sesler keyifliydi.

"Haydi bakalım, küçük bey, sen okuluna. Ne mazeret uydurursun bilmem, o senin sorunun. Çocuklar, siz Keriman'a yardım edin. Yavrum, bakıver, sen de bize bir taksi çağırır mısın lütfen. Zaten yeterince zaman kaybettik bugün," diye Nurcihan Hanım sağa sola emirler yağdırmaya başladı. Herkes harekete geçmişti bile.

Terminalin dışına çıktıklarında, Bahar'ın gözü Ayazpaşa yokuşundaki ağaçların kuru dallarına ilişti. Üzerlerinde ilkbaharı müjdeleyen taze, minik, açık yeşil yaprakçıklar büyümeye başlamıştı. Havada yaprak kokusu vardı. Hayatın yeniden normale dönüşü ne kadar rahatlatıcıydı.

# BALBADEM KAÇIYOR

Otobüsün penceresinden dışarıyı seyrediyordu Bahar. İlkbahar tüm görkemiyle Boğaz yollarını sarmıştı. Erguvanlar, balkonlardan dökülürcesine yerlere uzanan mor salkımlar, yeni yeni beliren taze yapraklar ve hafiften ısıtmaya başlayan güneş...

Ortaköy, Arnavutköy, Bebek... Bebek'te demirlemiş kotralar, yatlar, yürüyüşe çıkmış şık kadınlar, eşofman giymiş koşan kır saçlı bir adam, minik butikler...

Sonra Rumelihisarı, Emirgan... Eski yalılar, kara yüzlü evler, çay bahçelerinde çay içenler, örgü ören orta sınıf kadınları, kâğıt helvacılar...

İstinye, Yeniköy... Deniz kenarındaki restore edilmiş eski evlerde, görkemli yalılarda yaz hazırlığı başlamış bile. Boyacılar iskele kurmuş, tahta duvarları kar beyazına boyuyorlar. Kiminin panjurları kırmızı, kimininki lacivert ama hepsi de güzel mi güzel. Kimi yan yana kibrit kutuları gibi sıkışmış, kimi geniş bahçesinde kurumla ötekilerden ayrı duruyordu.

Ve Tarabya... Asırlık çınar ağacını görünce Bahar içini çekti. İşte gelmişti.

Bu yoldan bin kere geçsem bıkmam, her seferinde ayrı bir rengi, ayrı bir görünümü var sanki, diye düşündü.

Küçük tahta kapıyı açarken, "Bizim bahçeye de bahar gelmiş," diye mırıldandı. Keyfi yerindeydi Bahar'ın, kurs iyi gidiyordu, o günkü fizik yazılısından da seksen almıştı. Mucizeydi bu, mucize! Üstelik de kış bitmiş, havalar düzelmişti.

Odasına girdiğinde Balbadem'in her zamanki yerinde, yani yatağının baş köşesinde olmadığını gördü ama aldırmadı. Kim bilir yine nerelerdedir, diye düşündü. Bahar gelince Balbadem'e bir hâller olur, yerinde duramaz, dolanır dururdu.

Soyundu, giyindi, çayını aldı ve çalışmaya koyuldu. Ara verdiğinde hava kararmış, yemek vakti gelmişti. Masada oturmaktan sırtı ağrımıştı, gerindi, etrafına bakındı. Balbadem hâlâ odaya gelmemişti. Evin içinde bir yerlerde herhalde, dedi kendi kendine. Aşağı indi. "Badem, Badem, nerdesin?" diye seslendi.

Halası salonda ayağını altına almış, bitmeyen örgülerinden birini örüyordu. Örgü örüşü bile değişikti. Şişleri koltuk altlarına sıkıştırmış, yünü boynuna geçirmişti.

"Ne o Bahar? Ne arıyorsun, kızım?"

Eyvah, yakalandık, diye düşündü Bahar. "Balbadem'i arıyordum."

"O hayvanı sabahtan beri ben de görmedim. Yemeğini de yememiş."

Hayvan değil o, onun da bir adı var, diye için için söylendi Bahar, ama halasına bir şey demedi tabii.

Halası söylenmeye devam etti. "Hem bak sana söyleyeyim, o kediyi çok kucağına alıyorsun. Tüyü genzine kaçacak, hastalanacaksın. Bizim Manisa'da bir kadın vardı, onun da kedisi vardı. Derken bir gün kadının karnı şişmeye başladı, yemelerden içmelerden kesildi, sonunda ameliyat ettiler. Karnından koca bir ur çıkardılar. Meğer boğazına bir tüy girmiş ve ur olmuş. Kedi de köpek gibi murdar hayvandır. Benden söylemesi."

Bahar karşılık vermemek için kendini zor tutarak, "Bahçeye bakacağım," dedi.

"Aman, işin mi yok kızım, hem her taraf karanlık, üşütürsün sonra. Ben çamaşır astım da, üzerine afiyet, her tarafım kırılıyor."

Bahar bir şey söylemeden hızlı adımlarla bahçeye çıktı. Şu halasının ağzından hiç mi olumlu bir şey duymayacaktı! Aklı yine Badem'e takıldı, demek yemeğini yememişti, bu hiç de iyi bir işaret değildi.

"Badem, Badem," diye bağırarak tüm bahçeyi dolaştı. İyice kuşkulanmaya başlamıştı. Badem ev kedisiydi, çıksa çıksa bahçeye çıkar, şöyle bir dolanır, yine eve gelirdi. Güneşlenmesini bile pencere kenarında yapmayı yeğlerdi. İhtiyatlı bir kediydi o.

Bahçede bulamayınca, dışarı çıkıp sokağa bakmayı düşündü. Ya dışarı kaçıp kaybolduysa? İşte bu, oldum olası

Bahar'ın korkulu rüyasıydı. Ev kedisi olduğundan sokakları bilmez, yolunu bulamaz, eve dönemez diye hep korkardı. Balbadem, Bahar yokken, o da hava güneşliyse, bir pencerenin içine sıçrar, biraz etrafı inceler, Bahar'ın gelmesine yakın onun odasına çıkıp yatağına yerleşir ve uyuklayarak onu beklerdi. Günlük programı genellikle böyleydi.

Bahar, Dondurmacı Veli'ye doğru yürüdü. "Badem, Badem!" diye bağırarak.

Büfedeki çocuk seslendi. "Bahar Abla, kedini mi arıyorsun?"

Bahar heyecanlandı. "Evet, yoksa gördün mü onu?"

"Sabahleyin şuradan sarı bir kedi geçti, ama seninki miydi, değil miydi, tam olarak söyleyemeyeceğim."

"Ne olur, sen yine tetikte ol. Tanıdıklarına da söyle, sarı, iri bir kedi görürlerse bana haber versinler. O ev kedisidir, bahçede olmadığına göre mutlaka kayboldu. Sokaklara hiç alışık değil."

Çocuk Bahar'ın üzgün hâline bakıp, "Üzülme, Bahar Abla. Kediler nerede olurlarsa olsunlar, mutlaka yollarını bulurlar. Bahar geldi ya, seninki de azıcık gezmeye çıkmıştır," dedi gülerek.

"Umarım haklısındır ama sen yine de aklında tut dediklerimi, emi? Ben biraz da karşı tarafa, taksi durağının oraya bakacağım."

"Tamam, abla. Oldu, abla."

Bahar iki yanına dikkatle bakarak karşı tarafa yürüdü, bu arada durup durup sesleniyordu. Yoldan geçenler umrunda değildi, ne düşünürlerse düşünsünlerdi. Önemli olan, Badem'i bulmaktı. Ama yok, yok, yok! Bir de taksi şoförlerine sormaya karar verdi.

Şoförler bir arabanın çevresine toplanmış, konuşuyorlardı. Karadenizli Remzi başında kasket, (kelliği görünmesin diye hep kasket takardı Remzi) elinde küçük boy tespih, "Ha ben hökümet olacağum da, bunları yaşatacağum. Asarım, topunu asarım," diyerek politik bir konuşma yapmaktaydı. Bahar'ı görünce, "Vay, Bahar Hanım. Sen bu saatte ne arıyorsun buralarda?" diye sordu.

"Kedimi arıyorum. Belki görmüşsünüzdür diye size sorayım dedim. Şöyle iri, sarı tüylü bir kedi."

Teker teker hepsinin yüzlerine baktı umutla. Ama ne yazık ki, hiçbirinden ses çıkmadı. Hatta bir ikisi boş gözlerle, işimiz yok da kedi mi kollayacağız, dercesine bakıyorlardı Bahar'a.

"Remzi Ağabey, ne olur, kedimi görürsen, bana haber ver. Olur mu?"

"Dert ettiğin şeye bak. Kedi milleti yedi canlıdır, gezer tozar, canı isteyince de gelir. Onun için sokaklarda, hele de gece vakti, dolaşmaya değmez. Onlar nankördür... Sen kaybolsan bakalım o senin için bu kadar üzülür mü?"

Bahar büfeci çocuğa da söylediği gibi, kedisinin ev kedisi olduğunu, kaybolursa evin yolunu bulamayacağını Remzi'ye de anlatmak için tam ağzını açmışken vazgeçti. Ne dese boştu. Onlar için Balbadem altı üstü bir kediydi, işte o kadar.

"Ama sen yine de dikkat et, onu görürsen bana haber ver. Olur mu, Remzi Ağabey?"

"Tamam, Bahar Hanım, dert etme. Görürsem, kaptığım gibi getiririm sana."

Bahar eve girdiğinde telefon çalıyordu, koşup yetişti. Arayan Sevgi'ydi. Bahar bir soluk Badem'in kaybolduğunu anlatınca, Sevgi bir kahkaha attı. "Millete de ne oluyor, anlamıyorum. Önce Keriman, şimdi de senin Balbadem..."

"Aman Sevgi, sen de..." dediyse de, Bahar da kendini tutamayıp güldü. "Ama şaka bir yana, çok kaygılanıyorum. Badem'i bilirsin."

"Bence hemen telaşlanma. Önce bir iki gün bekle, görünmezse o zaman gazeteye ilan verir, ödül de koyarız."

"Aman, Sevgi, sen de..." dedi Bahar yine.

"Neden olmasın, ben gazetelerde görüyorum. Bilmem kaç aylık, falan cins köpek kayıptır. Bulan ödüllendirilecektir, falan filan."

"Neyse, sen söyle bakalım, niye aradın?"

"Matematikten bir şey soracaktım."

Bahar telefonu kapattığında, halası onu yemeğe çağırıyordu. Her zamanki gibi sessizlik içinde yemeklerini yerken, Bahar birden "miyav" diye bir ses duydu. Masadan fırladığı gibi bahçeye koştu.

"Badem! Badem!" diye seslendi. Karşı duvarda bir kedi oturuyordu. Miyavlayan oydu ve ne yazık ki, o kedi Balbadem değildi.

Bahar sessizce masaya döndü. "Masadan böyle fırladığım için özür dilerim, miyavlayan kediyi Badem sandım," dedi babasına.

Babası, "Badem yok mu?" diye sordu.

"Hayır, bütün gün de yokmuş."

"Neden bana söylemedin?"

Bahar'ın içinden gülmek geldi. Ne konuşuyorlardı ki, kalkıp, 'Kedim kayboldu, kedim kaçtı,' diyebilsin.

"Bilmem, ilgileneceğini düşünmedim herhalde," dedi.

Yemek yine sessizlik içinde bitti. Bahar sofrayı topladıktan sonra odasına çekildi. Çalışması gerekiyordu ama Badem'in yokluğu onu huzursuz etmişti bir kere. O gece yine gece yarısına kadar çalıştı. Tam yatmaya hazırlanıyordu ki, bir pıtırtı duydu. Cama vuran yağmur damlacıklarıydı bunlar.

"Eyvah, kedim ıslanacak," diye mırıldanarak pencereye gitti. Karanlığı delmek istercesine dışarı baktı. Hızlanan yağmurdan başka bir şey yoktu gecenin içinde.

Badem, ertesi ve daha ertesi gün de dönmedi. Bahar'ın yüzünden düşen bin parçaydı. Aksi gibi yağmur da dinmek bilmiyor, o geceden beri kısa aralıklarla yağıyor da yağıyor ve kedisini düşünen Bahar'ın sanki yüreğine yağıyordu.

Badem'in kayboluşunun dördüncü günüydü. Bahar o gece de odasına kapanmış, kitaplarını açmıştı, ama gözleri satırlarda geziniyor, aklına hiçbir şey girmiyordu. Tekrar başından başladı, ne var ki, bir türlü olmuyordu. Yemekten sonra çalışmaya karar verip kitabını kapadı. Odadan çıkarken gözü boş yatağa ilişti. Ah Badem, nerelerdesin, diye sordu içinden. Dokunsalar ağlayacaktı.

Yemekte babası, "Badem'den hâlâ ses yok mu?" dedi.

"Yok," dedi Bahar. "Bakabileceğim her yere baktım. Büfeciye, taksi şoförlerine tembih ettim. Bugün biri buralarda sarı bir kedi görmüş ama hiç umudum yok. Öyle çok sarı kedi var ki..." Sesi titriyordu.

"Aaa, bu kadar üzülme, kızım. Allah'ın gücüne gider. Altı üstü bir kedi bu." Konuşan halasıydı.

"Ama benim kedim! Hem kim bilir bu yağmurda nasıl ıslanmıştır, nasıl korkuyordur!.." Bahar sözlerini tamamlayamadı. Zaten kaç gündür siniri bozuktu, hıçkırıklara boğuldu. Masadan fırlayıp odasına koştu.

Odasında ağladı, ağladı. Evet, biliyordu bu yaptığı belki saçmalıktı ama Badem onun tek dert ortağıydı bu evde. Badem gidince kendini büsbütün yalnız hisseder olmuştu. Gözyaşları durmamacasına akıyordu gözlerinden. Yattığı yerden güçlükle doğrulup saate baktı, dokuz buçuğa geliyordu. Gözlerini silip masasının başına geçti, kitaplarını açtı. Neyse ki, o gün daha çok yazılı ödevler vardı. Edebiyat sorularından başladı.

Ödevler bittiğinde vakit epey ilerlemişti. Saat on bir buçuğa geliyordu. Soyunmak üzere yerinden kalktığında, kapıda bir tıkırtı duydu. Oda kapısı yavaşça açıldı. Babası duruyordu kapıda. Sırılsıklamdı, ama aydınlık bir gülümsemeyle Bahar'a bakıyordu. Ve... kucağında çamurlara batmış bir kedi... Balbadem vardı!

"Badem! Ah Badem!" diye bağırarak fırladı Bahar. "Babacığım, babacığım, çok teşekkür ederim!" Kedisini kucağına almış, çamurlarına aldırış etmeden sarılıp sarılıp öpüyordu. Badem'in sevinci de Bahar'ınkinden az değildi.

Konuşur gibi miyavlıyor, Bahar'ın ellerini yalıyordu. Bir gözü kapanmış, tüyleri yer yer yolunmuş, çamurdan her yanı yapış yapış olmuş, o pırıl pırıl tüylü kedi tanınmaz hâle gelmişti.

"Ne kadar da zayıflamış. Ona hemen süt getireyim. Gözü için ne yapmalı acaba?"

Bahar kedisine öyle dalmıştı ki, ayakta duran babasını unutmuştu. Birden başını kaldırdı, babası hâlâ olduğu yerde duruyor ve kedisine büyük bir sevgiyle sarılan kızına bakıyordu.

"Babacığım, sen de çok ıslanmışsın. Hasta olacaksın. Otur şuraya, hemen sana kuru bir şeyler getireyim, terlik, çorap getireyim."

"Kendi odamda değişirim, kızım."

"Lütfen baba, izin ver, ben getireyim." Bahar nedense babasını bırakmak istemiyordu. Koşa koşa babasının odasına gitti, çekmeceleri kırarcasına açıp gerekenleri aldı ve yine koşarak odasına girdi.

"Ceketini çıkar, şu hırkayı giy. Pabuç ve çoraplarını da alayım, işte kuru çoraplar ve terliklerin."

Adam telaşla koşuşturan kızına bakıyordu. Bahar ıslak giysiler kucağında, tekrar aşağı inmek üzere odadan çıkarken göz göze geldiler. Annesinin ölümünden beri, babası ona ilk kez, onu gerçekten gören gözlerle bakıyordu. Birbirlerine gülümsediler. Gönülden gönüle akan bir gülümsemeydi bu.

Bahar odaya döndüğünde, elinde bir kâse sütle ıslak bir bez vardı.

"Badem'i şimdilik şöyle bir sileceğim, yarın yıkarım artık. Bize de ıhlamur suyu koydum." Genç kız öylesine mutluydu ki... Küçük odasında babası ve kedisiyle birlikteydi... Yine bir koşu aşağı indi, döndüğünde tepsi içinde ıhlamur bardaklarını taşıyordu.

"Yoruldun, otur artık, kızım."

"Hiç önemli değil," dedi Bahar sevinçle. "Hiç önemli değil." Ve yere, babasının ayaklarının dibine oturdu.

"Badem'i nasıl buldun? Hem onu aramak nereden aklına geldi? Hele de bu yağmurda."

Babası ıhlamur bardağının içine bakarak, "Kaç gündür öyle üzgündün ki, senin o hâline dayanamadım. Bir de ben deneyeyim dedim. Çocukken benim de kedim, köpeğim, kuşlarım, hatta atım vardı, onun için hayvan sevgisini iyi bilirim," dedi.

"Herkes 'Canım altı üstü bir kedi' dedikçe öyle kızıyordum ki. Oysa Badem benim için ailenin bir üyesi."

"Biliyorum, kızım, biliyorum. İşte onun için bir de ben aramaya karar verdim. Bu civardaki tüm sokakları dolaştım, yoktu. Sonra kaç gündür aç olduğunu düşündüm, çöp kutularının olduğu yerlere de bir bakayım dedim. Gerçekten de arka mahallede bir apartmanın çöp kutusunun yanına sinmiş durumda buldum onu. 'Badem' diye seslenince bir koşuşu vardı ki, görebilmeni isterdim."

Babası sustu, bir sessizlik oldu. Badem şap şap sütünü içiyordu.

Bahar alçak sesle, "Çok teşekkür ederim, babacığım," dedi.

Babası, "Asıl ben teşekkür ederim," deyince Bahar şaşırdı.

"Neden, baba?"

"Gözlerimi açtığın için. Geçenlerde Handan bana telefon etti."

Bahar merakla, biraz da endişeyle dinliyordu. Handan Teyze acaba o gün konuşulanları babasına aktarmış mıydı, aktardıysa ne kadarını? Ya babası kızarsa?

"Bana onu ziyarete gittiğini söyledi. Tabii benim bundan haberim yoktu." Kızına şöyle bir baktı. Acaba bu bir sitem miydi? "Ve konuştuklarınızı bana bir bir anlattı."

Eh, ne olacaksa olacak, diye düşündü Bahar. Artık ok yaydan çıkmıştı. Birden rahatlayıverdi. İşte babası artık düşüncelerini biliyordu.

"Ben de sonra günlerce onun söylediklerini düşündüm." Sessizlik...

"Ve sana hak verdim."

"Babacığım!"

Bu nasıl bir sevinçti! Bahar bu kez sevinçten ağlamaya başladı.

"Ağlama, kızım, yeterince ağladın zaten. Gel şöyle, yanıma otur. Eski günlerdeki gibi ufacık olsan, kucağıma otur diyeceğim, ama kazık kadar oldun. Gel bakayım."

Bahar hem ağlıyor hem gülüyordu. Babasının yanına sokuldu, onun sigara kokusuyla karışık kokusunu içine çekti. Babası Bahar'ın sırtını okşuyor, "Haydi haydi, yeter artık," diyordu.

"Evet," dedi Bahar gülerek. "Ağlama duvarına döndüm bugünlerde. Bizim Keriman'ı da geçtim."

"Keriman kim?"

Bahar burnunu çekerek, "Çok romantik bir arkadaş," dedi. "Ooo," diyerek bir kahkaha attı babası. "Daha uygun bir zamanda bana şu Keriman'ı iyice bir anlat." Sonra tekrar kızını bağrına bastı. "Seninle hiç ilgilenmedim, seni kendi başına bıraktım. Aslında içten içe bunun farkındaydım, ama kendimi zorladığım hâlde yapamıyordum. Yapamayınca kendime karşı öfke duyuyor, bu öfkeyi de ne yazık ki, sizlere, herkese, hatta hayata yansıtıyordum. Kısaca, kendime olan kızgınlığımın acısını sizden, özellikle de senden çıkarıyordum. Bilmem anlatabiliyor muyum?"

Bahar evet anlamında başını salladı.

"Sonra Handan telefon etti. Senin nasıl bir arayış içinde olduğunu, kaygılarını, üzüntülerini ondan da duyunca... Dediğim gibi, zaten farkındaydım, ama bir duygu tembelliği içindeydim... kendi kendimi toparlayıp sizlere sahip çıkma zamanının gelip de geçmekte olduğunun iyice farkına vardım. Sen ve Hakan benim hayatta tüm varlığımsınız."

Babası bir an durdu. Gözleri dalmıştı. Sonra yine devam etti. "Ama sizin, daha doğrusu senin de bana anlayışlı davranman gerek. Anneni kaybetmek beni düşünemeyeceğin kadar sarstı. Ben her mutluluğu evinde, çocuklarında ve karısında bulan bir erkektim. Evime koşarak gelir, her şeyimi annenizle paylaşırdım. Biz onunla karı kocadan da öte, dosttuk, arkadaştık. Onun bu ani ölümü tüm yaşamımı altüst etti. Bunu sindirmem kolay olmayacak. Bu yüzden yine zaman zaman içime kapanırsam, sana terslenirsem, beni uyar, bana söyle... Çünkü bazen gerçekten farkında değilim yaptıklarımın. Ben sana destek olmaya çalışacağım ama sen de bana yardımcı olmalısın."

Bahar başını sallayarak dinliyordu. Babası Bahar'ın yüzüne baktı. "Ne dersin, tamam mı, anlaştık mı?"

Genç kız gülümsedi. "Anlaştık." Kalbi nasıl da atıyordu.

"Bir de..." diye devam etti babası. "Şu halan sorunu var. Halandan hoşnut değilmişsin."

Bahar oturduğu yerde huzursuz huzursuz kıpırdandı.

Babası güldü. "Annen de hoşlanmazdı. Hoş onlar da zavallıya etmediklerini bırakmadılar ya... Ama yine de aslında iyi kadındır."

"Belirgin nitelikleri olmayan insanlar için, düşünüp düşünüp de bir şey bulamayınca, iyi insandır, deyip çıkıyoruz galiba," dedi Bahar yavaşça.

"Senin şu sivri dilin!" dedi babası gülerek.

"Sana çekmişim! Hem hep düşündüğünü söyle, doğruyu söyle, diye yetiştirmedin mi bizi?"

"Düşündüğünü dosdoğru söylemek güzel bir kusurdur."

"Ne çelişki!"

"Bunu da seninle başka zaman tartışırız. Seninle konuşacak ne çok şeyimiz varmış meğerse!"

Badem sütünü bitirmiş, bir köşeye çekilip tüylerini yalamaya koyulmuştu.

"Handan'a, halan giderse evi çekip çevirebileceğini söylemişsin."

"Evet, baba."

"Peki, derslerin ne olacak? Yemek, çamaşır... Evin işi bitmez ki..."

"Eğer bana yardım edersen, her şeyi yapabileceğime inanıyorum. Temizliğe zaten kadın geliyor."

"Vay, vay... bana danışmadan, beni de hesaplarına katmışsın bakıyorum."

"Sadece eskiden olduğu kadar, babacığım. Alışverişi sen yapardın, yine sen yap, hem biraz hava almış olursun. Sonra sen yemek de yapardın, salata yapmaya bayılırdın. Nohutlu pilavına aylardır hasretim, menemenlerinin ise eşi yok. Ben de bulaşıkları yıkarım, kolaylarından başlayarak yavaş yavaş yemek de öğrenirim. Yani el ele verirsek kendi düzenimizi kurabiliriz."

"Demek evin sorumluluğunu üstlenmek istiyorsun."

"Evet."

"Ama sonra sızlanmak yok."

"Yok."

"Emin misin?"

"Eminim."

"Pekâlâ, anlaşıldı. Bir evde iki kadın olmuyor anlaşılan, biri ne kadar küçük olursa olsun," diye mırıldandı babası. Ve devam etti. "Yalnız bunu benden hemen isteme. Bir kere şu sınavlar bitene kadar senin sadece derslerinle ilgilenmeni, başka hiçbir şey düşünmemeni istiyorum. Bu konuda tartışma istemem. Sınavlar biter, yaza gireriz, ben o zaman halanı kırmadan yollamanın bir yolunu bulurum. Biz de yazın rahat rahat işbölümü yapar ve düzenimizi kurarız. Bu daha mantıklı, değil mi?"

Bahar öyle engeller aşmıştı ki, babasının bu önerisini sevinçle kabul etti.

Alt tarafı iki ay daha, diye düşündü. Babasıyla arası düzelmişti ya, gerisi vız gelirdi.

"Ooo, saat ikiye geliyor. Görüyor musun şu işi? Yarın sen nasıl okula gideceksin? İstersen sana bir teskere yazayım, gitme," dedi babası ayağa kalkarken.

Bahar, "İki sözlü var, babacığım, yarın gitmem şart," dedikten sonra bir an durdu. Sonra da, "Öyle mutluyum ki, babacığım," deyiverdi birden.

"Ben de, yavrum, ben de." Baba kız birbirlerine sarıldılar. "Haydi yavrum, seni yeterince uykundan alıkoydum, artık yat da uyu. İyi geceler, yavrum."

"İyi geceler, babacığım."

Babası odadan çıktıktan sonra Bahar dönüp Balbadem'e baktı. Balbadem temizliğini bitirmiş, yerdeki yastığın üzerine kıvrılmış, uyuyordu. Yüzünde bir gülümseme vardı sanki. Bahar'ın gözlerinden uyku akıyordu. Kendini yatağına atmadan önce, "Neden olmasın, kediler de pekâlâ gülümseyebilirler," diye mırıldandı.

# 19 MAYIS GEZİSİ

Bahar'la Sevgi küçük seyahat çantalarını bagaja verdikten sonra otobüse bindiler.

Sevgi, "İnanamıyorum, Bahar," diyordu. "Sonunda gidiyoruz işte."

"Kemer Tatil Köyü'nü hep merak ederdim," dedi Bahar. Bir yandan da ceketini üst rafa yerleştiriyordu.

"Eşref'le Volkan'a bazen çok kızıyorum, ama doğruya doğru, bu geziyi onlardan başkası düzenleyemezdi."

Bahar güldü. "Ölü mevsim, tatil köyü zaten kapalı diye, yöneticilerle bir pazarlık yapmışlar ki, anlata anlata bitiremiyorlardı."

Sevgi, "İkisi de iş hayatında başarılı olacaklar, bu kesin," dedi. Sonra da yolda okumak üzere aldığı dergileri üst üste kucağına yerleştirmeye koyuldu.

"Derya geliyor. Şu kızın da her şeyi saltanatlıdır. O dergileri bırak da, dışarıya bir bak, Sevgi."

Derya'yı Cengiz spor Mercedes'iyle getirmişti. Otomobilin kapısını açtı, Derya'nın çıkmasına yardım ettikten sonra valizini otobüse kadar taşıdı, bagaja yerleştirdi. Bir süre konuştular, sonra Derya uzanıp onu yanağından öptü.

Kızlar artan bir merakla onları seyrediyorlardı.

Sevgi, "İşler ilerlemişe benziyor," diye fısıldadı.

"Yine mi dedikodu?" Gelen Mine'ydi.

"Sadece seyrediyoruz. Bazıları da ne kadar da şanslı oluyor!" diyerek içini çekti Sevgi.

Mine önlerindeki koltuğa oturdu, kucağında yine bir yığın kitap vardı.

"Tatilde de mi kitap?" diye sordu Bahar.

"Okumanın zamanı zemini yoktur."

"Aldın mı cevabını! Bak Mine, ben de okumak için neler aldım," diyerek dergilerini gösterdi Sevgi.

Mine burun kıvırdı. "Toplumu uyutmak için hazırlanmış para tuzağı onlar, başka bir şey değil. Yazık gözlerinize," deyince, bu kez Bahar öfkeli Sevgi'ye, "Aldın mı cevabını!" dedi sırıtarak.

Derya, Cengiz'le vedalaşmasını bitirmiş, otobüse doğru yürümeye başlamıştı. Eşref'le Volkan ellerinde listeler, gelenleri kaydediyor, bagajları sayıyorlardı. Serdar da onların yanındaydı, bir ara başını kaldırdı. Bahar'la göz göze gelince elini salladı.

Otobüs yolculuğu neşeli geçiyordu. Şarkılar söyleniyor, herkes birbiriyle şakalaşıyordu. Böylesine neşeli olmalarında, havanın güzelliğinin de payı vardı.

Bahar, "Keşke Keriman da olsaydı," dedi. O günkü garip yokluklarının nedenini Sevgi'yle Mine'ye söylemişler, daha doğrusu söylemek zorunda kalmışlardı.

"Bunca olaydan sonra tabii ki kalkıp da gezi için izin isteyemezdi," dedi Sevgi.

"Aslında akıllılık etti, yoksa Ahmet yine bir yerlerden çıkar gelirdi. Ondan sonra da, ayıkla pirincin taşını."

"Ama Sevgi, Nurcihan Hanım'ı görsen şaşardın. Onunla hem yol boyu, hem revirde ne güzel konuştu. Doğrusu bu kadarını beklemiyordum."

"Keriman'ı Ahmet'le görüşmekten nasıl vazgeçirdi?"

"Diyorum ya sana, onunla uzun uzun konuştu. 'Bir süre birbirinizi görmeyin, sınavlar yaklaşıyor. Sen iyi bir öğrencisin, ama kafanı bu işlere takarsan, şu kritik günlerde çalışamaz, başarılı olamazsın. Ahmet de aynı durumda, ona da kötülük etmiş olursun. Madem birbirinizi bu kadar seviyorsunuz, kendinizi bir deneyin bakalım. Bir iki ay görüşmeyin, şu sınavlar bir geçsin. Sonra hâlâ birbirinize ilgi duyuyorsanız, gider, annenle konuşursun. Sınavda başarılı olursan, yüzün olur konuşmaya hem de. Aynı şeyler Ahmet için de geçerli,' dedi. Keriman onu ağlaya ağlaya dinledi. Sonunda Keriman'dan bir de esaslı söz aldı ve işte bugünkü duruma geldik."

"Akılsız kız! Baksana, şimdi hiç olmazsa huzur içinde ders çalışabiliyor. Oysa eskiden yok yakalandım, yok göremedim, konuşamadım diye, ömrü diken üstünde geçiyordu."

Derya arkaya döndü. "Ne o, mırıl mırıl neler konuşuyorsunuz?"

Sevgi hemen, "Seni konuşuyorduk, o ne ayrılıştı öyle?" diyerek taşı gediğine koydu.

"İnsan sözlüsünden ancak böyle ayrılır."

"Nee?"

"Ne sözlüsü?"

"Kim sözlü?"

"Bağırmayın, her şeyi bütün otobüse duyurmak mı istiyorsunuz?"

"Anlat, anlat."

"Geçen hafta sonu Cengiz ailesiyle konuşmuş, onlar da bizimkilerle. Bir araya gelindi, öyle tören mören yapılmadı da, aramızda anlaşıldı. Kısaca, artık sözlüyüz."

"Ay, sen şimdi ciddi ciddi evleniyor musun?" dedi Sevgi.

"Öyle görünüyor."

"Peki ne zaman?"

"Önce okul bitecek tabii."

"Ee, herhalde," dedi Mine...

"Foto, foto!" Eşref'le işi biten Volkan bu kez de eline fotoğraf makinesini almış, otobüsün içinde dolaşıyordu.

"Yok mu bir yolculuk hatırası isteyen? Bu günler geri gelmez, beyler. Haydi, foto, foto!"

Bahar, "Haydi, çocuklar, bir resim çektirelim," dedi.

Sevgi burun kıvırdı. "Aman ne yapacaksın, nasıl olsa gezi boyu çekecek."

"Ama bu otobüste olacak, bu başka."

Kızlar seslendiler. "Volkan, Volkan. Bizi çeksene."

"Foto Volkan emrinizde, bayanlar." Flaş patladı, kahkahalar yükseldi.

Bahar kendini ağır bir hastalıktan kalkmış biri gibi hissediyordu. Yorgun ve mutlu. Ve hafif, tüy gibi hafif. Babasıyla yaptıkları konuşmadan beri, sabahları uyandığında, ben bir şeye seviniyorum, içimde bir sevinç var, neden, diye hâlâ kendi kendine soruyordu. Sonra aklına babasıyla aralarının düzeldiği gelince, bu kez bilinçli bir sevince dönüşüyordu duyguları. Şu Kemer gezisi örneğin. Nasıl da kolay izin vermişti babası. Üstelik de, "Git kızım, açılırsın. Sen bunu hak ettin, sınavlardan önce de dinlenmiş olursun," demişti. Daha bir ay önce, bu sözleri duyacağını biri ona söylese, dünyada inanmazdı. Ne korkunç günlerdi onlar, yüreğinde ne biçim bir ağırlık vardı! Şimdiyse, ohh, hayat çok güzeldi!

Tatil köyünün, damları kırmızı kiremitlerle kaplı, küçük beyaz binaları görünmüştü. Binalar sarmaşıklar içinde, daracık sokakların iki yanı rengârenk çiçeklerle bezeliydi. Bahar'la Sevgi, Mine'yle de Derya bir arada kalacaklardı. Odalarına doğru yürürken Eşref'in sesini duydular.

"Üff, üf, bir kız lisesinin otobüsü de buraya çekti. Yaşadık, beyler, yaşadık!"

Tatil köyünü dört ayrı okulun öğrencileri kapatmıştı.

"Şuraya bakın, bir otobüs dolusu kız. Üff, üf, ben gidiyorum. Oralarda bir tur atayım da, yakışıklı görsünler."

Bahar'ın gözlerinde bir pırıltı yanıp söndü, koşa koşa giden Eşref'in arkasından bakarken. "Şuna bir oyun oynayalım mı?"

"Nasıl?" Sevgi hemen ilgilenmişti.

"Şimdi bu gidip hava atacak oralarda. Eh, bir iki kız da bakar ona herhalde."

"Herhalde."

"Meçhul bir kızdan bir hayranlık mektubu alsa, kim bilir nasıl şişinir, nasıl sevinir ve bizlere gelip nasıl övünür!"

"Ve... bu mektupları biz yazacağız. Bunu mu demek istiyorsun?"

"Neden olmasın?"

"Harika! Harika!"

Odalarına bayıldılar. İçi de, dışı gibi bembeyaz badanalıydı. Küçük pencereden, yeşillerle çevrili mavi deniz, kırmızı sardunyalı beyaz evcikler, kıvrılarak plaja inen dar taş yollar görünüyordu.

Sevgi, "Yakınımızda kimse yok, ne güzel kafa dinleyeceğiz," dedi.

"Evet. Serdar söylüyordu, bizim okulu ötekilerden tamamen ayrı olarak bu bölüme yerleştirmişler. Biz köyün en uç tarafındayız ve burada sadece bizler varız. Öteki okullar öbür uçta ve bir aradalar."

"Ne iyi! Kalacağımız zaten üç gün, onu da tanımadığım insanların gürültüsünü çekerek geçirmek istemem doğrusu."

Ertesi sabah dört arkadaş güneşlenmek üzere deniz kenarında buluştu. Derya mis gibi hindistan cevizi kokan bir güneşyağını vücudunun her yanına uzun uzun sürdükten sonra şık plaj havlusunu özenle yere serdi ve uzandı.

"Güneşe ilk çıkılan günlerden nefret ederim," dedi Sevgi.

Mine, "Neden?" diye sordu.

"Şu vücutlarımıza bak. Bembeyaz, daha da kötüsü sapsarı. Mayolar bile eğreti duruyor insanın üstünde. Kışın kapalı kalmaktan bacaklar, kalçalar da ayrı dökülüyor!"

Mine, "Ne kadar yüzeyselsiniz," dedi.

Bahar da, "Sen susar mısın artık! Biz de biliyoruz neye benzediğimizi. Bu yüzden de şu ıssız köşeye çekilmiş, bir an önce yanmaya bakıyoruz," diyerek onu susturdu.

"Bugünün programı ne?"

"Sabah serbest, öğleden sonra otobüsle çevredeki harabelere tur, akşam yemeği diğer okullarla karışık, sonra disko. İster tatil köyü dışındakiler, ister içindeki..." dedikten sonra Mine yine kitabına döndü.

Mine mayo yerine, bol ve rahat bir şort giymeyi yeğlemişti. Başına gözlerini güneşten korumak için bir kasket, ayaklarına da sandallarını geçirmişti. Bu sandallar Mine'nin üniformasının, daha doğrusu yazlık üniformasının ayrılmaz bir parçasıydı. Çimenlere sereserpe uzanmış, bir yandan okuyor, bir yandan da kopardığı otu kemiriyordu.

"Vay, vay, vay! Bizim kızlar da iyice kuytu yerleri seçmişler." Eşref'in gümbürdeyen sesiyle irkildiler.

Mine, "İşte buyrun bakalım!" diye sıkıntısını belirtip kitabını kapadı.

Volkan, "Ne surat asıyorsunuz? Sizi yoklamaya geldik. Ne de olsa sorumluluğunuz bize ait," dedi kasılarak.

"Bizler artık koca kızlarız, kendimize de bakabiliriz," dedi Mine.

"Yok canım, nemize gerek. Sizi gözümüzün önünden ayırmamalıyız. Başka okullar da var, biliyorsunuz. Asılan masılan olur bakarsın..."

"Asılırlarsa ne olurmuş?" Sevgi'ydi soran.

"O zaman bizim de onlara bir 'merhaba' dememiz gerekir. Yani başımız belaya girmesin diye, sizi fazla yalnız bırakmamamız, sahipli olduğunuzu belirtmemiz gerek..."

"Yok canım! Şunlara bak, Mine!" dedi Sevgi.

"Çağdışı zihniyet yine kendini gösterdi..."

Eşref'le Volkan, Mine'nin sözlerine aldırış etmeden kızların yanına, yere oturdular.

Sevgi, "Ama siz gidip kız okullarının otobüsü etrafında tur atıyorsunuz, ne haber?" dedi.

"Onları da başkası düşünsün," dedi Volkan esneyerek.

Eşref, "Ama sıkı kızlar vardı aralarında, değil mi, Volkan?" deyince, Bahar, Sevgi'ye göz kırptı. "Sahi, güzel kızlar var mıydı?"

"Üff, hem de kum gibi, kum gibi."

Derya yattığı yerde ilk kez kımıldandı. "Aman, nerede o kum gibiler, ben kimseyi görmedim. Hepsi de eciş bücüştü bana sorarsan. Üstelik de aptal aptal gülüşüp duruyorlardı."

"Sen anlamazsın. Onlara bir de erkek gözüyle bakacaksın," dedi Eşref büyüklenerek.

"Sevsinler!"

"Serdar nerelerde? Sabahtan beri göremedim onu," diyen Eşref'e Volkan, "Öğleden sonraki turun hazırlıklarıyla meşgul ya..." dedi.

"Haa, evet, evet, harabeler falan filan..."

Mine'nin kendisine ters ters baktığını görünce, "Kızma be bacım, hem sen engin bilginle bize oralarda yardımcı olacaksın," dedi. Sonra da alçak sesle ekledi. "Ben gelmesem olmaz mı?"

Hep birden bağrıştılar.

"Olmaz!"

"Anca beraber, kanca beraber."

"Hem bizleri kim koruyacak? Laf maf atarlar maazallah." Eşref'ten intikam alır gibi bir hâlleri vardı.

"İyi ama, o taşların arasında ruhum sıkılıyor benim. Kırık kollar, kopmuş kafalar... Neymiş, bilmem kaç yıl öncesindenmiş. Öncesindense öncesinden, yani ne zevk alırsınız bilmem. Hoş, aldığınızdan da emin değilim ya..."

"Peki onca insan, onca yolu niye tepip geliyor bu harabelere dersin?" diye sordu Mine.

Eşref kafasını kaşıdı. "İşte ben de bunu bir türlü çözemiyorum ya..."

Derya, "Hem o kum gibi güzeller de orada olacak," dedi. Yüzüstü yatmış, bu kez sırtını yakmaya çalışıyordu.

"Neyse ki gece disko var."

Sevgi, "Tatil köyünün dışındakine gidelim," dedi.

"Yoook, yok öyle şey," diye hem Volkan hem Eşref karşı çıktılar.

"Niyeymiş?"

"Hepiniz tatil köyü içinde kalacaksınız. Gece vakti köyün dışına çıkmak yok. Zaten bizsiz hiçbir yere de gidemezsiniz."

Sevgi, "Babamla gelseydim, daha çok eğlenirdim herhalde," diye homurdandı.

Volkan, "Bak kızım..." diye başlayacak oldu ki, Sevgi öfkeyle bağırdı.

"Kızım deme diyorum sana!"

"Bak Sevgi, istediğiniz dans etmek, müzik dinlemek, değil mi? Bunlar da diskoda olduğuna göre, ne gereği var bilmediğimiz yerlere gitmenin? Hep birlikte gider, müzik dinler, dans ederiz, sonra da sizi getirir, odalarınıza teslim ederiz."

"Kapıyı da üstümüzden kilitleyin bari."

"Yoo, yoo, size güvenimiz sonsuz, ama..."

Volkan'ın sözünü kızlar bir ağızdan tamamladılar.

"Gece vakti yalnız yürünmez."

"Tamam, bak gördünüz mü, siz de aynı fikirdesiniz," dedi Volkan, atılan taşları anlamamış gibi.

Eşref de ciddi ciddi başını salladı. "Aklın yolu birdir. Benim karnım acıktı, biz gidiyoruz, siz de fazla gecikmeyin."

Sevgi onların arkasından bakarken, "Bunlardan kurtulamayacağız anlaşılan," dedi ve eşyalarını toplamaya başladı. Yemek sözü onun da karnını acıktırmıştı.

İkinci gün yine aynı yerde, deniz kenarında güneşleniyorlardı. Güneş ısıtıyordu ama aralarında henüz denize girme yürekliliğini gösteren çıkmamıştı. İlk gün oldukça hareketli ve eğlenceli geçmişti. Sabahki yanma çabaları işe yaramış, hepsinin yüzleri, vücutları pembeleşmişti. Öğleden sonra gezilen harabeler kimine ilginç, kimine sıkıcı geldiyse de, bir arada olduklarından eğlenmişlerdi. Gece de kızlar zorunlu olarak tatil köyünün diskoteğinde, erkek arkadaşlarının gözetimi altında müzik dinlemişler, ama günün yorgunluğu ağır basınca, pek fazla oturmadan yatmaya gitmişlerdi.

Serdar, Eşref ve Volkan onları gerçekten odalarına kadar götürmüş, sonra tekrar diskoteğe dönmüşlerdi.

Derya, "Demek bizden sonra yine diskoya gittiniz. Eğlendiniz mi bari?" diye sordu.

Eşref, "Eh, eğlendik sayılır."

"Kum gibilerden ne haber?"

"Derya, senin benimle bir derdin mi var?"

"Yoo, ne münasebet! Siz bizi denetliyorsunuz ya, biz de sizi denetleyelim dedik. Ne de olsa sizin sorumluluğunuz da bizde." Hep birlikte güldüler.

Eşref şöyle bir yukarılara bakıp içini çekti. "Biri var ki, hep bana bakıyor."

"Anlat, anlat."

"Hoş kız, haa."

"Tabii canım, ona ne şüphe," dedikten sonra Derya sorularına başladı. "Gözleri ne renk?"

Eşref şöyle bir durup düşündü. Sonra, "Ne bileyim gözleri ne renk?" deyiverdi.

"Kızı beğenmişsin, ama gözlerinin ne renk olduğunun farkında bile değilsin!"

"O kadar uzaktan nasıl fark edeyim, galiba açık renkti," dedi Eşref utana sıkıla.

"Neyse, göz rengini bilmediğine göre o konuyu bırakalım," dedi Derya ve sorulara devam etti. "Nasıl giyinmişti? Yani zevkli miydi? Ne vardı üstünde? Niye öyle bakıyorsun bana? Sana soru soruyoruz."

"Derya, sen kaçırdın mı? Yoksa benimle alay mı ediyorsun?"

"Canım, niye bu kadar kızıyorsun anlamıyorum. Sana basit bir soru sordum, ne giyiyordu dedim."

"Ne bileyim ben ne giyiyordu! Farkında bile değilim. Etek giyiyordu galiba."

Bu kez kızlar katılırcasına gülüyorlardı.

Volkan, "Rahat bırakın çocuğu," diyerek arkadaşının yardımına koştu. "Hem biliyor musunuz, dün gece bazı odalara hırsız girmiş. Bazılarının teybi, bazılarının fotoğraf makinesi çalınmış. Hırsızlar üç kişiymiş."

"Gece bekçisi yok mu burada?"

"Ölü mevsim olduğu için bekçi tutamamışlar. Biz gelince de, nasıl olsa bekçi yok diye hırsızlar dadandı herhalde."

"Bu işi yöneticilerle konuşup işin aslını öğrenelim," dedi Serdar.

Sevgi, "İşi ciddiye almışa benziyorsunuz," dedi.

"Biz ötekilerden oldukça uzaktayız. Bu yüzden bizim odalara da dadanabilirler."

Derya, "Ben bu defa hiç mücevher getirmedim," deyince Volkan, "Aferin sana," diye dalga geçti onunla.

O gece akşam yemeğinde Bahar pek hoştu. Güneş yanığı yakışmış, ela gözleri büsbütün ortaya çıkmıştı. O da bunu belirtmek istercesine kırmızılı mavili bir bluz giymiş, kırmızılı doreli kolyesini takmıştı.

Eşref heyecanlı heyecanlı anlatıyordu. "Sonra mirim, öğleyin odaya girdim ki, ne göreyim, yerde bir not."

"Ee, sonra?"

"Küçük bir not. Hemen açtım tabii."

"Neymiş, ne yazıyordu notta?"

"Durun yahu, anlatıyorum işte. Hemen sözü insanın ağzına tıkamayın."

"Peki, peki, sustuk."

Eşref şöyle bir an durdu. İşin tadını çıkarmak istediği belliydi. "Beni daha ilk gördüğü an çok beğendiğini yazıyordu."

"Vay, vay, vay!"

"Vay, Eşref vay!"

En çok bağırıp çağıran, şamata yapan Sevgi'ydi. Kızlar güldüklerini belli etmemek için işi patırtıya getiriyorlardı. Eşref ise saf saf anlatmaya devam etti.

"Beni otobüslerin orada görmüş, çok beğenmiş. Henüz adını vermek istemiyormuş, ama duygularını açıklamaktan kendini alamamış."

"Sonra?"

"Sonrası bu kadar."

Volkan, "Hepsi bu mu yani?" deyince Eşref kızdı. "Ne bekliyordun, on sayfalık aşk mektubu mu? Belli ki kız çekingen."

"Ne çekingen, ne çekingen!" Derya'ydı bu.

"Sen de ne kaynana olacaksın yani," dedi Volkan.

Eşref ise Derya'ya laf yetiştirmeye çabalıyordu. "Tabii çekingen, öyle olmasa adını yazardı."

"Tanımadığın kızın avukatı kesildin bakıyorum."

"Avukatlık mavukatlık yaptığım yok. Haa, bir de imza yerine, Bir Demet Menekşe yazmış. Sakın adı Menekşe olmasın?"

Derya bir kahkaha attı. "Şimdi öleceğim. Keşke 'Bir Demet Yasemen' deseymiş, hiç olmazsa şarkı adı."

Onlar tartışırken Sevgi, Bahar'a doğru eğildi. "Şu Eşref uyanık geçinir, oysa ne kadar saf. Nasıl da inandı, aklım almıyor. Yoksa inanmadı da, rol mü yapıyor dersin?"

"Yok, yok, bal gibi inanmış. Baksana, nasıl şişiniyor," dedi Bahar.

Sevgi bu kez yüksek sesle, "Herhalde senin bu sabah sözünü ettiğin kız olsa gerek," dedi.

Eşref, "Kim bilir? Belki odur, belki de bir başkası," dedi esrarlı bir havayla.

"Alçakgönüllülüğüne hayranım," dedi Derya.

Eşref, "Ne yapalım? Vahşi cazibeme kapıldıysa kabahat benim mi?" diye karşılık verdi ve yemek boyu gözleriyle etrafı tarayarak meçhul hayranını bulmaya çalıştı.

Yemekten kalktıklarında tatlı bir akşam rüzgârı esiyordu. Sevgi, "Haydi gidip biraz pingpong oynayalım," dedi. Teklif hemen kabul edildi.

Bahar, "Ben biraz üşüdüm, odadan ceketimi alıp geleceğim," deyince, "Ben seni götüreyim," diyerek ayağa kalktı Serdar.

Mine, "Götür, götür, sonra kurtlar kapar," dedi. "Hiç bu kadar sıkı korumada olduğumu anımsamıyorum."

Bahar'la Serdar odalara doğru giden yola yöneldiler. Güneş batmak üzereydi, her tarafı tatlı bir kızıllık kaplamıştı.

Bahar, "Ne güzel renkler," dedi.

Serdar'ın, "Doğayı çok seviyorsun, değil mi Bahar?" sorusu Bahar'ı şaşırttı. "Galiba öyle."

"Dikkat ediyorum da, her zaman doğadaki güzelliklerin farkındasın. Kışın yağan karın, baharda erguvanların, şimdi batan güneşin... Güzel bir nitelik bu, çoğumuz çevremizi görmeden yaşayıp gidiyoruz."

"Teşekkür ederim, şair gibi konuşuyorsun bu akşam."

"Sen benim dostumsun, Bahar. Seninle her şeyi çok rahat konuşabiliyorum. Nedenini bilmiyorum ama sana açılabiliyorum."

"Yine teşekkürler. Ben de sana her şeyimi söylüyorum. Hatta babamla aramız düzelince ilk sana koştum, biliyorsun."

"Senin hesabına ne kadar mutluyum bilemezsin. Öyle değiştin ki, anlatamam. Gözlerin donuk bakıyordu, şimdiyse pırıl pırıl. Yürüyüşün bile değişti sanki."

Genç kız, "Evde huzur olması bambaşka bir şey, Serdar," derken, aklına Serdar'ın durumu geldi ve biraz da utanarak sustu. Bu mutsuz arkadaşının önünde, ballandıra ballandıra kendi mutluluğunu anlatmanın ne âlemi vardı sanki.

"Seninkiler nasıl, Serdar?"

"Nasıl olacaklar, her şey bildiğin gibi devam ediyor. Zaten ben de seninle konuşmak istiyordum. Bir şey var ki, beni çok rahatsız ediyor."

Bahar endişelenmişti. Yine neler olmuştu acaba Serdar'ın yaşamında? "Şuraya oturalım da anlat bana. Hep sen bana destek oldun, ben de sana destek olmak isterim."

Tahta banka oturdular. Serdar söze başlamakta güçlük çeker gibiydi. Bahar ise sessizce bekliyordu.

"Hayatımda yapmadığım bir şey yaptım, Bahar," dedi Serdar.

Yutkundu ve devam etti. "Fizik sınavında kopya çektim. Biliyorum, bu sözlerimi duyan birçok arkadaş bana gülebilir ama ben kopya çekmeyi doğru bulmam ve o güne kadar hiç çekmedim de. Her neyse... Üstelik fizik sınavında bir arkadaşımı da tehlikeye soktum." Durdu, elleriyle oynadı, devam etti. "Biliyorsun, tıbba girmek istiyorum, bu nedenle her ders benim için önemli. Yani öğrenmem önemli tabii, ama bu arada bir de not ortalaması sorunu var. Eğer not bu denli önemli olmasa, o sınavda boş kâğıt verir çıkardım, inan bana. Ama fizik hocasını biliyorsun, az sınav yapıyor ve notu da kıt. Bu dönemde kırık notu göze alamazdım. İşte bu yüzden bir arkadaştan kopya istedim, o da verdi. Düşünüyorum da, ya yakalansaydık... Sadece benim değil, onun da başı derde girecekti. İşte bunları düşündükçe, bütün bunlara neden olan annemle babamdan nefret ediyorum."

Bahar hiç sesini çıkarmıyor, bırakıyordu Serdar konuşsun, içini döksün.

"O gece, sınavdan önceki gece, ben çalışmaya gayret ediyorum, bunlar yine içeride bağrışıyorlar. Aldırmadım, kulaklarımı tıkadım ama olmadı. Bari yatayım da, sabah dörtte kalkıp çalışırım dedim. Yattım. Gece yarısı şak diye odamın ışığı yandı. Ne oluyor diye baktım, bizimkiler. Annem tiz bir sesle, 'Çabuk kalk, içeri gel, seninle konuşacaklarımız var,' dedi. Babam da suratını asmış, orada bekliyor. Kalktım, içeri gittim, uyku sersemliği içinde. Babam, 'Otur şuraya, sana anlatacaklarımız var,' dedi sert sert. O kadar şaşırdım ki, bir şey mi yaptım da bunlar beni çağırdı diye düşündüm. Sonra annem başladı bağırmaya. 'Biz babanla anlaşamıyoruz, ayrılmak istiyoruz. Şimdi sana anlatacaklarımızı iyi dinle, sen hakem olacaksın. Kimin haklı, kimin haksız olduğunu söyleyeceksin.' Kriz geçiriyordu sanki. Hoş, babamın da ondan aşağı kalır yanı yoktu ya... 'Anlat, anlat,' dedi babam, sonra da bana döndü. 'Söyle bakalım, hangimiz haklıyız, hangimiz haksız?' Düşünebiliyor musun, Bahar, gece yarısı beni yataktan kaldırıyor ve aralarındaki kavgada hakemlik yaptırmaya çalışıyorlar!"

Serdar sustu, Bahar da susuyordu.

"Sonra işte, ayrıntılara girmeyeceğim, çünkü çirkin, çok çirkin... Beni sabaha kadar orada diktiler, hepimiz bağrıştık ve ben o sinirle bir daha yatmadan, üstüme bir şeyler geçirip sokağa fırladım. Dolaştım, dolaştım, okul vakti gelince de, okula geldim. Tabii fizik çalışması da böylece yattı. Gerçi daha önceki derslerden bir şeyler vardı aklımda ama son bölümleri o gece çalışacaktım. Zaten bir sürü başka ders de vardı çalışılacak, sen de biliyorsun ya. O geceyi bu işe ayırmıştım. Çalışmayınca kopya çektim. Düşündükçe bu bana çok ağır geliyor, çok ağır."

Bahar yavaşça uzanıp Serdar'ın elini tuttu. "Kendini o kadar suçlama. Zaten koşullar zor, sınavlar, notlar... Ayrıca sen hepimizden çok çalışıyorsun. Böyle olaylar da olunca, mecbur kalmışsın kopya çekmeye. Bunu düşünme artık. Olmuş geçmiş. Sen bunu tembelliğinden, keyfinden yapmadın ki..."

"Biliyor musun, Bahar, o geceden sonra kesin kararımı verdim. O evde kalmayacağım artık. Zaten sıralamada önce Ankara'daki tıp fakültelerini yazmıştım, sonraki tercihim İstanbul'du. Ama onu kazansam bile burada kalmayacağım.

Bu ev, bu kavgalar beni bitiriyor. Yarıyıl tatilinde Ankara'ya gitmiştim, biliyorsun. Ağabeyim orada Ortadoğu Teknik Üniversitesi'nde, ona durumu anlattım. Onunla çok iyi anlaşırız, Ankara'yı yazmamı da o salık vermişti, ama ben pek emin değildim. Şimdi, Ankara'yı kazanmasam da, oraya gidip ağabeyimin yanında kalacağım. Bir yıl oradaki kurslara devam edip rahat rahat çalışacağım ve tıbbı tutturana dek deneyeceğim." Serdar acı acı güldü. "Zaten bu sınavlardan ümidim yok. Bu çalışmayla kazanacağımı hiç sanmıyorum."

"Öyle söyleme, Serdar. Sen sınıfının en iyilerindensin."

"Sağ ol, Bahar, sağ ol. Ama inan bana, eğer Ankara'ya gidersem, yani bu evden uzaklaşırsam, hiç üzülmeyeceğim, tersine huzura kavuşacağım en azından."

"Kazanamayacağın kesinmiş gibi konuşuyorsun."

"Kazanamayacağım, Bahar, kazanamayacağım."

"Bunu da nerden çıkarıyorsun? Senin sinirlerin bozuk, o kadar. Gör bak, kazanacaksın. Seninle istediğin bahse girerim. Nurcihan Hanım bile geçen gün senden söz ediyordu."

Serdar, Bahar'a gülümsedi. "Çok iyisin, Bahar. İnanılmak güzel şey ama..." Başını sallayarak sözüne devam etti. "Buradan gitmem şart."

Bir sessizlik oldu yine. Bahar alçak sesle, "Demek kesin olarak gideceksin," dedi.

"Gitmek zorundayım. Burada, o evde kalırsam yozlaşacağımı hissediyorum. İşte son örnek, kopya olayı. Eğer o gece kavga etmeselerdi, ben de çalışıp sınavda kendi bilgimle başarılı olabilecektim. Oysa kopya çekmek zorunda kaldım.

Bu da benim hiç hoşuma gitmiyor. Onları değiştiremeyeceğime göre, bari kendimi kurtarayım bu ortamdan."

"Haklısın," dedi Bahar yavaşça.

"Senin durumun farklı. Senin sorunların, çözülebilecek sorunlardı. Çözülmeyebilirdi de elbet, ama sen yılmadın, kalktın o Handan Hanım'a gittin, o da bir çözüm getirdi. Senin için ne kadar mutluyum bilemezsin. Hiç olmazsa gittiğimde aklım sende kalmayacak, o artık mutlu diyebileceğim. Ama benim durumumu artık hiçbir şey değiştiremez ne yazık ki. Yıllardır bu böyle. O zaman kendimi kollamam, onlardan uzaklaşmam gerekiyor. Ben böyle düşünüyorum, sen ne dersin?"

Bahar, Serdar'ın elini ona güç vermek istercesine avucunda sıktı. "Doğru düşünüyorsun derim. Gitmen gerek."

Serdar, Bahar'a baktı. "Seni çok özleyeceğim, Bahar. İnan, şu koca kentte arayacağım insan sensin."

"Ben de seni özleyeceğim, Serdar." İkisinin de gözleri dolmuştu. Bahar arkadaşını neşelendirmeye çalıştı. "Bol bol yazışırız o zaman. Sen bana oradan havadis verirsin, ben sana buradan."

Serdar gülümsedi. "Tabii, hem tatillerde de gelirim."

"Değil mi ya? Ne iyi olur. Eğer sen gelemezsen, belki ben gelirim."

"Sahi, bunu yapar mısın, Bahar?"

"Hiç belli olmaz. Bir bakarsın, karşındayım."

Uzaktan diğer gençlerin kahkahaları yankılanıyordu. Bahar ve Serdar ise buruk bir neşeyle birbirlerini ayakta tutmaya çalışıyorlardı.

*

Tatilin son günü çabucak gelmişti. Ertesi sabah yola çıkacaklardı. Son günün hakkını gerektiği gibi vermişlerdi doğrusu. Sabah, İstanbul'da hava atabilecek kadar bronzlaştıklarından emin olana dek deniz kenarında yanmışlar, sonra otobüsle başka harabelere gitmişler, oradan kasabaya alışverişe inmişler, oradan da tatil köyüne dönmüşlerdi.

Yeni aldığı pırıltılı eşarbı boynuna sarıp uzun küpelerini sallayarak arkadaşlarına baktı Derya. "Nasılım?"

"Müthişsin!"

"Artık şu yemeği getirseler de yesek. İçim kazınıyor açlıktan," dedi Volkan, Derya'ya aldırmadan.

Mine, "İradeni terbiye edebilmen için iyi bir fırsat bu," deyince, Volkan çok kızdı.

"Ben senin gibi bütün gün yatıp kitap okumadım. Koştum durdum, hem tur işleri vardı, hem de foto." Sonra ötekilere döndü. "Üff çocuklar, bugün ne çok ekstra iş çıktı, bir bilseniz. Öteki okullardan ikisinin fotocusu yokmuş. Hemen hizmete hazır olduğumu bildirdim. Ve de ne para çektim, ne para. Onların yanında bizimkiler çok cimri kaldılar."

O sırada Eşref çıkageldi... Alı al, moru mor.

Bahar, "Bir şey mi oldu?" diye sordu.

"Kadın milletine akıl sır erer mi?" dedi Eşref.

Derya havalı havalı, "Ne o, kum gibiler sorun mu çıkardılar?" diye sordu.

Eşref kıza ters ters baktı.

"Sen ona aldırma. Ne oldu, anlatsana. Biz de o milletten olduğumuza göre, belki yardımcı olabiliriz," dedi Bahar.

"Bu sabah bir not daha aldım."

"Yaa, seni gidi çapkın, bize söylemedin ama..." Bu kez Sevgi'ydi, Eşref'e sataşan.

"Koşuşturmaktan vakit mi oldu anlatmaya."

Sevgi meraklı meraklı, "Ne yazıyordu? Ne yazıyordu?" diye sordu.

"Ne yazacak, canım? İşte yine ben sana hayran, sen cama tırman ayağında şeyler..."

Derya, "Ne de çabuk gönlün geçti kızdan," dedi.

"Nereden bildin gönlümün geçtiğini?"

"Baksana, ne kadar küçültücü konuşuyorsun." Bahar atıldı. "Sus Derya, bırak da anlatsın. Evet, Eşref, sonra?"

"Sonrası... Hani bana bakan bir kız vardı ya..."

"Hani ne gözünün rengi, ne de ne giydiği belli olan..." Derya yine dilini tutamamıştı.

"Arkadaşlar, bu kız buradayken ben hiçbir şey anlatamam," dedi Eşref.

"Derya, sus! Yoksa seni masadan atmak zorunda kalacağız," diye Derya'yı payladıktan sonra Eşref'e dönen Bahar, "Haydi anlat. Eşref ona aldırma," dedi.

"Notlar ikilenince büsbütün meraklanmıştım. Az önce yemeğe gelirken, o kıza rastladım. Gayet kibar, bak doğru söylüyorum, son derece kibar olarak, 'Affedersiniz,' diye yanına yanaştım. 'Mektuplarınız beni çok duygulandırdı. Ben de sizi çok beğeniyorum.' Bir şeyler daha söyleyecektim ki, kız bana dönüp bağırmaya başlamaz mı? 'Ne mektubu? Ben kimseye mektup yazmadım. Sen o numaraları git de başkasına yap. Çabuk çekil git yanımdan!' diye beni bir güzel kovdu. Eh, ne oldum, ne oldum! Sokakta ona buna laf atan ipsizlerin durumuna düştük anlayacağınız."

"Belki de notları o yazmadı," dedi Sevgi.

Derya ekledi. "Başka bir hayranın var demek."

Eşref adamakıllı bozuk çalıyordu. "Aman, kimse kim! Bu işin tadı kaçtı zaten. O notları yazana da içerlemeye başlıyorum artık."

"Niye?"

"Niyesi var mı, Bahar? Ya imzanı atarsın ya da hiç yazmazsın."

Derya yine çenesini tutamadı. "Ama o çekingen..." diye Eşref'e takılıyordu ki, Serdar çıkageldi. Soluk soluğaydı.

"Nerede kaldın? Nerdeyse yemek bitecek," dedi Eşref. Serdar'ı görünce sevinmişti, şu meçhul sevgili konusu artık kapansın istiyordu.

"Çocuklar, o hırsızlar yine görünmüşler ve yine epey bir şeyler çalmışlar. Üstelik bu kez bizim tarafta."

"Son günümüz olduğuna göre, mutlaka bu akşam da bir şeyler çevirmeye kalkışacaklardır," dedi Volkan.

"Yöneticiye gittim, bekçi tutsun diye. Üç gün için bekçi tutamazlarmış. Biz gidince, mevsim açılana dek yine kimseler olmayacakmış."

"Yani kaderimizle baş başayız, öyle mi?" dedi Eşref. Serdar güldü. "Adam benimle, 'Aslan gibi delikanlılarsınız, bir de sizlere bekçi mi tutayım,' diye bir güzel dalga geçti."

"Ben aslında kızları düşünüyorum."

Bahar, "Niye, Volkan?" diye sordu.

Eşref atıldı, kabadayılığı kimseye kaptırmazdı. "Korunmanız gerek, kızım. Bak, adamlar sağda solda dolaşıyorlar."

Sevgi, "Sen git, meçhul sevgilini koru," dedi ters ters.

"Meçhul sevgili, meçhul sevgili diye sinirimi bozma, Sevgi. O notları yazanı bir bulsam..."

Sevgi'yle Bahar bir an bakıştılar, sonra ikisi de başlarını başka yerlere çevirdi. Eşref bu kadar öfkeliyken, şaka yaptıklarını söylemek hiç de akıllıca bir davranış olmayacaktı.

Serdar, "Evet, sizler için bir şeyler düşünmek gerek," dedi.

Sevgi dudak büktü. "Bizim odamızda değerli bir şey yok ki... Gelseler bile tırıs tırıs, elleri boş dönerler."

Eşref kollarını iki yana açtı. "Anlamıyorsunuz, anlamıyorsunuz! Sizin odalarınız köyün en ucunda."

"Ee?"

"Siz orada yapayalnız iki kız bir arada, taa öteki uçta yine iki kız bir arada kalıyorsunuz. O ıssızlıkta ya adamların aklına başka şeyler gelirse?"

"Avaz avaz haykırırız."

"Bir tokat atsalar sustururlar sizi, çocuk gibi konuşma, Sevgi. Hem bunlar üç kişiymiş."

Bahar odaların olduğu tarafa baktı. Oturdukları yerden görünmüyordu bile odalar, ta ilerideki zeytin ağaçlarının arasındaydı. Ve gerçekten de ıssızdı orası. Bu taraflar gibi kalabalık değildi. Ürperdi. "Peki ne yapacağız?" dedi Serdar'a bakarak.

"Bu gece biz sizin kapıların önünde nöbet tutalım. Bir arada olursak kimse yaklaşamaz."

Derya güldü. "Ömürsünüz yani. Nasıl da her şeyi büyütüyorsunuz. Ben burada tam üç ay çalıştım bir zamanlar. En küçük bir olay olmamıştı. Ne hırsızlık, ne bir şey. Şimdikiler de bu çevreden bir iki adi hırsızdır ve eminim, odalara boşken giriyorlardır. Gece insanlar uyurken girecek hâlleri yok ya."

"Haklı olabilirsin. Ama sen burada çalışırken, tam kadro işbaşındaydı. Gece bekçisinden tut, sivil polisine kadar hepsi vardı. Üstelik de her taraf insan doluydu, öyle değil mi?" dedi Serdar.

"Öyle."

"Ama şimdi öyle değil. Sizin odalar da çok uzakta. İşi şansa bırakamayız, bu güzel tatili tatsız olaylarla bitirmeyelim derim."

"Tabii, kızım," diye atıldı Eşref. "Sizlerden biz sorumluyuz. Aileleriniz sizi bize güvenerek yolladı."

Volkan, "Bence kızları bir odaya toplayalım, biz de o kapının önünde bekleyelim," dedi.

Mine dayanamayıp gülmeye başladı. "Ne kadar dramatiksiniz."

"Düşündüklerimiz başınıza gelirse, asıl o zaman dramatik olur işte," diye yanıtı yapıştırdı Volkan.

"Canım, bunlar adi hırsızlar."

"Ne biliyorsun? Belki de sapıktırlar."

"Aman Volkan, insanın sinirini bozmakta birebirsin," dedi Sevgi.

Eşref, "Evet, mirim, bence haklısın. Kızları bir odaya toplarsak, kollamak daha kolay olur," dedi.

Bahar, "Peki siz kapı önünde bütün gece donacak mısınız?" diye sordu.

Eşref dizine bir şaplak indirdi. "Şu Bahar bacımı işte bunun için severim. İçinizde bizi düşünen bir o çıktı. Oysa biz hep sizi düşünüyoruz. Ah, yalan dünya, ah."

Gülüştüler. Bahar, "Sahi söylüyorum, geceleri serin oluyor. Başka bir yol düşünsek..." dedi.

"Yok, başka yolu yok. Battaniyelerimize sarınıp oturur, pişti oynar, çene çalarız."

"Neyse canım, hele o vakit gelsin de..." dedi Bahar.

Yemekten sonra hep birlikte deniz kıyısına indiler. Bir öğrenci grubu, gitar çalan iki kişinin çevresine toplanmış, arada sırada şarkılara katılıyordu. Denize bakan banklara oturdular. Gitarlar şimdi karşılıklı konuşuyordu sanki. Önce biri çalıyor, sonra öteki yanıt veriyor, şarkının sonunu birlikte getiriyorlardı. Şarkı bitince, öğrenciler arkadaşlarını alkışladılar, ıslıklar yükseldi.

Bir tatil daha sona ermişti. Odasında valizini toplarken, kimbilir bir daha ne zaman birlikte olabileceğiz, diye düşündü Bahar. Bu son yıllarıydı, ertesi yıl her biri bir yana dağılacaktı. Sadece ben değil, hepimiz bunun bilincindeyiz; onun için şu son günlerde her şeyi birlikte yapmak istiyoruz, dedi içinden.

Kapının güm güm vurulduğunu duyunca yerinden sıçradı. Mine'yle Derya'nın seslerine Eşref'inki karışıyordu.

"Aç, Bahar, aç."

Sevgi'yle bakıştılar. Bahar kapıyı açtı. Karşılarında Eşref, Volkan, Serdar, Mine ve Derya duruyordu. "Ne o, toplantı mı var?"

"Yemekte konuştuk ya, bu gece bir arada yatacaksınız."

"Ya, siz ciddi misiniz?" dedi Sevgi.

Derya başını salladı. "Evet canım, hem de nasıl ciddiler. Karşı koyacak oldum, ben sıkış sıkış yatmaktan nefret ederim dedim ama dinleyen kim?"

Bahar gülsün mü, gülmesin mi bilemiyordu. Şaşkındı, yemekte şaka yapıyor, olayı abartıyorlar sanmıştı.

"Yani şimdi biz koyun koyuna mı yatacağız?"

"Evet," dedi Volkan. "Yataklar geniş. Bizim kapı önünde pinekleyeceğimizi düşünürseniz, durumunuzdan hiç de şikâyetçi olmamanız gerekir."

Mine, "Bizi kaba kuvvet kullanarak getirdiler," dedi. Yüzü asıktı.

Bahar, "Nasıl yani?" diye sordu.

"Ben kesinlikle gitmeyeceğimi söyleyince, Eşref'le Volkan odama girdiler, dolaptan giysilerimi, kitaplarımı alıp alıp çantama tıkıştırdılar. Onları protesto etmek için yatağın üstüne oturdum ve kalkmayacağımı söyledim. Ve onlar beni kollarımdan tutup havaya kaldırarak dışarı çıkardılar! Bunu asla, asla unutmayacağım!"

Sevgi'yle Bahar kendilerini tutamayıp gülmeye başladılar. İşin kötüsü, susmak istiyor ama karşılarında çeşitli nedenlerden ötürü burnundan soluyanları gördükçe büsbütün gülüyor, gülüyorlardı. Sonunda ayakta duramaz hâle geldiler, yere oturup gülmeye devam ettiler. Ayaktakilerse, ellerinde çantalar, gülmekten yerlere yatan arkadaşlarına garip garip bakıyorlardı.

Derken Derya da gülmeye başladı. Kısa sürede Mine'den başka herkes katıla katıla gülüyordu. Bu kriz bir zaman sürdü, sonra yavaş yavaş herkes kendine geldi.

"Haydi çocuklar, siz yatağa, yarın yolculuk var. Biz de ne kadar uyuyabilirsek artık," dedi Serdar.

Odanın kapısı kapandıktan sonra Derya, "Kim kiminle yatacak?" diye sordu. Sonra da Bahar'a döndü. "Meğer bunlar gerçekten ciddiymiş. Yemekte aldırmamıştım. Bir de baktık, karşımızdalar. Ne dedikse dinletemedik."

Bahar, "Fena mı, ileride torunlarımıza anlatacak ilginç bir olay yaşamış olacağız," dedi. "Kapının önündeki ışığı açık bırakayım da, şu hırsızlar gerçekten gelmeye kalkarlarsa, bizimkileri görüp gitsinler. Zavallılar zaten kapının önünde titreşecekler, bir de dövüşüp kafalarını gözlerini şişirmesinler."

Bahar'la Sevgi'nin, Derya'yla da Mine'nin yatması kararlaştırıldı.

Derya söyleniyordu. "Uyuyamayacağım, bir de yarınki otobüs yolculuğu... Gözlerimin altı moraracak."

"Fena mı, sana entelektüel bir hava verir bu," dedi Mine alaylı alaylı.

"Entel olmak isteyen kim, ben güzel olmak istiyorum, güzel!"

"Güzelsin ya, daha ne."

"Yani güzelliğimi korumak istiyorum. Gözlerimin altı mor olmamalı."

Mine abartılı biçimde içini çekerek arkasını döndü.

Odada hazırlık bitmiş, herkes çantasını toplamıştı. Sabahleyin uyku sersemi hiçbir iş yapmak istemiyorlardı.

Sevgi ayaklarının ucuna basarak pencereye gitti, kapı önündekilere baktı. Sessizce güldü. "Şunların hâlini bir görseniz, zavallıcıklar."

Bahar, "Taşa mı oturmuşlar yoksa?" dedi. Sesi kaygılıydı. Sevgi gözlerinde yine o muzip pırıltı, Bahar'a baktı.

"Üzülme canım, önlem almışlar, üşümezler. Yere plastik minderler koymuşlar, battaniyeleri de omuzlarına almışlar. Hah işte, Eşref uzandı. Vah zavallı, o daracık merdiven basamağına yerleşmeye çabalıyor. Biliyor musunuz, çok iyi çocuklar bunlar aslında. Yani kim yapar bunu? Değil mi ha, değil mi?" Sevgi birden çok duygulanmıştı. Başını sallayarak yatağına girdi. Çok uykusu vardı, hemen uyumak istiyordu.

Mine yattığı yerden, "Evet, çok iyiler. Hatta bazen fazlasıyla iyiler," dedi. Sesinde alaycı bir ton vardı.

Bahar sinirlendi. "İlgisiz olacaklarına, fazlasıyla iyi olmalarını yeğlerim."

Mine, "Bir şey demedim ki, ne sinirleniyorsun?" dedi karşısındakini çıldırtan o sakin sesiyle.

"Her şeye tepeden bakacağına, biraz da insanların basit ama içten davranışlarını takdir edebilsen..."

O sırada dışarıdan bir horultu yükseldi. Eşref'ti horlayan.

Derya yatakta doğruldu. "Buyrun bakalım," dedi yüksek sesle. "Bir bu eksikti."

Sevgi ise uyumaya çalışıyordu. Kızların atışmalarını, konuşmalarını bitirmelerini öfke içinde bekliyordu zaten; tam dalacakken Derya'nın sesini de duyunca, "Susun artık!" diye avazı çıktığı kadar bağırdı.

Onun bağırtısını dışarıdan duyan erkekler, horladığı için Eşref'e bağırıyor sandılar. Volkan onu dürtükledi, zavallı Eşref de böyle uyandırılınca, olduğu yerden aşağı yuvarlandı.

"Ne oluyor yahu, ne oluyor?" diyerek çevresine bakınıyordu. Volkan, "Horluyorsun. Kızlar uyuyamıyorlar," deyince Eşref küplere bindi.

"Yok yahu! Demek bizim uyuyan güzeller uyuyamıyorlarmış. Gelsinler, şu taş yerde, garip şekillere girip uyumaya çalışsınlar da görelim," diye homurdandı.

Düştüğü yerden kalktı, battaniyesini alıp yine eski yerine uzandı. "İşte yine tünedik! Yaransak bari. Kız milleti değil mi! Rahat yatağını bırakır, onları beklersin, teşekkürden filan vazgeçtik, bir de horluyor diye laf işitirsin," diye kızların pencerelerine doğru bağıra bağıra söylendi.

Gerçekten de torunlarına anlatabilecekleri bir gezi olmuştu bu!

# MEZUNİYET BALOSU

Bahar heyecan içinde aynada kendini son kez süzdü. Kıyafetini hazırlamasına Handan Teyze yardımcı olmuştu. Sınavlar ve son çalışmalar öylesine yoğundu ki, Bahar'ın mezuniyet gecesi için giysi seçimiyle uğraşacak vakti yoktu. Babası da bu işlerden anlamadığından, çareyi Handan Hanım'ı aramakta bulmuşlardı. Zaten giysisiyle kendisi ilgilenen bir tek Derya vardı sınıfta, geri kalan bütün kızların anneleri üstlenmişti bu işi.

Sınavlar büyük bir heyecan fırtınası içinde geçmişti. Sınav günü her biri sınavların yapılacağı okullara dağılmış, sonra da sonuçları karşılaştırmak üzere kendi okullarında toplanmışlardı. Kimi umutlu, kimi umutsuzdu. Sınavı kötü geçenler teselli edilmiş, iyi geçenler kutlanmıştı. Bahar ise başarılı olup olmadığını bir türlü kestiremiyordu. Neyse, artık olan olmuştu. Sınavı düşünmeyi bir yana bırakıp bu gecenin tadını çıkarmalıydı. Tekrar aynaya döndü. İyi ki Handan Teyze vardı. Yoksa ne yapardım, diye düşündü.

Handan Hanım her zamanki enerjisiyle işe girişmiş, kendi arkadaşlarını da seferber ederek, Bahar'a gerçekten güzel ve değişik bir kıyafet hazırlamıştı.

Saatine baktı, yediye geliyordu. Hava da bulutlanmıştı. İster misin yağmur yağsın, dedi içinden. Baloyu üstü açık bir restoranda yapmayı kararlaştırmışlardı. Yüzünü hafifçe pudraladı, yanaklarına toz allık sürdü. Hay Allah, fazla kaçırmış, yapma bebeklere dönmüştü. Telaşla kâğıt mendil buldu bir yerlerden, ovuştura ovuştura yüzünü sildi. Şimdi de pudra uçup gitmişti. Sinirinden ayağını yere vurdu. Anlaşıldı, bu işi başaramayacaktı. Dışarı çıkıp Handan Hanım'a seslendi. "Bir dakika gelebilir misiniz, Handan Teyze."

"Tabii, cancağızım."

Handan Hanım tüm ısrarlara karşın, Bahar'ın giyinmesine yardım etmek için gelmişti. İyi ki geldi, diye düşündü Bahar. Yoksa ne süslü kemerini doğru dürüst bağlayabilecek, ne de hafif makyajını yapabilecekti.

"Handan Teyze, allık sürmeyi beceremiyorum, ya çok oluyor, ya az."

"Sen otur şuraya. Ben şimdi hallederim."

Handan Hanım becerikli elleriyle önce pudranın pomponunu Bahar'ın yüzünde gezdirdi, sonra fırçayı alıp bir iki darbeyle yanaklarını boyadı. Geri çekilip baktı.

"Oldu sanırım, bir de sen bak."

Bahar'ın yüzü güldü aynaya bakınca. "Tam kararında olmuş, teşekkür ederim, Handan Teyze."

"Dudaklarına bir şey sürmeyecek misin?"
"Sadece parlatıcı."
"İyi fikir. Ben de ruju pek sevmem."
Bahar özenle parlatıcısını sürdükten sonra, "Hazır mısın? Baban aşağıda bekliyor," dedi Handan Hanım.
"Hazırım."
"Haydi bakalım, inelim aşağı. Bakalım baban seni nasıl bulacak."
Merdivenleri yavaş yavaş indi Bahar. Babası koltukta oturmuş, onu bekliyordu. Merdivenlerden inen kızını süzerken gözlerinde gurur dolu ama biraz da ıslakça bir parıltı vardı. Neler düşünüyordu acaba?
"Nasılım, babacığım?"
Babası ona dikkatle baktı. "Çok güzelsin, Bahar, kıyafetin de pek yakışmış. Tam bir bahar dalı olmuşsun." Sonra Handan Hanıma döndü. "Teşekkürler, Handan. Sen olmasaydın, biz Bahar'la bu işin altından kalkamayacaktık."
Bahar beyaz keten pantolon giymişti. Üzerinde bol kollu, geniş denizci yakalı, üstüne küçük mineler işlenmiş beyaz organzadan bir bluz vardı. Kemeri beyaz organzadan minik güllerle bezeliydi. Ayağında alçak topuklu beyaz pabuçlar, başında ise incecik beyaz bir bant vardı. Babasının dediği gibi, beyazlar içinde gerçekten bir bahar dalını andırıyordu.
Halası da çıkageldi. "Maşallah, maşallah, kırk bir kere maşallah. Gelinliğini de görürüz inşallah."
Bahar yüzünde muzip bir gülümsemeyle, "Herhalde onun için çok beklemeniz gerekecek," dedi.

"Hazırsanız çıkalım," dedi babası. Sonra kız kardeşine dönüp, "Beni merak etme, Bahar'ı bıraktıktan sonra Handan'ı evine, karşıya götüreceğim," diye ekledi.

Hep birlikte çıktılar. Yolda Bahar konuştu durdu. İki gün önceki diploma töreninin perde arkası olaylarını anlatıyor, herkesi güldürüyordu.

"Sonra bir baktık, tören provalarına Eşref hep kot pantolonuyla geliyor. Birinin aklına geldi, 'Diploma törenine ne giyeceksin?' diye sordu. İyi ki de sormuş. Eşref, 'Böyle geleceğim, nasıl olsa gündüz. Alt tarafı kalkıp boş bir kâğıt alacağız ve yerimize oturacağız,' demez mi! Bu kez yalnız biz kızlar değil, erkek arkadaşları da isyan ettiler. Hem de en başta Volkan, ki onun da Eşref'ten geri kalır yanı yoktur aldırmazlıkta. 'Ben mağaza mağaza dolaşamam, uğraşamam,' dedi Eşref. Bunun üzerine, 'Biz sana buluruz,' deyip resmen kolundan çeke çeke götürdüler."

Handan Hanım bir kahkaha attı. "Ay bu gençler ömür vallahi. Sonra?"

"Sonra," dedi Bahar ve dayanamayıp güldü. "Eşref iri yarı ya, ona uyacak takım elbise bulamamışlar. Ya üstü olmuyormuş, ya altı. Bunun üzerine pantolonu ayrı, ceketi ayrı almışlar."

"Birbirine uymuş mu bari?"

"Eh, tam değil ama uygun sayılır. Çocuklar, 'idare eder' deyip aldırmışlar."

Handan Hanım yine bir kahkaha attı. Babası da gülümseyerek dinliyordu.

"Eşref'i ceketle ilk kez gördüm, inanır mısınız. Onca yıl ve ilk kez," dedi Bahar. "Zavallı, tören boyunca yakasını çekiştirip durdu."

"Bu gece de o kıyafeti giyer herhalde," dedi Handan Hanım.

"Tabii. Hepimiz ağırlığımızı koyduk. Okul çayında bizi dinlemediniz ama mezuniyette bizler çok şık giyineceğiz, hatta aramızda tuvalet giymeyi bile düşünenler var, onun için siz de mutlaka kravatlı ceketli geleceksiniz, dedik bazı erkek arkadaşlarımıza."

Restoranın önüne gelmişlerdi. Cıvıl cıvıl bir kalabalık vardı. Rengârenk giysiler içinde genç kızlar kelebekler gibiydiler. Delikanlılar ise ceket ve kravatlarıyla birdenbire büyümüş, tam bir erkek havasına girmişlerdi.

Bahar, Handan Hanım'ı öptü. "Çok, çok, çok teşekkür ederim, Handan Teyze. Gecenin en şık kızı ben olacağım."

"Aynı zamanda en güzeli de," dedi Handan Hanım. "Doya doya eğlen, yavrucuğum."

Babasını da öptükten sonra arabadan indi Bahar. "Haydi iyi eğlenceler, kızım. Ben telefonunu bekleyeceğim."

"Beni arkadaşlar da bırakabilirdi, babacığım."

"Yoo, zaten geceleri geç yatıyorum, biliyorsun. Sen balo bitince beni ara, gelir seni alırım."

"Peki, babacığım."

O sırada arkadaşlarının "Bahar, Bahar," diye seslendiklerini duydu ve onlara doğru ilerledi. Handan Hanımla babası bir süre arkasından baktılar. Bahar arkadaşlarıyla konuşuyor, gülüyordu. Kıyafetine bakıyor, bir şeyler söylüyorlardı; o da yüzünde mutlu bir ifade, gülerek dinliyordu.

"Eh," dedi Handan Hanım. "Süksesini yaptı, keyfi de yerinde. Gönlümüz rahat gidebiliriz artık."

"Evet, öyle," dedi babası.

Sevgi, "Bak, Bahar, bak. Kimler geliyor," dedi. Derya'yla Cengiz yanlarında orta yaşlı iki çiftle içeri giriyorlardı.

Mine, "Çanakkaleliler olsa gerek," dedi.

Sevgi sinirlenmişti. "Hani anneler babalar gelmiyordu? Öyleyse ben de eve telefon eder, bizimkileri çağırırım."

Bahar, "Kesinlikle gelmeyecekler diye bir şey yoktu. Sadece aramızda aldığımız bir karar bu. Çok isteyen getirebilirdi," dedi.

Mine, "Anlaşılan Derya çok istemiş," diyerek dudak büktü.

Derya leylak rengi tüller ve dantellerle karışık, oldukça ağır bir gece elbisesi giymişti. Boynunda ve kulaklarında minik pırlantalar parlıyordu.

"Havada nişan kokusu var, kızlar. Giysisi bile nişan törenine yakışır biçimde," dedi Sevgi. "Olur olur," dedi Bahar da.

Derya oturduğu yerde orta yaşlı çiftlerle konuşuyor, onlarla ilgileniyor, arada bir de Cengiz'in kolunu tutup ona gülümsüyordu. Eşref de görmüştü Derya'nın Cengiz'e tatlı tatlı gülümseyişlerini.

"Hop, hop, aile var!" diye seslendi.

"Sus, Eşref, duyacaklar," diye, kızlar bir telaş onu susturdular. Volkan yine iş başındaydı, ama bu kez kravat takmış, şık giyinmiş olarak.

"Müdür Bey'in bir fotoğrafını çektim ki, hayatında böyle fotoğraf görmemiştir," diye böbürleniyordu.

"Keriman, Keriman," diye seslendi Mine. Keriman kapıda durmuş, arkadaşlarını arıyordu.

"Yanındaki de kim?" dedi Sevgi merakla.

"Bilmem? Galiba Müdür Bey'e tanıtıyor."

Okul müdürü bir yanında Nurcihan Hanım, öbür yanında geceyi düzenleyen öğrencilerden Serdar'la gelenleri karşılıyor, her biriyle kısa da olsa sohbet etmeye çalışıyordu.

Volkan, "Buraya çağırın da, kim olduğunu anlayalım. Saçlarını da neredeyse usturaya vurdurmuş. Asker kaçağı mı ne?" dedi.

Mine, "Bir de kadınlara meraklı ve dedikoducu derler," dedi sakin sakin.

"Ne dedikodusu, bir anlayalım dedik, o kadar."

"Niye her sözü üstüne alıyorsun? Ben sana bir şey demedim ki."

Volkan, Mine'ye cevap yetiştirmek için ağzını açtı, ama Keriman'la kafası tıraşlı delikanlının onlara doğru gelmekte olduklarını görünce vazgeçti.

Keriman, "Çocuklar, size amcamın oğlu Hüseyin'i tanıtayım. Bunlar da arkadaşlarım," dedi.

Bahar elini uzattı. "Hoş geldin, Hüseyin." Hüseyin ciddi bir yüz ifadesiyle, Bahar'ın parmak uçlarını tutarak tokalaştı. Kahverengi takımının içinde pek de rahat olmadığı belliydi. Herkesle tanıştıktan sonra oturdular.

Eşref, Volkan' ın yanına gitti. "Çaktın mı manzarayı?"

"Elbette. Babası onu muhafızıyla yollamış."

"Az kaldı göndermiyorlarmış. Bahar anlattı bana," dedi Eşref. "Sonra Nurcihan Hanım annesine telefon etmiş ve tüm öğrencilerin mezuniyet gecesine katılmasını istediklerini söylemiş de, mecbur kalıp razı olmuşlar."

Herkes gelmişti. Müdür Bey, Nurcihan Hanım'la birlikte masalara doğru yönelince, Serdar bu işten kurtulmanın sevinciyle koşarak arkadaşlarının yanına geldi.

"Merhabalar, merhabalar," dedi, sonra gözü Bahar'a takıldı. "Bahar, bu ne güzellik, bu ne şıklık!"

Sevgi, "Sen de hep Bahar'a iltifat ediyorsun, biz çirkin miyiz?" dedi.

Serdar güldü. "Ne demek, siz de çok şık ve çok güzelsiniz."

"Şimdi oldu. Artık oturabilirsin, tabii yer bulabilirsen," dedi Mine.

Müzisyenler yerlerine geçmiş, bu arada yemek servisi de başlamıştı. Eşref çok mutluydu. "Serdar, porsiyonlar bol olacak, değil mi?" diye sorup duruyordu.

Volkan, "Müdür Bey'e dikkat," deyince, hepsi protokol masasına baktı.

Müdür Bey, Nurcihan Hanım'ı dansa kaldırmak üzere ceketinin önünü ilikliyordu.

Eşref, "Bak, bak, Selçuk Hoca da dansa kalkıyor," dedi.

Volkan atıldı. "Karısı da bayağı güzelmiş."

"Selçuk Hoca iyidir, iyidir de, bizi de bu yıl iyi terletti," dedi Bahar.

Eşref, "Ne demezsin, bacım, ne demezsin," deyince, hepsinin aklına Eşref'in "toto"su geldi, gülmeye başladılar.

Sevgi, "Ama çok hoş adam," diyerek içini çekti.

Serdar, Bahar'ın arkasında ayakta duruyordu, yavaşça onun omzuna dokundu ve başıyla öğretmenler masasını işaret etti. Yaşlı tarih hocası ayağa kalkmıştı. Ceketinin düğmelerini yavaş yavaş ilikledikten sonra İngilizce öğretmeni Oya'nın önünde merasimle eğildi.

Eşref de onu seyrediyordu. "Aslanım benim, İmadettin Hocaya bak, ne güzel dans ediyor."

"Eski toprak," dedi Volkan.

İmadettin Bey tango figürleri yapıyor, Oya Öğretmen de ona uymaya çalışıyordu. O sırada Nurcihan Hanım'la Müdür Bey masanın önüne gelmişlerdi. Nurcihan Hanım seslendi. "Serdar, ne duruyorsun ayakta, haydi dans edin bakayım."

Volkan, "Hocam burada da mı disiplin?" diye seslendi.

Nurcihan Hanım uzun küpelerini şıkırdatarak şuh bir kahkaha attı.

Müdür Bey hafif bir gülümsemeyle onu döndürerek ileriye doğru götürdü.

Serdar, Bahar'ın kulağına eğildi. "Dans edelim mi?" Bahar ayağa kalktı. Az sonra diğer öğrenciler de birer ikişer dansa kalkmaya başlamış, pist dolmuştu.

"Yolun sonuna geldik," dedi Serdar. "Evet, bir dönem bitiyor." "Ne yıldı ama..."

"Ne demezsin. Ne sevinçler, ne üzüntüler yaşadık ama yine de bitmesin isterdim. Birbirimizden ayrılmak, hepimiz için çok zor olacak."

Serdar sessiz kaldı.

"Bir dönem bitiyor, ama başka bir dönem başlıyor," dedi Bahar, sesi umut dolu.

"Bakalım o nasıl olacak?"

"Eminim daha iyi olacak. Ne de olsa biraz deneyim sahibiyiz artık."

"Ne gibi?"

"Bence en önemlisi, sorunlarımızla yaşamayı öğrendik. Çözülebilen çözüldü, çözülemeyenle de yaşamasını öğrendik."

"Örneğin senin gibi, benim gibi..."

"Evet, bizim gibi. Ama çevreme baktığımda, herkeste birtakım değişiklikler görüyorum, hepimiz değiştik. Yoksa büyüdük mü demek gerek acaba? Yönümüzü bulduk sanki."

Serdar yavaşça Bahar'ı kendine çekti. Bir süre hiç konuşmadan dans ettiler. O koca salonda, o kalabalıkta sanki bir tek onlar vardı.

Müzik hızlanmaya başlamıştı. Hocalar birer ikişer yerlerine dönüyorlardı. Az sonra pistte sadece öğrenciler kalmış, gönüllerince dans ediyorlardı. Derya'nın kavalyesi güzel dans edenler arasındaydı. Göz alıcı bir çift oluşturuyorlardı. Keriman ise amcasının oğluyla oturuyordu.

Sevgi, Volkan'a, "Hadi yine kendimi feda edeceğim şu Keriman için," dedi. "Gidelim, sen Keriman'ı dansa kaldır, ben de şu amca oğlunu. Yoksa kızcağız bütün gece öyle oturacağa benziyor."

Dans teklifini, amca oğlunun büyük bir şüpheyle karşıladığı, Volkan'a kötü kötü bakmasından belliydi. Çaresizlik içinde Sevgi'yle dans etmeye başladı ama gözü Keriman'daydı. Sevgi giderek sinirlendiğini hissediyordu. Ne biçim insanlardı bunlar! Onu konuşturmayı denedi ama delikanlının yanıtları pek kısa oluyor, dikkati hemen yine Keriman'a yöneliyordu. Sonunda dayanamadı Sevgi, "Bak kardeşim," dedi. "Biz burada mezuniyet gecemizdeyiz. Yıllarca birlikte okuduk, hepimiz kardeş gibiyiz. Onun için sen de Keriman'ı gözlemekten vazgeç ve eğlenmene bak. Ona burada bir şey olmaz. Bak, ileride müdürümüzle öğretmenlerimiz de oturuyorlar."

Amca oğlu kulaklarına kadar kızarmıştı. Kekeledi. "Estağfurullah. Ben kötü bir şey düşünmemiştim, amcam gözünü Keriman'dan ayırma dediydi de..."

"Tahmin etmeliydim," dedi Sevgi. "Bak şimdi seni başka bir arkadaşımızla tanıştıracağım. O da bizim grubumuzdandır. Madem buradasın, herkesle tanışman gerek, değil mi ya?"

Zavallı çocuk Sevgi'nin atakları karşısında şaşkına dönmüştü, başını salladı. Sevgi, Eşref'le dans eden Mine'ye yaklaştı. "Mine, bak, Keriman'ın amcasının oğlu seninle tanışmak ve dans etmek istiyor. İşte, bu da Mine," dedi ve yine kulaklarına kadar kızaran amca oğluyla öfkesinden gözleri çakmak çakmak olmuş Mine'yi baş başa bırakıp Eşref'i çabucak çekti ve dans ede ede hızla oradan uzaklaştı.

"Ay, şimdi öleceğim, Eşref. Mine'ye bak, Allah aşkına Mine'ye bak."

Orkestra oyun havası çalmaya başlayınca, Eşref gecenin yıldızı oluverdi. Göbek atmaya bayılırdı. Derken halka olundu, hep birlikte günün şarkılarını söyleyerek dönüyor, zıplıyorlar, oturanlar da el çırparak şamataya katılıyorlardı. Kan ter içinde kalmışlardı. Saatlerdir dans ettiklerinin farkında bile değildiler.

Müdür Bey, Nurcihan Hanım'a eğildi. "Gençlik," diyerek içini çekti, sonra gizlice esnedi. "Ben usulca kaçsam?"

Nurcihan Hanım, "Tabii, Müdür Bey, zaten saat on ikiyi geçiyor. Ben nasıl olsa buradayım, daimi yatılıları okula götürmem gerek. Siz gidin, merak etmeyin," deyince, Müdür Bey şükran duygularını belirttikten sonra kapıya doğru süzüldü.

Derya da konuklarıyla birlikte kalkmıştı. Arkadaşlarına uzaktan el salladı ve Cengiz'in koluna girip uzaklaştı.

Keriman'ın amca oğlunun gözünden uyku akıyordu, bu yüzden Keriman da vedalaşıp ayrıldı. Yavaş yavaş ortalık tenhalaşıyordu. Herkes birbiriyle vedalaşıyor, yazlık evlerin adres ve telefon numaraları defterlere yazılıyordu. Sınav sonuçlarının belli olduğu gün Bebek'te toplanmaya karar vermişlerdi. Bu arada Volkan'ın yine Antalya'ya gitmesi gerekiyordu ama hep birlikte düşünüldü ve Volkan'ın Bebek'teki buluşmalarından sonra gitmesi uygun görüldü. Garsonlar boşalan masaların üstündekileri toplamaya başlamışlardı bile.

Serdar, Bahar'a, "Az sonra gideceksin, seninle son bir kez daha dans etmek istiyorum, Bahar," dedi yavaşça.

"Ben de son dansı sana ayırmıştım zaten," dedi Bahar kendine şaşarak.

"İşte hayran olduğum niteliklerinden biri de şu açıksözlülüğün," derken, Bahar'a sevgi dolu gözlerle bakıyordu Serdar.

"Bu gece bana övgüler yağdırıyorsun bakıyorum."

Serdar, "İnan ki, övgü değil. Hem bir şeyi daha bilmeni istiyorum," dedi ve bir an sustu. Bahar merakla bekliyordu. Pek çok şey söylemek ister gibiydi Serdar. Gözleri duygularının yoğunlaştığı iki kuyuydu sanki. Sonra biraz buruk bir gülümsemeyle, "Haydi bırakalım bunları da, dans edelim, eğlenmemize bakalım. Ben de hep senin kafanı şişiririm zaten," diyerek Bahar'ı döndürmeye başladı.

Nurcihan Hanım'ın sesini duyana dek dans ettiler.

"Balo bitti. Haydi çocuklar, haydi bakalım. Herkes evine!.."

Bahar, Serdar'ın yüzüne bakarken düşünüyordu. Evet, balo bitmişti! Koca bir yıl bitmişti! Bir dönem bitmişti! Oysa sorunlar bitmemişti ama en azından sorunlarla birlikte yaşamasını öğrenmeye başlamışlardı, bu da az şey değildi... Birden Mine'nin defterinde okuduğu bir özdeyiş aklına geldi. Mine de nereden bulurdu böyle şeyleri. "Tanrım, bana değiştiremeyeceğim olaylara katlanabilmek için sabır, değiştirebileceklerimi değiştirmek için güç ver. Ve daha da önemlisi, bu ikisinin arasındaki farkı ayırt edebilecek sağduyuyu ver." Ne kadar doğru, diye geçirdi içinden.

Evet, sorunlar bitmemişti. Ama buna karşılık dostluklar, umut ve hele hele sevgi de bitmemişti, bitmeyecekti de... Bahar, Serdar'la göz göze geldi. Serdar düşüncelerini okuyormuşçasına bakıyordu Bahar'a. Birbirlerine gülümsediler...

# SONSÖZ

BAHAR: Sınavda başarılı oldu ve Güzel Sanatlar Akademisi'ne girdi. Halası Manisa'ya döndü. Hakan eve geldi. Bahar, evin asıl yükünün onun omuzlarında olmasına karşın, amacına ulaşıp ailesini bir araya toplamanın mutluluğu içinde. Boş vakitlerini Serdar'a mektup yazarak geçiriyor.

SERDAR: Sınavda başarılı olamadı. Buna sadece arkadaşları değil, tüm öğretmenleri de çok üzüldü. Kararını uygulayıp Ankara'ya yerleşti. Orada bir kursa yazıldı ve gelecek yılın sınavlarına hazırlanmaya başladı. Morali iyi, başarılı olacağına inanıyor. Boş vakitlerini Bahar'a mektup yazarak geçiriyor.

SEVGİ: Turizm bölümünü tutturdu. Buna herkesten fazla kendi şaştı! Yine sık sık Bahar'la buluşuyor.

DERYA: O yılın ağustos ayında, Hilton havuz başında görkemli bir düğünle Cengiz'le evlendi ve Çanakkale'ye yerleşti. Dedikodu gazetelerinde boy boy resimleri çıktı.

EŞREF: İşletme okumak istiyordu. Gerekli puanı tutturamayınca, tutturduğu bölüme (ziraat) iş olsun diye gideceğine üniversiteden vazgeçti ve bir ihracat şirketinde işe girdi. Çekirdekten yetişmek istiyor, başarılı da...

VOLKAN: Siyasal Bilgiler Fakültesi'nin puanını tutturunca, onunla "kaymakam" diye epey alay ettiler ama kısa zamanda konuya ısındı ve okula severek gidip gelmeye başladı.

KERİMAN: Sınavda başarılı oldu ama o sırada akrabadan iyi bir kısmet çıktı. Genç kız da Almanya'da çalışan bu elektrik mühendisiyle evlendi ve yalnızca evini değil, yurdunu da terk edip Almanya'ya yerleşti.

MİNE: Edebiyat Fakültesi Felsefe Bölümü'ne girdi. Sınıf arkadaşları arasında kızlar daha büyük başarı gösterince, kadın-erkek eşitliği konusunda sesi daha bir gür çıkmaya başladı!